五南出

# 詩經故事

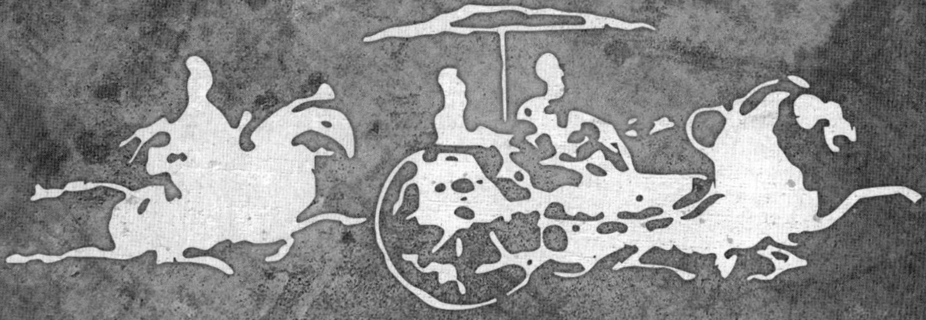

林祥征

五南圖書出版公司 印行

# 讓《詩經故事》滋潤人們的心靈

中國是一個喜歡故事而且有著悠久歷史的國家，在原始時代，那時沒有文字，人們只能透過講故事傳承歷史，表達人生的需求，和喜怒哀樂，從而留下了許多優美而又想像豐富的神話故事，如〈女媧補天〉、〈嫦娥奔月〉、〈夸父追日〉、〈精衛填海〉等，它們就像具有瑰麗色彩的寶石，受到人們的喜愛，以至於流傳到今天。

歷史走到夏、商、周，人們的人文精神開始覺醒，特別是周代的後期，出現了百花齊放，百家爭鳴盛況，孟子、莊子、韓非子等思想家，創作了大量的寓言故事，短小精幹，充滿智慧，提升了中國人的思辨能力和生活情趣。

到了漢代，歷史走進新的階段，如何建設和鞏固新的政權，是時代的新課題。作爲中國的文化原典、百科全書的《詩經》，被漢代思想家派上新的用場，成爲新政權服務的重要思想武器。《史記·酈生陸賈列傳》記述，漢代初年，太中大夫陸賈向漢高祖講《尙書》、《詩經》的故事，農民出身的劉邦很不耐煩，罵了一句：「迺公乃居馬上而得之，安事《詩》、《書》？」意思是說，我劉邦是透過戰爭的手段取得天下的，像《詩經》、《尙書》這樣古代典籍對我有什麼用處呢？陸賈回答說：「居馬上得之，寧可以馬上治之乎？」，意思是，用戰爭的手段能夠取得政權，難道可以用戰爭的手段治理國家嗎？隨後，陸賈向劉邦講了吳王夫差、智伯只知道用戰爭的手段治理國家，都先後滅亡，而周武王採用文武結合的手段治理國家，而讓國家長治久安的歷史故事。最後，陸賈推論說：「假如秦始皇統一中國以後，採用德政仁義的手段治理國家，今天的天下還能有您皇上的位置嗎？」陸賈採用講故事的方式，說得劉邦口服心服。

到了漢文帝、漢景帝時代，著名學者韓嬰創立了韓詩學派，他還利用《詩經》和歷史傳說相印證，完成了一部歷史故事集——《韓詩外傳》，爲《詩經》故事的傳播起了很好的作用。到了西漢末年，著名學者劉向針對漢代的政治現實，編寫了《列女傳》、《新序》、《說苑》這三部歷史故事集，爲當時的統治者治理國家提供參考。這三部書所講的故事短小精幹，內容豐富，意義深刻，把歷史故事的寫作推向新的階段。

以上四部故事集都有《詩經》故事的內容，但不足夠，我們在前人的基礎上，以《詩經》爲主線，編寫了這本《詩經故事》以饗讀者。古人說，以史爲鑑，可以知得失，有益於人生。而歷史故事由於有故事情節，生動有趣，更容易深入人心。是青少年擴大視野，陶冶情操的重要視窗。我們相信，這本書由於對其中的歷史故事進行了新的詮釋，語言通俗易懂，一定會受到青少年讀者的歡迎，如果能夠帶來滋潤青少年讀者心田的作用，我們將感到喜悅和安慰。

英國作家福斯特創作了一部小說，叫《帶風景的房間》，書中以房間爲單元，開展一個一個故事的敘述，我們也可以把這本共九篇（〈明君篇〉、〈昏君篇〉、〈賢臣篇〉、

〈尚賢篇〉、〈情愛篇〉、〈演唱篇〉、〈孔子篇〉、〈慈母篇〉）、〈巾幗篇〉）構成的《詩經故事》看成《帶風景的房間》，從書中的九個房間，看到歷史上的異樣風景及不同的歷史景觀。

在〈明君篇〉這個房間裡，我們可以看到大禹是怎樣治理水患，看到周武王是怎樣打敗殷紂王而建立周朝，可以看到周族的先祖公劉和古公亶父怎樣帶領周族人民進行兩次千里遷徙，那麼這兩次千里遷徙的壯舉，對我們有什麼啓示呢？這可以從英國歷史學家湯恩比《歷史研究》中一段話得到瞭解。他說：「人類文明的起源與發展可以歸結爲挑戰與應戰。在冰河期結束的時候，歐洲大陸上冰河收縮，大西洋的氣旋地帶漸向北移動，使非洲草原上出現了乾旱過程。當地狩獵的居民，凡是不改變生活方式，仍然居留於原地的，都相繼滅亡了，而遷徙到其他地方的人們，都活了下來，並且創造了古埃及文明和姑蘇末文明。」「周人的萬里遷徙，不正體現了周人勇於迎接現實挑戰的文化精神嗎？《大雅・文王》有兩句名言：「周雖舊邦，其命維新」，歷史證明，早期周人正是打破封閉的狀態，依靠勇於探索和改革創新，才取得發展與成功的。

在本篇中，有兩個故事的細節也値得提及：

其一：商朝建國不久，國都連續九年大旱，爲了求雨，成湯在郊外設立祭壇，按照當時慣例，必須用活人在柴火上焚燒，成湯說；「我祭祀求雨是爲了老百姓，怎麼可以燒活人呢？要用就用我替代吧！」於是他命令把火燒起來，並用他的頭髮和指甲替代。讀了這一故事，沒有不受感動的，因爲它展現了成湯的人性，表現了一位最高統治者的人文關懷。

其二，秦國在崤之戰中，慘遭失敗，連主帥都被俘虜了。這個時候的秦穆公，沒有找代罪羔羊，沒有把失敗的責任推給別人，而是主動承擔責任，並做了深刻檢討。在君權至上的時代裡，秦穆公有這樣自我批評的精神，實屬鳳毛麟角，難能可貴。

中國是一個愛好和平的國家，在〈穆王西遊傳友誼〉這則故事裡，周穆王正是高舉和平的旗幟，對周圍國家進行友好訪問，並取得非常成功。可喜的是，周穆王愛好和平的信念已經得到傳承，並深入到每個中國人的內心，落實到行動上。

在〈昏君篇〉這個房間中，展開的是統治者的百醜圖，與〈明君篇〉中賢明君主的德行形成鮮明的對比。這裡頭有著桀紂挖出忠臣比干心臟的惡行，有陳靈公君臣不堪入目的淫亂，有周幽王為博得褒姒一笑而亂點烽火的荒唐，有周厲王不讓百姓言論自由，百姓相逢只能「道路以目」的恐怖統治，也有晉靈公用彈弓傷人以取樂，因廚師所煮的熊掌不熟而被當場砸死的慘劇，有衛懿公養鶴而導致國亡身死的慘痛教訓等等。〈昏君篇〉是絕好的反面教材，他們是一群由人類倒退到野獸行列的怪物，他們大都遭受國破身亡的下場，那是歷史對他們公正的懲罰與審判。我們相信，讀了〈昏君篇〉，對專制制度，以及專制者的暴行和罪惡，一定有更深刻的認識。

一個王朝的好壞與興衰在很大程度上取決於最高統治者的思想和言行，如果在位者是一個明君，他以身為則，利用賢才，關注民生疾苦和懲治腐敗，那麼，這個王朝就能國富民強，長治久安，反之，在位者是一個昏君，他暴虐無道，貪得無厭，驕奢淫逸，就會上行下效，貪賄之風勢必愈刮愈烈，社會矛盾日益激化，那麼，這個政權將被推翻也就不可避免。殷紂王的腐敗，導致商朝的滅亡；周幽王的荒淫，導致西周王朝的覆亡。都證明了這個規律。

在〈賢臣篇〉這個房間裡頭，有晏子與權臣崔杼鬥爭的故事，人們一定會為晏子所表現的威武不能屈的精神所感動。篇中所講的「奴隸伊尹當宰相」和「姜太公八十遇文王」的故事，已經家喻戶曉。重要的是我們要學習他們對待生活的眼光和態度。他們秉持「生活是帶淚的微笑」的理念，在荊棘叢生的道路上，不論多麼艱苦，都不能終止他們的追求。他們的人生告訴我們，只要有夢，人的生命能量可以無限擴大，就可以從社會底層進入社會卓越的偉大行列。

在〈慈母篇〉這個房間裡，田稷母親教育當官的兒子不要收受賄賂的故事也很感人，在那遙遠的年代，田稷母親有這樣高的思想境界，十分難得。這才是眞正的慈母，這才是對兒子的最大關愛。這裡讓我們想起「子罕以不貪為寶」的動人故事：

宋國有一人得到一塊寶玉，想送給鄭國大官子罕，被子罕拒絕了。送寶玉的人說：「這塊玉是經過鑒定過的，是眞正的寶玉，才敢送給您。」子罕回答說：「我作為一個官員，以不貪為寶。而您是以玉為寶。如果您把玉送給我，那不就是都丟掉各自的寶嗎？不如您和我都保留自己的寶吧！」

在一切向錢看的今天，那些貪官們看了這兩則故事，難道不感到臉紅嗎？一般人看了這兩個故事，一定會把它當作心靈洗滌劑，淨化我們的靈魂。

此外，在〈孔子篇〉裡，我們可以學習孔子及其學生的人格修養：在〈演唱篇〉可以學習季札的的誠信，在〈巾幗篇〉裡，可以學習齊漆室女的家國情懷等等。

〈毛詩序〉裡談到《詩經》的價值時說；「正得失，動天地，感鬼神，莫近於詩。先王以是經夫婦，成孝敬，厚人倫，美教化，移風俗。」這是中國美學史上最早提出的「寓教於樂」審美觀。我們閱讀《詩經故事》一定會爲書中生動曲折的故事所感動，並在美感的閱讀中受到潛移默化的薰陶與教育，成爲一個詩意地生活在世界上（海德格爾語）的人。

# 目錄

## 明君篇

## 昏君篇

## 賢臣篇

## 尚賢篇



## 情愛篇

## 慈母篇



## 巾幗篇

# 明君篇

## 1·1 大禹治水美名揚

〈小雅．信南山〉：「信彼南山，維禹甸之」意思是綿延不斷的終南山，多虧得到大禹的治理，才有了好山好水。〈大雅．文王之聲〉：「豐水東注，維禹之績。」意思是當年堯時洪水氾濫成災，豐水地區遭受洪水的侵害，經過大禹的治理，讓豐水經過渭河而東注於黃河，這是大禹的功勞啊！《魯頌．閟宮》：「奄有下土，纘禹之緒」意思是今天能夠佔有這片國土，都是因爲繼承了大禹的事業。大禹是夏朝的開國之君，經過多年的歲月，周朝的人們還念念不忘大禹的功績，他有什麼故事讓後人思念和歌頌呢？

在遠古時代，人們與自然的鬥爭，最艱鉅的是和水患的鬥爭，世界上的文明古國大多有過與洪水作鬥爭的傳說，《聖經》裡諾亞方舟的故事，就是一個例子，中國神話傳說中的女媧，她不但用五色石修補了漏空的蒼天，而且還用了蘆灰以治理洪水。在堯作爲華夏部落聯盟領袖的時候，黃河流域也發生了特大的洪水，人們的生活得不到安寧，治理洪水成爲當務之急。在一次聯盟議事會上，許多議員推薦由鯀擔任治理洪水的負責人，堯開始不同意，認爲鯀過份自負，治水的經驗不足，不適合擔任這個責任重大而又非常艱苦的工作，然而由於沒有更適合的人選，堯只好任命鯀負責治水的工程。鯀接受了堯的任命之後，採用了築堤圍牆的辦法來使洪水歸流，這個辦法不但不能控制住洪水，反而讓圍牆的水愈積愈多，最後把堤壩衝垮，有時圍了東邊，西邊潰堤；圍了北邊，衝垮南邊，幾年下來讓鯀筋疲力盡卻束手無策，只好仰頭對著蒼天唉聲嘆氣，等待聯盟首長的懲罰。當時堯因年老而把華夏部落聯盟領袖的位置讓給了舜，舜見鯀治水整整九年，沒能制服洪水，百姓依然流離失所，到處逃荒流浪，苦不堪言。氣得帝舜把鯀流放到羽山（今江蘇贛榆縣西南），那麼，叫誰挑起治理洪水這個重擔呢？爲此，帝舜召開了一次部落聯盟會議，會議上，各路酋長一致推舉擔任司空（負責工程的人）的禹。帝舜高興地說：「好！禹，你負責治理洪水，一定要好好做啊！」禹跪在地上，扣頭拜謝。

禹，名文命，字高密，由於禹在中國歷史上的豐功偉績，後人尊稱他爲「大禹」，其意是偉大的禹。他聰明能幹，辦事嚴謹周詳，他十八歲時娶塗山氏的女兒女嬌爲妻，女嬌善良賢惠，在教育兒子和支持大禹治水等方面做得很出色，劉向《列女傳・母儀》裡給予表揚。大禹接受治理水患時才二十歲，他知道要完成這一件大事，單靠他一個人不行，便向舜提出請求，邀請契、后稷、皋陶和伯益等部落酋長的協助。契就是後來商族的始祖，他是掌管教化的司徒，后稷就是後來周族的始祖，他擔任的是掌管農業的農官；皋陶擔任的是管理司法的獄官；而伯益則是後來秦國的始祖，他是掌管山林鳥獸的虞官，大禹有了衆多賢人要員的幫助，加上各地民衆的支持，這項順應民心的大工程，做起來自然順利得多。

那麼，大禹在治理洪水方面是如何操作的呢？父親治水無功而受處罰的事情讓大禹心裡感到非常難過，他接受父親的教訓，決定以進行綜合治理爲基本出發點，首先對黃河流域的自然狀況進行研擬，對高山大河進行勘查，什麼山林應該治理，什麼河流應該疏導，都一一作了標記，爲治水工程做了充分的資料準備。他知道，治水必先治山，因爲大小河流大多發源於山區，他利用低窪地修築蓄水的水庫，作爲供應農田耕作、放養牲畜和飲用的水源，在可以耕種的地方，挖出田間的溝渠，既能排除積水，又能引水灌溉，在發展農業種植的同時，充分開發山林資源，鼓勵人民進行狩獵和畜牧。由於治理洪水的舉措得當，工程進行了幾年就初見成效，中原人民的生活得到初步的改善。

古代傳說，鯉魚跳過龍門，就能變成龍。人們用這個成語比喻中舉、升官發財等飛黃騰達的事情。這個傳說也說明了龍門的險要。龍門就在現今陝西省河津縣西北，陝西韓城縣北，黃河自北向南流到這裡，被一個山谷擋住，只有一個小小的出口，水流很小，大禹將兩岸的峽石鑿開，水流一下子順暢不少。後人誇獎這一水利工程巧奪天工，貢獻巨大。

中國的祖先在與大自然的鬥爭中，形成了艱苦奮鬥、不畏艱險，公而忘私的優良傳統，而大禹就是這個傳統的繼承者和發揚者，在治水的過程中，他親自拿起勞動工具，跟工人們一起工作，幾十年的辛苦與努力，大禹消瘦了許多，小腿上的汗毛磨光了，頭上束髮的簪子和帽子掉在地上，也顧不得拾起來。大禹的家住在嵩山腳下，穎水岸邊，他在外邊治理水患的十三年中，三次經過家門都沒能抽空回去看看。有一次，一個在工地幹活的老鄉勸他回去一趟，大禹回答說，「任務很重，工期不等人，治好洪水再回家，那時不是比喝美酒還痛快嗎？」自此以後，「三過其門而不入」成爲贊頌大禹公而忘私的佳話。

皇天不負苦心人，大禹經過十三年的治理，滔滔的洪水終於給制服了，中原大地煥發出勃勃生機，民衆敲鑼打鼓，鞭炮齊鳴，歡呼聲響徹雲霄，歡慶這場鬥爭的勝利。作爲華夏聯盟領袖的帝舜召開了慶功大會，會上舉行了隆重的祭祀儀式，並把一個玄圭（一種上尖下方，用黑色的玉石雕刻而成的禮器）賞賜給大禹，在古代得到這種隆重獎賞的人，象徵著這個人建立了豐功偉績，並得到人民的尊敬。大禹的好名聲也流傳到後代，春秋時代的孔子就稱讚道：「我對大禹沒有什麼批評的，他自己吃得很差，卻把祭品辦得極爲豐盛；他住得地方很簡陋，卻把力量用在興修水利上，大禹是挑不出毛病的人。」（《論語・泰伯》）周景王時代，有一個叫劉定公的人稱頌道：「大禹的功德是多麼美好啊！他的優良

品德影響很深遠，如果沒有大禹治理洪水，我們大家都要成爲水中的魚了。我們今天能夠戴著禮帽，穿著禮帽來爲老百姓辦事，那都是大禹的功勞啊！」

（《左傳．昭公元年》）

**百葉窗**

劉向《列女傳．母儀傳》中有一節爲〈啓母塗山〉，記述大禹娶塗山氏的長女女嬌爲妻，生下兒子啓後，大禹就外出治理洪水去了，而且「三過其門而不入」，賢惠的女嬌不光支持大禹的工作，而且在家裡盡心盡力地撫養兒子啓，她在關心兒子健康的同時，注重對兒子的品德教育，讓兒子成爲一個品德優良而又聰明能幹的人才。

另，《呂氏春秋．音初篇》記載，大禹從事治水工程，到南方視察時，與塗山氏之女女嬌相戀，大禹走後，女嬌思念心切，便讓她的侍女在塗山（今安徽蚌埠西淮河東岸）的南面，等待大禹的歸來，等候時，唱了一支只有四字的歌曲，其歌詞是「候人兮猗」，意思是我正等待人啊！這支歌被後人稱爲「候人歌」，表達了女嬌急切盼望大禹歸來的的心情，是中國音樂史上最早的「南音」。

# 1·2 大禹接班建夏朝

大禹治理洪水的成功，讓他在華夏部落聯盟中的地位迅速提升，而那個時候，帝舜已是一個八十多歲的老人了，不得不考慮誰來接班的問題。他認爲大禹是最不負衆望的人選，便在聯盟會議上提出，並得到各部落酋長的一致贊同。他便向天下宣佈，讓位於大禹，並舉行了傳位儀式。按照聯盟的慣例，在帝舜去世之前，大禹只是一個暫時行使天子權力的攝政大臣。而帝舜必須到南方視察，以瞭解民情。帝舜外出時，除了帶著一支軍隊外，還帶著他的妻子娥皇和女英，當他們南巡到了湘水岸邊時，看見了湘江兩岸長滿著青青的竹林，清風習習，岸上的杜鵑花開紅似火，與碧綠的湘江水相輝映，景色份外迷人。帝舜看見她們兩人很喜歡這裡，便讓她們暫時停留一段時間，等候他回來。而帝舜繼續他的由北向南的行程。由於古代交通不便，餐風露宿，一路顛簸，加上年紀太大，當帝舜跨過長江來到蒼梧山（今湖南省寧遠縣南六十里）下時，因病而離開人世，並被埋葬在九嶷山（因山上九個山峰極為相像，故名）上。噩耗傳來，百姓都悲傷萬分，失聲痛苦。而娥皇、女英更是悲痛欲絕，天天對著九嶷山的方向哭泣，滴滴淚水揮灑在竹林裡，留下斑斑淚痕，後人便把這種竹子叫做「斑竹」，又稱爲「湘妃竹」。所謂「斑竹一枝千滴淚」說的就是這個故事。娥皇、女英雙雙殉情，跳入湘江後，成了湘水女神，人們爲了紀念她們，在九嶷山上修了舜廟，在湘江邊修了「二妃廟」，供人們祭拜。

帝舜去世以後，大禹按照華夏聯盟的慣例，爲帝舜舉行了祭奠儀式，並公開表示讓位於帝舜的兒子商均，由於商均對聯盟的貢獻不多，影響不大，各部落的酋長都不去朝見商均，而去朝見大禹，都表示擁護大禹作爲華夏聯盟的領袖，在衆多酋長的擁戴下，大禹「就天子位，南面朝天下，國號曰夏后」（《史記・夏本紀》）中國歷史上第一個王朝——夏王朝就這樣誕生了，從此揭開了歷史的新一頁，同時也開始了統一中國的新征程。

大家知道，歷史告訴我們，每一次歷史的進步，都會遇到堅實的阻礙，政權的鞏固比政權的建立難得多。大禹建立夏王朝之後，知道自己身上擔子很重，除了兢兢業業工作之外，爲了緩和部落之間的矛盾，他封唐堯的兒子丹朱於唐（今山西翼城西）；封帝舜的兒子商均於虞（今河南虞城西北）等，由於地處長江流域三苗部落的侵擾與擴張，大禹下了決心進行一次大反擊。他在「玄宮」舉行出師的祭祀儀式，祭祀上天和祖先，並舉行誓師大會，大禹發表了誓詞，「三苗正向我們進攻，我們不能坐以待斃。他們那裡呀，夜裡出太陽，還下了三天血雨，大地開裂，湧出泉水，這是上天要懲罰他們的徵兆。我接受上天和祖先的意志，前去討伐，希望大家同心協力，勇敢殺敵。」

在這場戰爭中，大禹的軍隊受過嚴格的訓練，戰鬥力強，一開打，三苗的酋長就被射死，樹倒猴孫散，戰爭結束後，大禹的統治區，由中原地區擴大到黃河上下，大江南北。大禹乘風破浪，利用勝利的聲勢，召開了各諸侯的塗山會議，史書記載，「禹會諸侯於塗山，執玉帛者萬國」，說明從四面八方趕來參加會議的人達萬人之多。在這個盛會上，跳起了干羽之舞，演奏了歌頌大禹的「大夏之樂」，諸侯們同聲稱頌大禹的功德，表示臣服夏朝，歲歲稱臣，年年進貢。塗山大會之後，大禹把諸侯們進貢的金子（黃銅）鑄成九個青銅鼎，象徵著天下的統一，九州和同，這九鼎成爲夏王朝的鎮國之寶，後代國家和政權的象徵。

**百葉窗**

夏啓繼位：大禹繼位十三年後，在一次視察東方時，於會稽逝世。他生前曾指定益爲王位繼承人。益掌權三年之後，就把王位還給了大禹的兒子啓。啓生性賢德，懂得調動別人的積極性，協作共贏，得到諸侯們的愛戴，但是，過去選用賢能的「禪讓制」卻被父子相繼承的「世襲制」所取代了，並且延續了幾千年。

（參考自孟世凱《夏商史話》、李學勤《先秦史》和《史記》）

# 1·3 成湯滅夏建商朝

在《詩經．商頌》裡，歌頌最多的人就是成湯，要瞭解成湯，得先講講他的故事：

夏朝自大禹起建以來，共傳了十四代，十七個國王，最後一個國王是夏桀，它是中國古代史上有名的暴君，相傳桀是一個有才智又有勇力的人，他能夠一人抓住野牛和老虎，折斷鉤索。他性情暴躁，又很殘忍，動不動就殺人，他極好喝酒，又喜歡女色，特別喜歡一個叫做妹喜的女人，爲了討妹喜歡心，花了很多錢，動用大量民力，在現在洛陽附近修築了豪華的傾宮，成天與妹喜在傾宮尋歡作樂，百姓怨聲載道，苦不堪言。各諸侯國開始反叛，其中以成湯反叛的力度最大。成湯名履，古書尊他爲「武王」。他即位以後，爲了完成推翻夏王朝的戰略任務，他以葛（今河南寧陵北）的諸侯國不事祭祀爲由，派兵殺死葛伯，將葛的土地、人民、財產全部佔有，並組織葛的人民發展生產，改善葛民的生活。這一仗，大大削弱了夏桀的勢力。在這過程中，成湯得到兩位賢相（即左相仲虺和右相伊尹）的大力協助。仲虺的先祖世代在夏朝做官，有官僚的背景，而伊尹卻是一個奴隸，他從少年時代起就過著流浪生活，長大後當了廚子。他們倆人看見夏桀暴虐，殘害人民，只知淫樂，深知夏王朝滅亡爲時不遠，便先後來到成湯身邊，成湯知道一個國君沒有賢人幫助，就等於一個瞎子沒有幫手不能走路一樣。就很快重用他們，而他們在成湯建立商王朝的過程中，起了很大的輔助作用。

成湯經常外出巡視農耕和畜牧生產，又一次他走到郊外的山林中，看見在一個樹木茂盛的林子裡，一個農夫正在張掛捕捉飛鳥的網，東西南北四面都張掛，待網掛好後，那個農夫對天拜了拜，並禱告說：「老天保佑，希望天上飛的，地下跑的，四面八方的鳥獸都進到我的網中來。」成湯聽後，感慨地說：「四面張網，把天上的地下的鳥獸都囊括其中，誰也跑不掉，太殘忍，只有夏桀才這樣張網。」於是叫人把張掛的網撤掉三面，只留一面。並對農夫和隨從人員說：「對待鳥獸也要有仁德之心，不能捕盡捉絕，我們要捕捉的是那些危害莊稼的鳥。」那個農夫聽了很受感動，認爲成湯是一個有德之君。於是就按照成湯的想法，撤掉三面的網，只留一面。這就是流傳到現代的「網開一面」的成語故事。

成湯的「網開一面」故事很快在諸侯中傳開了，都稱讚他是仁慈之君，並紛紛歸附於成湯之下，成湯的勢力愈來愈大，引起夏桀的恐慌，派人傳喚成湯到夏朝，並下令把成湯囚禁在夏王朝的監獄——夏臺中。伊尹得知以後，蒐集了許多珍寶、玩器和美女獻給了夏桀，夏桀是一個貪財好色的人，看見送來那麼多的珍寶和美女，非常高興，便下令釋放了成湯。

成湯回去以後，經過兩年修整和擴張，認爲滅夏的時機已經成熟，伊尹建議說：「按慣例，每年都要向夏桀進貢，今年暫時不進貢，看夏桀怎麼辦再說。」這一做法自然引起夏桀的大怒，他便帶領九個諸侯的軍隊起來討伐。伊尹說：「暫時不能應戰，因爲夏桀還有幾個諸侯的支持。」成湯便繼續進貢並謝罪。又過了一年，成湯又故意不進貢，這回諸侯不再起兵幫夏桀參戰，伊尹說：「夏桀山窮水盡，孤立無援，消滅夏桀的時機到了，請趕快起兵。」於是成湯率領七十輛兵車、五千步卒，西進討伐夏桀，夏桀也調動夏王朝的軍隊應戰，兩軍在鳴條（今河南封丘東）之野展開了大會戰，會戰前，成湯發表了一篇討伐夏桀的誓詞，成湯說：

你們大家聽我說，並不是我敢於以臣伐君，犯上作亂，而是由於夏桀犯下滔天罪行，上帝命令我來征伐他。大家知道，夏桀爲了荒淫作樂，無惡不作，老百姓已經忍無可忍，指著太陽咒罵他，夏桀什麼時候滅亡？我們都願意同他同歸於盡。大家努力作戰，我將給大家很大的賞賜，如果不聽我的誓言，我將殺戮不赦，希望你們不要受罰。

這是一篇成湯在鳴條會戰的動員令，發佈以後，商軍士氣大振，而夏軍士氣低落，交戰的那一天，正趕上雷電交加，風雨大作，商軍勇敢奮戰，以一擋十，夏軍潰不成軍。夏桀看大勢已去，只好帶領五百殘兵向東逃竄，最後逃到南巢（今安徽壽縣東南）被商軍捉住，並監禁於南巢的亭山。夏桀只好自言自語地說：「我很後悔，當年沒有將成湯殺死在夏臺，才落得如此下場。」後來夏桀憂憤成疾，死於亭山。成湯在鳴條大捷之後，在各諸侯的擁戴下作了天子，在告祭上天之後，宣告了商王朝的正式建立。

成湯建國以後，汲取了夏桀滅亡的教訓，認爲要使國家鞏固和興旺，必須得到人民的擁護，他對伊尹說：「人往水裡看，就能看出自己的形象，看看人民的態度，就知道治理國家治得好不好？」關心民生，發展生產，成爲成湯治理國家的主要目標。商朝建國不久，國都發生了大旱，連續旱了九年，成湯就在郊外設立祭壇，舉行求雨祭祀。按照當時慣例，求雨時，需要將活人放在柴火堆上焚燒。成湯知道後說；「我祭祀求雨，本意是爲了老百姓，怎能用人去焚燒呢？用我來代替吧！」於是命令把火燒起來，把他的頭髮和指甲剪下來替代，並祈禱說：「我一個人有罪，不能懲罰百姓，萬民有罪，都在我一人。不要因我一人沒有才能，使人民受到傷害。」禱告以後，老天馬上下了一場大雨，解除了旱情。成湯這種愛民的精神，受到人民的敬佩和頌揚。

**百葉窗**

何謂《詩經》？

《詩經》是中國最早的一部詩歌總集，又是中國傳統文化的重要典籍。先秦時期叫做《詩》或者《詩三百》，漢代初年尊崇《詩》爲五經之一，之後才稱爲《詩經》。該書編成於春秋時期，《詩經》所收的作品，其創作年代，大約爲西周初年到春秋中葉（西元前十一世紀到西元前六世紀，約有五百年的時間跨度）收錄詩歌共三百一十一篇（其中六篇有題目沒有詩歌，實際收錄三百零五篇）其編排順序分別是〈風〉（國風）、〈小雅〉、

〈大雅〉、〈周頌〉、〈商頌〉、〈魯頌〉。其中〈國風〉大部分和〈小雅〉的一部分是民歌，〈小雅〉和〈大雅〉大多是貴族諷諭詩，而〈頌〉詩則是頌美先王、祖先功績的詩歌。在藝術上，描寫生動，語言質樸優美，以四言詩體的形式和賦比興的表現手法等，對中國後代文學的發展有著深廣的影響。

（參考自孟世凱《夏商史話》、《史記．殷本紀》）

# 1·4 武乙痛打木偶

武乙名瞿，他的父親叫庚丁。武乙是商朝第二十八個國王，在位三十五年。他痛打木偶的故事是這樣的：商朝是一個迷信鬼神的國家，王朝的史官權力很大，他是天帝與國王溝通的中介，王宮裡的大事，他要記錄在案。凡是商王有不執行制度的大事，他都有權阻擋。這裡一個例子，商王帝乙的長子叫啓，聰明能幹，好學上進，但他不是皇后所生，叫做「庶出」，小兒子叫受（即後來的殷紂王），是一個成天闖禍，不求上進的人，但他是皇后所生，叫「嫡子」。帝乙本想叫有出息的啓繼承王位，由於受到王朝史官的反對，而沒能成功，史官反對的理由就是不能「嫡庶不分」，長子有優先繼承權，帝乙只好違心的讓受爲太子繼承王位。武乙在治理國家過程中，深感史官們常常借助祭祀占卜等來干涉他的行政，叫他沒法放開手腳，武乙成天琢磨如何改變這種現狀。有一天，他靈機一動，命令工匠雕刻了一個木偶，稱作天神，並命令把木偶安置在朝廷之中，擺下棋局。召集朝臣們前來觀看，聲稱自己要和天神比個高低，其中有一個史官對武乙說，天神不會下棋，武乙說，那你就代替天神來下，那位史官只好硬著頭皮，坐下來和武乙下棋，那位史官哪敢當著衆人的面贏了國王，武乙連贏三局之後，便命令侍衛們把木偶的衣冠剝去，痛打一頓。嚇得在場的史官們面色發白，出了一身冷汗。只能在心裡暗暗的罵道：「無道之君！無道之君！」武乙心想，光這一招還不能壓住史官們，他又命令工匠縫製了一個皮革口袋，裡面灌滿了牛羊的血，並在郊外豎起一根很高的木桿，把口袋掛在木桿上頭。於是下令朝中大臣和史官都來看他射天，武乙站好姿勢，口中念念有詞，拉滿強弓，只聽嗖的一聲，飛箭射中木桿上的皮袋，流出許多血水，武乙大笑說道：「老天爺被我射得流血了，你們以後要老老實實地聽我指揮。」從此以後，史官們再也不敢干預武乙的朝政。武乙的無神論思想也在中國思想史上，留下濃墨重彩的一筆。

**百葉窗**

《詩經》裡的三頌

頌是宗廟祭祀的樂歌，其中〈周頌〉四十一篇，〈魯頌〉四篇，〈商頌〉五篇。〈周頌〉都是西周初年的作品，其產生地是西周的首都鎬京；《魯頌》是春秋時代的作品，產生於春秋魯國的首都（今山東曲阜）；〈商頌〉即〈宋頌〉，是宋人正考父根據商代的頌詩改寫的，用於祭祀商代的祖先和歌頌宋襄公的，是春秋時代的作品，產生於宋國的首都河南商丘。

頌詩大多歌功頌德，缺乏眞情實感，但其中少數篇章，如寫農業生產的〈載芟〉、〈良耜〉等，寫畜牧、農業生產的〈駉〉、〈潛〉和〈商頌〉中的〈長髮〉、〈玄鳥〉等，作爲史料都有較大的史料價值。

（參考自孟世凱《夏商史話》、《史記·殷本記》）

# 1·5 周族始祖種百穀

〈大雅．生民〉是一篇富於神話意味，具有豐富想像力的詩篇，是關於周族始祖后稷這位農神最早也是最完整最生動的記載，是周族開國史詩五篇（此外是〈大雅〉中的〈公劉〉、〈綿〉、〈皇矣〉和〈大明〉）中的第一篇，它謳歌了后稷發展農業生產的功績，反映了古代人民對勤勞和智慧的讚美。其神奇而又美好的故事是這樣的。

周族始祖后稷原名叫「棄」，他的母親叫姜嫄，有一天，姜嫄到山上去進行禋祭（古代一種在野外祭神的儀式，用火烤肉，使煙氣直達天上）看到路上有一個大腳印，十分驚奇，想去踩一腳，誰知一腳踩上之後，就感到身體受到一陣刺激，不久就懷孕了。「十月懷胎，一朝分娩」，姜嫄生產時，也很奇異，產門不破。嬰兒的胞衣也不裂開，生出的是一個連著胞衣圓形的肉蛋。姜嫄害怕是一個怪胎，會給自己帶來禍害，就把肉蛋丟棄在狹隘的小巷裡，想讓走過來的成群牛馬踏它，然而當牛馬走過時，總是從它身邊繞過；姜嫄又把它扔到人跡罕至的深山密林裡，又趕上來了很多人，棄又躲過了一劫；後來，姜嫄把它丟棄在結冰的河面上，一隻大鳥飛下來，用翅膀給它取暖。可能是大鳥的溫暖，有著孵化的作用，大鳥又喜歡啄食，一啄就把胞衣啄破了，棄就從胞衣裡出來，而且哭出聲，棄就這樣來到世界上。姜嫄看到孩子大難不死，就把他抱回來撫養。因爲當時想把孩子拋棄，所以取了一個名字叫做「棄」。

棄不光出生神奇，人生也很神奇。他剛會爬的時候，就能自已找食物吃，稍微長大，就善於耕作，任何豆類、穀物，一經他的手，就能獲得大豐收，種大豆，大豆茂盛；栽禾苗，禾穗長得飽滿；植瓜果，瓜果累累。棄善於觀察土質，根據不同的土質，栽種不同的作物。周族的老百姓看到棄種的莊稼特別好，紛紛前來學習，棄耐心的給予指導。由於他的慈愛，得到老百姓的好評。他的好名聲一下子傳到華夏聯盟領袖唐堯的耳朵裡，唐堯就把他請來擔任農師，指導和管理農業生產。由於工作出色，獲得了唐堯的嘉獎，並把邰（今陝西武功縣）賞賜給他，並賜給周族以姬（因為邰這個地方靠近姬水）姓。棄帶領周族的百姓在邰定居之後，上天又賞賜給他許多優良品種，如黑色小米、紅高粱、白高粱等，因爲棄當過農官，爲老百姓做了許多好事，人們就尊稱他爲后稷，並把后稷當做農神，供奉在莊嚴的社壇裡，供人們祭拜。並創作了〈大雅．生民〉這首歌詩加以歌頌，其中第五章是這樣歌唱的：

后稷種地種得好，
他有生產好門道。
保護禾苗勤除草，
選擇良種播得早。

種子漸白出嫩芽，
禾苗快出往上冒。
拔節抽穗多結實，
穀粒飽滿成色好。
禾穗沉沉產量高，
定居邰地樂陶陶。

### 百葉窗

舊說姜嫄所踩的大腳印，是帝嚳的腳印，有的說，姜嫄是帝嚳的元妃。那麼，帝嚳是何許人呢？帝嚳是傳說中的五帝之一，（另外是黃帝、少昊、顓頊和唐堯）相傳帝嚳是黃帝的曾孫，他剛生下來的時候，就非常聰穎、機敏。十五歲時，輔助顓頊有功，被封爲諸侯，因爲他的封地在高辛，所以又叫帝嚳高辛氏。

帝嚳跟黃帝一樣，也有許多發明，他命令大臣咸黑創作樂歌，命令垂製造鼙鼓、鐘磬、笙管等各種樂器。他們經常舉行歡慶大會，那時敲起鼙鼓，擊起鐘磬，吹起笙管，鸞鳥和鳳凰都紛紛飛來，伴隨著美妙的音樂翩翩起舞。

另，何謂「二雅」？《詩經》中〈小雅〉和〈大雅〉的合稱。〈小雅〉有七十四篇詩歌，大多是西周後期及東周初年的作品。其中的民歌、貴族諷喻詩，多方面地描寫了當時的社會生活，暴露和抨擊了衰周時期政治的腐朽與黑暗。〈小雅〉中的農事詩與祭祀的樂歌有一定的價值；〈大雅〉有三十一篇詩歌，大多是西周時期的作品，作者大多是王室的貴族成員，〈大雅〉中有少量的政治諷喻詩，但更多的、更有價值的是頌揚西周英雄人物如后稷、公劉、古公、文王、武王、宣王等的詩篇。

# 1.6 古公居岐建周國

〈大雅．綿〉是周人五篇史詩中的一篇，抒寫古公亶父由豳遷徙到岐山，並在岐山建立周國的過程，其故事是這樣的：

在周民族發展史上，古公是繼后稷、公劉之後，一個影響很大的民族英雄。相傳他是周族始祖后稷的第十二代孫，周文王的祖父。起初，古公繼位之後，繼續實行后稷、公劉以來治理部落的辦法，重視發展農業生產。他爲人和氣，善於團結別人一起工作，本來豳地的百姓可以在古公的領導下，過著安定舒坦的日子，然而由於外邊戎狄部落的侵擾，他們不光搶奪財物，搶佔了大片土地作爲牧場，還要把古公部落的成員變爲替他們放牧的奴隸。眞是欺人太甚，孰忍，孰不可忍！大夥同聲敵愾，要和戎狄部落打一仗。古公聽到後，耐心地勸導，古公說：

你們選我當君長，目的是讓我替你們服務，讓你們過上好日子，平平安安，團團圓圓。如果一時衝動，拼死拼活，你們的父親，或者兒子戰死了，豈不是跟被我殺害一樣？我們還是學公劉千里遷徙的經驗，到山清水秀的岐山去開創新生活吧！

周邦的人們覺得古公說的有理，大部分的人打好行裝，跟著古公走上新的征程。他們一行渡過了漆水和沮水（今陝西麟遊縣），越過梁山（今山西麟遊縣東南部），最後來到岐山（今陝西岐山縣東）。剛來的時候，也是很辛苦的，沒有房子住，他們掏土為洞，掘地為穴。好在這裡的條件好，有發展的餘地，正如〈綿〉詩裡所說的：「周原肥沃又寬廣，堇葵苦菜像飴糖」適合耕種，加上古公領導有方，他們掀起了大生產的新高潮，正如詩裡所寫：

丈量土地定田界，
翻地鬆土壟成行。
從西到東一片地，
男女老少幹活忙。

經過幾年的奮鬥與創業，新的生活讓周邦的老百姓充滿希望，而那些留在邰地的人們也紛紛前來會合，他們高興地唱道：「古公領導就是好，一切苦惱都掃光。」

在人們有了舒適的住房之後，古公帶領族群興建宗廟和宮殿，還修了堅固的城牆，〈綿〉詩裡描寫了人們在勞動時的幹勁和同心協力幹活的情形：

鏟土聲聲扔進筐，

填土轟轟聲響亮。
搗土一片登登聲，
削刀乒乓削平牆。
百堵土牆齊動工，
聲勢壓過打鼓響。

詩中連用四個排比句和象聲詞，鋪張地描寫了在築版時的情形，特別是最後兩句，說百堵大牆，同時拔起，那盛土、填土、搗土，削土的巨大聲響，把用來鼓舞士氣的大鼓聲都壓了下去，十分生動地表現了勞動工地的浩大聲勢，同時也表現了人們的創業激情。

宮殿建築完了，不光很結實，而且很有審美價值，有詩爲證：

端正猶如人企立，
齊整猶如利劍急。
寬廣好似鳥展翅，
華麗賽過錦毛雞，
君子登堂心歡喜。

這種像鳥兒展翅飛翔的雙翹式結構，不光有飛動之美，而且可以減輕房屋的壓力，所以這種建築模式流傳至今，並成爲中國特有的結構模式。

隨著岐山新生活的提升與發展，古公也喜事連連，其中之一就是與年輕漂亮的羌族姑娘——太姜走進婚姻的殿堂。辦喜事的那一天，族群的人們敲鑼打鼓，扭著周邦特有的秧歌，喜氣洋洋的前來慶賀，猶如族群每年一度的盛大節日。其二是族群選舉，古公再一次被選爲君長，之後，古公設置了司徒、司馬、司空、司士、司寇等五個官位，負責族群的各種日常工作，官位的設置和高聳入雲的宗廟和宮殿的建成，預示著國家政權的誕生，周族歷史上第一個王朝——周朝（由於岐山山下有一大片平原，俗名叫周原，由於古公在這裡建國，原為姬姓的族群才被稱為「周」，其朝代名才叫周朝）建立，並爲將來取代商朝打下堅實的基礎。爲此，〈魯頌．閟宮〉裡讚頌道：

后稷子孫人丁旺，
古公亶父叫太皇。
住在岐山向陽坡，
開始準備滅殷商。

**百葉窗**

〈周室三母〉

劉向《列女傳．母儀傳》的「周室三母」中的首位就是太姜，她爲人善良貞順，富有智慧，古公有重大的事情，經常跟她商量。太姜生下三個兒子，分別是泰伯、虞仲和季歷。季歷就是文王的父親。季歷的妻子叫太妊，也是一個品德高尚的婦女。相傳一年秋天，太妊生文王時，有一隻紅色鳥落在太妊屋子的窗台上，嘴裡還叼著一個帛條，上面寫著：「小心謹愼，自強不息才能千秋萬代不出漏子。」古公認爲這是一種祥瑞，便給孩子取名叫做「昌」，希望他能昌盛周邦，他就是後來的文王。而古公給他小兒子季歷取名的用意是，希望他能經受人間的各種磨難，學會做人處事，這樣比留給後代許許多多物質財富好得多。

另，何謂風雅頌？指《詩經》的三個組成部分，也可以說是《詩經》作品的三種類別。但具體說法有所不同，〈詩序〉認爲「風」適用於教化、諷諫，以求得政治風氣改善的作品；「雅」是評論王政興廢的作品；「頌」是讚美先王盛德，用於祭祀祖先和神靈的作品。朱熹《詩集傳》認爲「風」是「里巷歌謠」，「雅頌」是「朝廷郊廟樂歌之詞」，現代學者大多認爲三者的區別主要在於樂調的不同，「風」爲地方樂歌。「雅」爲西周王朝統治區——王畿的樂歌。「頌」則是周王朝宗廟祭祀時演唱的樂歌。

# 1·7 公劉遷豳興周邦

〈大雅．公劉〉是周族記敘開國歷史的詩篇之一，歌詠了公劉從邰（陝西武功縣，一說山西西南夏縣、聞喜一帶）遷到豳（今陝西彬縣、旬邑一帶）地的過程，抒寫了公劉千里遷徙壯舉的動人故事：

周族的始祖后稷，對周族農業的發展做出了很大的貢獻，在周人的心目中有著崇高的威望。他去世之後，把君位自然地傳給了兒子不窋，不窋去世後，傳位給兒子鞠，鞠傳位給兒子公劉。公劉是一個有智慧敢擔當的人，他身高馬大，走起路來，步伐矯健，眉宇間神采飛揚。身上掛有美玉做成的佩飾，腰間佩帶者一把嵌鑲寶玉的長佩刀，透露著一種古代英雄的氣象。他繼位之後，一心一意想振興處於偏遠而又落後的周邦，經過詳細的考察，認爲只有從邰這個地方，遷徙到靠近渭河的豳地，才有振與周邦的希望。然而周族是一個以農業爲主的種群，有著安土重遷的習慣，而且也遭到一些貴族的反對，因爲他們經營多年，積累了大量的財富，過慣了好逸惡勞的生活，經過搬遷，也要損失一些不動產。所以遷徙的阻力是很大的，爲此，公劉做了許多細緻的工作，並召開了族群的動員大會，公劉在會上說：

你們要聽我的話，我們的先王都是替老百姓著想和辦事的，我也不例外。我要大家一起遷到豳地去，是因爲那裡的生活條件比這裡好，能讓大家過上快樂安穩的日子。我們如果長期待在邰這個窮地方，祖先和後代子孫都不會答應的。現在我們大家都是坐在同一艘船上的，如果這條船不去遠航，始終停靠在岸邊，時間久了，船就會爛掉了，那時候，我們大家不是一塊淹死了嗎？

周邦的人們聽了公劉的宣講之後，覺得有理。多數人公開表示願意跟隨公劉遷徙到豳地去，他們知道，這次遷徙不是一天兩天的事情，於是他們做了充分的準備，他們把收割的糧食收進倉，揉麵、蒸餅做乾糧，在武裝的男子的護衛下，手持弓箭、斧鉞，浩浩蕩蕩的出發了。人們到了豳地一看，這裡有山有水、土地肥沃，就在依山傍水，地勢平坦的地方建起房屋，高高興興的住了下來。他們誇獎公劉有遠見，帶他們走出困境，走向希望，人們歌唱道：「民心歸順多舒暢，長吁短嘆一掃光，談笑風生喜洋洋，七嘴八舌來誇獎。」

爲了使人們的生活更加安定，公劉帶領大家砍樹除草，開荒種地，他還登上山頂，利用太陽的光影，測量方位，對土地進行規劃，並把土地分給家族耕種，並按土地的多少，繳納公糧。他還到山南山北進行勘察，查明水源的流向，以便引水灌溉。爲了解決生產和防衛的矛盾，他把軍隊分成三個部分，即站崗放哨，勞動生產、和軍事訓練，分三批輪流替換。詩中的「其軍三單」就成爲中國軍隊屯田最早的記載。爲了提高生產，公劉和大家一起改進生產工具，他們使用天然的隕鐵製造鋤頭等生產工具，從而推動了生產的發展。由於公劉領導有方，在一次宴飲的聯盟會上，公劉再一次被大家推選爲族長和君長。《史記·周本紀》評價公劉這次千里遷徙的壯舉時說：「周道之興，自此始也。」這就是說，公劉開啓了歷史新時代，周族從此走上了崛起的新征程。周族的後人創作了〈大雅·公劉〉這首史詩，對這位不圖安逸、具有遠見，奮進不懈的英雄，進行了讚美和懷念。其中第六章是這樣歌唱的：

堅定篤實的公劉，
營建宮室在豳原。
橫渡渭水找礦場，
天然隕鐵生產忙。
基地已定治田地，
大家歡樂笑語歡。
住在皇澗兩岸邊
這裡平坦天地寬。
移民定居人口密，
河岸兩邊都住滿。

百葉窗

英國歷史學家湯恩比在其名著《歷史研究》中，把人類文明的起源與發展，歸結於挑戰與應戰，他指出：冰河期結束之時，歐洲大陸上冰河收縮，大西洋的氣旋地帶漸向北移，使非洲草原出現了逐漸乾旱的過程。當地狩獵的居民凡是不改變生活方式，仍然居留於原地的，都相繼滅亡了，而遷徙到其他地方的人們，都活了下來，並且創造了古埃及文明和姑蘇末文明。周族早期歷史發展不也證明這條歷史規律的存在嗎？

另，何謂：「六義」？《詩經》學名詞。〈詩大序〉說：「詩有六義焉：一曰風、二曰賦，三曰比、四曰興、五曰雅，六曰頌」。關於「六義」的解釋，歷來有不同的看法。現代學者一般認爲：風、雅、頌是三種不同的樂歌；賦、比、興是三種不同的表現手法。

# 1·8 季歷繼位求發展

《詩經．大雅》中的〈大明〉的第二章是這樣寫的：

摯國任家二姑娘，
從那遙遠的殷商，
嫁到我們周國來，
來到京都作新娘。
他跟王季配成雙，
專做好事美名揚，
太妊懷孕降吉祥，
生下這個周文王。（據原文翻譯）

在這一章裡，講述了王季跟太妊結婚後生下周文王的生動故事，其具體故事是這樣的：

西周的古公（俗稱太王）生了三個兒子，大兒子叫泰伯，二兒子叫虞仲，三兒子叫王季。王季的妻子太妊是一個賢慧的婦女，劉向《列女傳．母儀傳》中的〈周室三母〉曾加以褒揚，還說她最早利用胎教的方式對文王實行早期教育。她和王季同樣很討古公的喜歡。有一年的秋天，太妊即將臨產，有一隻紅色的小鳥嘴裡叼著丹書飛來，停靠在太妊的產房門上，丹書上寫著「以仁得之，以仁守之，其量萬世」意思是即將生下的兒子，將來能夠以仁愛之心取得天下，能夠以仁愛之心治理天下，必能流芳萬代。之後，太妊果然生下一個胖小子，喜得古公心裡美滋滋的，笑得合不攏嘴。他在大門上貼了用紅紙寫的大喜字，還擺了大桌宴請了周族裡的老人一頓。

古公認爲紅鳥叼來的丹書是一種「祥瑞」，是一種吉祥的好徵兆，預示著周王朝必將昌盛發達，就給出生的小男孩取名爲「昌」，他就是後來的周文王——姬昌。並對昌寵愛有加，還在他的身上寄託著很大的希望，古公說：「我們周王朝到岐山不久，面積不大，只能算一個地處西方的小諸侯國。將來能夠建立大周王業的人，就落在我的孫子昌的身上了。」

按照周族的慣例，只有長子才有王位的繼承權，古公由此費了許多腦筋，他想來想去，只有讓王季繼承王位，再由昌來繼承，才能順理成章。於是古公把王季改名爲季歷，「歷」字的意思是「經歷、過度」，其意是先讓季歷繼承他的王位，再過度傳位於姬昌。

泰伯和虞仲都是聰明人，又都很孝順，他們能理解古公的用心良苦，於是，便假託爲古公採藥，跑到南嶽衡山，隨後又跑到荊楚南蠻之地（今江蘇、浙江一帶），入鄉隨俗，他們斷髮紋身，又表示自己不再有主持宗廟祭祀的事情。由於泰伯的仁愛，當地老百姓擁戴泰伯為首領，並在吳（今江蘇無錫）這個地方修建了城郭，建立了國家，泰伯成為吳國的始祖。

季歷繼承王位之後，《史記．周本紀》說他和古公一樣，仁愛，敬老，慈少，禮賢下士，為了接待賢才，往往耽誤中午的飯食。由此，許多賢能之士，都跑到他那裡去，有了賢才的輔助，季歷就像大鳥有了翅膀，可以展翅飛翔，加上季歷利用周原這片種苦菜都發甜的土地，大力發展生產，老百姓當初在殷紂王殘酷壓榨下，朝不保夕，流離失所，今天能夠吃飽飯，生活得到初步改善，自然心情舒暢，喜其洋洋。影響所及，連周圍地區的小諸侯國，也紛紛歸順於他，西周的勢力逐步強大，當時西北方的戎狄部落經常侵犯中原，處於東方的商王武乙感到很頭痛，就想借助季歷的力量加以鎮壓，便授以季歷有著征伐的大權。這下子正中季歷的下懷，他大打商王朝的旗號，出兵討伐程（今陝西咸陽）；又征討義渠（今寧夏固原），還把義渠的首領活捉。自此周王朝聲威大震。三國時候，曹操挾天子以令諸侯，借此擴大自己的影響和實力，說不定是從季歷那裡學來的。季歷很有心計，知道要取之必先予之。便帶著許多貢品前來朝拜商王武乙，武乙非常高興，還賞賜給季歷三十里土地，十雙美玉、十匹駿馬。

武丁在位三十多年，在一次野外打獵的過程中，碰到老天下雨，躲在樹林裡不幸被雷電擊中。武丁死後，由兒子文丁繼位。第二年，居住在燕京山（今山西靜樂東北）一帶的燕京部落反叛商朝，季歷主動向文丁請求前去討伐，這次討伐由於地形不熟，準備不夠，出師不利，只好草草收兵，又過了兩年，季歷率軍征討餘吾（今山西長治西北）部落，俗話說，不經一事不長一智，這回有了前次的經驗教訓，季歷出師告捷，取得完全的勝利。重整雄風的季歷在向文丁報捷之後，又得到文丁封為商的牧師（地方長官）的賜予，有權掌管商王朝西部地區的事務。又過了三年，季歷又收拾了西部三個小部落，從而使周朝的聲威大震，連東方的一些部落也聞風前來歸順。

文丁看見季歷實力大增，並逐步向東方擴展，威脅了自己國家的安全，於是心裡暗暗的盤算，如何拔掉這個眼中釘、肉中刺？不久，機會來了，在季歷帶著隆重的貢品前來報捷的時候，文丁裝作很高興，熱情的接待，還把供給祭祀用的圭瓚（用美玉雕刻而成）和美酒賞賜給季歷，並任命季歷為西伯（管理西部的最高長官），而趁季歷高高興興地帶著隆重的獎賞將要回到西周的時候，文丁突然下令把季歷囚禁起來，季歷受不了這蒙頭的一棍，不久就氣死在商都，《竹書紀年》說「文丁殺季歷」就是這回事。季歷去世之後，他的兒子姬昌繼位，就是著名的周文王。

**百葉窗**

何謂「二雅」？

《詩經》中〈小雅〉和〈大雅〉的合稱。〈小雅〉有詩七十四，大多產生於西周後期及東周初年（另有六篇「笙詩」，有題目沒有詩詞）；〈大雅〉三十一篇，共計一百零五篇。

雅和風一樣，都是一種樂歌名，是秦地的樂調。對於〈小雅〉和〈大雅〉的區分，說法不一，有人說，原來只有一種雅，無所謂大小之分，後來有新的雅樂產生，便稱舊的爲〈大雅〉，新的爲《小雅》。

〈大雅〉的大部分是西周前期的作品，最早是〈文王〉，相傳是周公所作；最晚是〈瞻卬〉和〈召旻〉，是幽王時期的作品，〈小雅〉各篇產生的時間比較長，從西周到東周都有，以西周末年的詩爲最多。〈二雅〉多半是周王朝士大夫上層人物的作品，有政治諷喻詩，有反映種族戰爭的詩，有周族的史詩，也有描繪貴族宴飲生活的詩等，不乏有一定深度的作品。

# 1.9 周武王牧野滅商

〈大雅．大明〉是西周五篇開國史詩中最後一篇，從周文王父母結婚生子說起，到周武王牧野決戰消滅商朝爲止。詩中記敘的牧野之戰是我國歷史上關係到改朝換代的大戰役，在歷史上有著很大的影響。那麼這個大戰役的來龍去脈是怎樣的呢？

自從成湯建立商朝之後，經過盤庚等十二位王之後，武丁繼承了王位，由於他「修政行德」，使商王朝有了很大的發展，歷史上稱之爲「殷道復興」，後來王位傳給祖甲，由於祖甲懂得種莊稼的艱難，比較開明地對待老百姓，社會也比較安定。可是之後的多位商王，大多從小嬌生慣養，好逸惡勞，一旦登上王位，就過著醉生夢死，燈紅酒綠的生活。特別是到了商王朝的最後一個國王——商紂王帝辛，更是一個歷史上著名的暴君。據古書記載，商紂王天資聰明，口才極佳，而且力量過人，相傳，有一次拉住牛尾，把往前的牛拽得往後倒退；又有一次，他用手托住宮殿的大樑，讓人們換掉樑下的柱子，面不改色，心不跳。但他是一個性情暴躁，隨便殺人的魔王；又是一個酒色之徒，好玩女人，他最愛妲己，妲己說什麼他聽什麼。爲了玩樂，他在商都以南的朝歌（今河南淇縣）修了別都，在沙丘（今河北平鄉東北）修了一個很大的園林，相當於現代的動物園，飼養了許多飛鳥野獸，種植了許多珍貴的樹種。根據《史記．殷本紀》記載，說他「以酒爲池。以肉爲林，使男女裸體在其間尋歡作樂」這就是成語「酒池肉林」的由來。殷紂王爲了享樂，還在朝歌修建了一座高大的樓臺，取名叫鹿臺。修建了一個很大的倉庫，取名叫巨橋（在今河北曲周），儲備了大量糧食，加重了老百姓的負擔，老百姓叫苦連天，覺得暗無天日，過不下去了。

殷紂王爲了加強自己的統治，制訂了一系列野蠻的刑罰，鎭壓那些不滿和反抗的人。特別殘酷的是，制定了所謂「炮烙之法」，即在銅柱上塗上油膏，用炭火燒燙，讓「罪犯」在上面行走，由於銅柱油滑，人很快就墜落在炭火上而被燒死。據《列女傳》記載，妲己看了這種慘景還哈哈大笑。大臣比干實在看不下去，便壯著膽子前去勸諫紂王說；「不遵循先王的典章法度，光寵著婦人，好日子不會太長了。」紂王聽了很生氣，大罵比干口出妖言，不得好死。妲己說；「我聽說，聖人的心臟有七個孔竅。」紂王就讓人解剖開比干的胸膛以證實。紂王還囚禁了忠臣箕子，而他的親哥哥微子因爲害怕說話多而招來橫禍，便裝瘋賣傻，跟奴隸們攪在一起，結果還是被紂王關了起來。歷史是無情的，由於西邊周王朝的崛起，比干的預言即將變成現實。並將宣判倒行逆施的殷紂王的末日來臨。

周武王即位之後，拜姜尙爲太師，周公爲輔，一心一意完成文王沒有能夠完成的事業，爲了使滅商的大業進入最後衝刺的階段。武王首先要測看各諸侯國對討伐商紂的態度，以及檢閱軍隊作戰的準備程度，以便採取進一步的實際行動，就在即位的第二年，由於文王在民衆中的威望，他在車的中間安放著文王的靈牌，與姜尙一起，率軍東下，來到孟津（今河南孟津縣）這個地方，舉行了歷史有名的「孟津之會」，諸侯們聽說要討伐昏庸無道的殷紂王，歡欣鼓舞的前來會合，據說會合的諸侯就有八百個。這次「孟津之會」既是一次外交會盟，又是一次軍事大演習、大檢閱。讓武王增添了滅商的信心。但武王頭腦很清醒，知道最後一搏的時機還不到，就班師回朝了。

又過了二年，周武王瞭解到商王朝的一些忠臣被紂王殺的殺，關的關，跑的跑，知道滅商的時機到了，他採納了姜尚的建議，決定大舉伐商，並把這一決定通報各諸侯國。於是周武王率領了一支由戰車三百輛、虎賁（敢死隊）三千人、甲士四、五萬人組成的伐商大軍出發了。周軍過了孟津，又會合了各路前來助戰的各方諸侯，一路浩浩蕩蕩地向商都前進。

西元前二七年二月甲子日早上，天剛濛濛亮，周軍就在離商都不遠的牧野（今河南淇縣南）紮下營地。大戰之前，武王一手拿著明晃晃的大鉞；一手持著指揮大軍的白旄旗，面對排列成戰陣的軍隊，舉行了莊嚴的誓師儀式，儀式上，武王宣佈了戰爭動員令，他說：

古人說過，母雞是不應該在早晨鳴啼的，如果母雞在早晨鳴啼，那麼這個家庭就要破敗了。現在紂王只是聽信婦人的話，拋棄了對祖宗的祭祀，爲非作歹的時日不多了。現在我恭恭敬敬地按照上天的意志前來討伐商紂王了，努力吧！勇敢的戰士們，要威武雄壯，要像老虎、豹子、熊羆那樣勇猛，在殷商國都郊外大戰一場，但是不要殺掉殷商軍隊中前來投降的人。戰士們，假如你們不努力作戰，我就要把你們殺掉！絕不留情。

武王誓師以後，周軍對商軍發動了強大的攻勢，商軍雖然人數很多，但人心渙散，早就盼望周武王前來解救他們，因此，仗一開打，商軍紛紛倒戈，亂了陣腳，敗下陣來。周武王趁勝追擊，直到商紂王的老巢朝歌。殷紂王看見大勢已去，急忙逃回朝歌，躲到鹿台的上面，他眼睜睜的看著周軍衝進都城，急得屁滾尿流，直跺腳。他知道已經是到了衆叛親離的地步，末日來臨，只有死路一條。當天晚上，他把寶庫裡的貴重玉石裹在身上，放了一把火自焚，結束了荒淫罪惡的一生。武王來到紂王自殺的地方，親自射了三箭，又把紂王的頭割下，掛在白旗下示衆。

第二天，在大臣們的簇擁下，武王來到象徵擁有天下的祭壇上，舉行了隆重的典禮，武王宣佈說：「我帶著老天爺給我的的使命，來拯救處於水火之中的老百姓，感謝大家的支持，滅商的目標實現了，從今以後，我們一定可以過上和平安定的日子。」武王說完以後，台下一片歡呼聲，形成了歡樂的海洋。自此，西周王朝建立了，歷史開始新的篇章。

爲了慶祝滅商勝利，武王在建國的第二天召開了慶祝大會，會上演出了歌頌武王的大型〈大武〉歌詩。爲了建國後的安定，武王命令散發鹿台所積存的錢財給老百姓，把巨橋倉庫的糧食分給沒有吃喝的人們，從而穩定了民心。另外，把因裝瘋賣傻而被關起來的微子從監獄裡放出來，爲了表示對敢於直諫的比干的敬重，到比干的墓前憑弔，還把比干的墳墓重修得又高又大，對活著的忠臣商容加以慰問，還修繕他的房子等，一系列爭取民心的措施，使被征服的商族與征服者的周族之間的矛盾得到緩解，老百姓幸福安康。

## 百葉窗

何謂〈大武歌舞〉？

周武王滅商取得大勝之後，舉行了隆重的慶祝晚會，演出了大型的〈大武歌舞〉表演，用壯麗而又歡快的風格，表現了武王滅商從出發到戰勝歸來，以及到祖廟祭祀的全過程，該歌舞詩共六章，所採用的六篇詩，後來都收在〈周頌〉裡。〈時邁〉，抒寫武王出征；〈武〉歌頌武王克商；〈賚〉抒寫武王征伐南國；〈般〉書寫武王班師回朝；〈我將〉書寫武王回到鎬京後，到周廟祭祀；〈桓〉抒寫滅商之後，國家太平，屢獲豐收。

〈大武歌舞〉在中國歌舞史上有著重要的價值，它屬於「雅樂」範疇，它與春秋末年興起的「新聲」不同，多是集體表演，可惜的是，先秦時代的「雅樂」到了漢代幾乎完全失傳。我們今天所能知道的「雅樂」，就只有〈大武歌舞〉了。

另，「桐葉封侯」的故事：叔虞是周武王的兒子，周成王的弟弟，當初，叔虞的母親邑姜做了一個夢，夢見上帝對武王說：「我讓你生個兒子，就叫做虞，我把唐這個地方賜給他。」後來邑姜生下一個兒子，一看，手心上果然有一個「虞」字，由此武王就給兒子取名爲「虞」。

武王去世以後，很小的成王繼位。有一天，成王與叔虞玩遊戲，兩個人玩得很開心，成王就把一片桐樹葉做成珪（古代一種玉做的禮器，下方上尖）的形狀，送給叔虞，說：「用這個賜封你」，站在一旁的史官史佚走上前，請求成王選擇一個吉日，按規定的禮儀賜封叔虞爲諸侯，成王聽了很不高興，說：「我只是和弟弟開個玩笑罷了」史佚認眞的說：「天子無戲言，只要說出口，就一定要辦，史官還要記載下來呢。」成王無可奈何，只好按照祖宗的規定辦理，把唐這個地方賜封給叔虞。唐這個地方在黃河和汾河的東邊，方圓有一百里。叔虞的兒子燮因爲這個地方靠近晉水，就把封國改稱爲晉。晉在春秋時代是一個大國，有著較大的影響。

有一天，周武王問姜太公：「什麼是治國之道？」姜太公回答說：「治國之道在於愛民」，周武王又問：「怎麼才能愛民？」太公回答說：「對民眾要給他利益而不能傷害他們；讓他們成功而不能讓他們失敗；讓他們生活很愉快而不能隨便殺害他們；要儘量給予而不能奪取等等。例如，讓民眾流離失所那就叫做傷害，讓農夫耽誤農時，那就叫做敗壞；對於有罪的人給予過重的處罰，就叫做殘殺；讓民眾有過重的賦稅負擔，就叫做奪取。對待民眾就像父母疼愛兒子，兄長愛護弟弟。聽到民眾饑餓了，寒冷了，心裡會很哀傷；看到民眾很勞苦的時候，心裡會很悲愁。」

（參見劉向《說苑・理政篇》）

# 1.10 成康之治享太平

《史記．酈生陸賈列傳》記載，陸賈經常在漢高祖劉邦面前講述《尚書》、《詩經》的古代文獻，劉邦很不耐煩，罵道：「我居馬上得之，安事《詩》、《書》？」

劉邦的意思是，我是依靠戰爭的手段打下天下，建立了漢王朝的，《尚書》、《詩經》關我什麼事？陸賈給劉邦解釋說：「當年吳王夫差、智伯窮兵黷武，最後自取滅亡，秦始皇採用嚴刑峻法，殘酷統治，前後十五年就完蛋了。如果秦王朝採用仁義的辦法治理國家，陛下哪能有今天的輝煌？」這個故事說明了奪取政權與鞏固政權是兩回事，處理方式有著本質的不同。

周武王牧野之戰，一舉推翻了商王朝，建立了新的政權——周王朝。說明了周王朝的建立，也是依靠「馬上得之」。即依靠戰爭的暴力方式取得統治權。武王去世以後，成王繼位，面臨的是如何治理國家的大問題，有什麼故事值得講一講呢？

相傳，周公在替代成王執政期間，有一年，年幼的成王忽然生了大病，（古人迷信，認為國家領導人突然生大病，是上天的一種懲罰。）周公心急如焚，趕忙在郊外的社壇上舉行了祭祀儀式，他先昂頭對著蒼天，然後低頭默念禱詞，禱詞說：「蒼天明鑒，我們的國王年紀雖小，但有仁愛之心，又是國家的撐天柱，千萬不能有所閃失。如果我們國家有什麼過失。引起老天爺發怒，責任在我，要懲罰就懲罰我好了。」

周公禱告完畢，禱詞被史官收藏在王室的檔案庫裡。後來，成王長大，周公把執政大權交還給成王，有人乘機在成王面前說了周公的壞話。功高震主，引起成王的懷疑。周公有口難辯，只好到南方的楚國避風頭。說來話巧，成王在一次視察王室檔案庫的時候，發現了周公的禱詞，從此陰霾散去，眞相大白。成王深感愧疚，立即派人把周公請了回來。自此以後，對周公更加信任，並用周公所著的〈無逸〉、〈多士〉、〈酒誥〉等文獻作爲治理國家的理念，把國家的安定與發展作爲首要行動指南。

成王心裡很清楚，不能把獲得政權看成萬事大吉，必須懷著憂慮和恭敬的心情從事鞏固政權的工作，當前的要務是把國家安定下來，再求發展。成王心想，樹欲靜而風不止，留下來的商朝貴族們不滿失去的特權和財富，總想找機會翻天。得想想辦法對付才行，他想來想去，想出一個解決問題的辦法，即把他們大部分人遷往西方，在洛邑附近建立一個大城，供他們居住。這既便於管理，又可以防止他們搗亂。經過一段時間的搬遷，殷朝的貴族們終於落戶新城，但他們仍有許多問題沒有得到解決。成王爲了安定他們的情緒，便派周公前去安撫。周公說話的大意是：

商紂王殘暴荒淫，不顧老百姓的死活，才有了今天的下場，這是老天爺對紂王的懲罰。把你們遷到這裡來，也是尊崇上天的命令。你們在新城好好耕作，你們和你們的子孫都會有好日子過……。

在成王安撫計畫落實之後，殷商的遺民們在新地方有房子住，有地種、有飯吃，個別優秀人才還能得到提拔重用，也就慢慢的適應了新的生活，社會也安定得多。

成王心裡很清楚，老百姓必須有飯吃、有衣穿，過上好日子，千萬不能再像殷紂王時代那樣，忍饑挨餓、缺衣少穿、流浪要飯，社會才能安定，老百姓才能過上太平日子，於是他緊抓農業生產。爲了給官員們和老百姓鼓舞，他起了一個「籍田」儀式，即每年春天，成王要帶著官員們到田間地頭參加勞動，其程序是成王先做示範，他拿起像鐵鍬一類的農具到地裡翻地除草，隨後，官員們一起下田幹活，最後，幾千個農奴一起在公田裡耕種，直到太陽下山。俗話說，榜樣的力量是無窮的，在成王的帶動下，全國掀起了農業勞動的新高潮。並使當年獲得農業大豐收。〈周頌．噫嘻〉一詩描寫了當年農業豐收的盛況：

稻黍多來年成好，
糧食堆滿大糧倉。
萬擔億擔眞不少，
釀成美酒供祭祀，
先給祖先來品嚐。

祭品齊備表孝心，
福星高照喜洋洋。（據原詩改譯詩，下同）

成王執政期間，由於過去受殷紂王「酒池肉林」等奢靡之風的影響，社會上和執政團隊裡都有酗酒的不好風氣。〈小雅．賓之初宴〉第四章就諷刺了一些官員們在宴會上喝醉酒的醜態：

客人已經喝醉了，
又是叫來又是鬧。
打翻杯盤和酒碗，
歪歪扭扭把舞跳，
還說自己沒有醉，
臉皮眞厚不害臊。
頭上歪戴鹿皮帽，
瘋瘋癲癲不正道。
……
宴會喝酒本好事，
只是要有好禮貌。

成王深深感到，不剎住這種不良的風氣，既會影響農業生產，又會影響國家政權的穩定與鞏固。於是下了決心，頒佈了一道禁酒令，主要內容是，美酒主要是用來祭祀用的，不能集群飲酒，不能酗酒鬧事，如果造成嚴重後果，是要殺掉的，但爲了恢復生產，對於那些掌管工業生產的「百工」，有觸犯禁酒令的，要教育而不要殺掉。爲了禁酒令能更好地貫徹執行，成王設立了酒監，以負責實施。事實證明，這一措施的推行，效果很好，帶動社會風氣的好轉。正如〈周頌・昊天有成命〉中所唱的：

成王不敢圖安逸，
日夜謀政志安邦。
國家光明又輝煌
忠誠厚道熱心腸。
國家鞏固民安康！

成王在位僅僅三年，突然得了重病，這一次，他自己意識到日子不多了，便沐浴更衣，斜靠著玉案之後，便把召公、畢公等大臣召來做最後的政治交代，他說：「現在上天降下災禍，讓我一病不起，你們應當記取我的遺言，用愛戴尊敬的心情擁戴我的大兒子——釗。要佈德行、重教化，還要處理與遠方民族的關係。一定不要讓嗣王釗做出違反禮制的事情來。」成王說完之後，就駕鶴西歸了。

康王繼位之後，在召公、畢公等大臣的輔佐之下，推行了發展農業生產，與民休養生息的政策，反對奢靡之風，當年晉侯花了很多錢，蓋了一座高大而又漂亮的宮殿，收到了康王的批評。好政策的推行，使國力大大增強，經濟文化也有了較大的發展，《史記．周本紀》說：「成康之際，天下安寧，刑錯四十餘年不用。」刑錯是指刑法，四十年不用，顯然誇張一些，但也說明了當年的太平盛況。因此後人把這一段歷史，稱讚爲「成康之治」，並與漢代的「文景之治」、唐朝的「貞觀之治」、清代的「康乾盛世」並列，爲中國歷史上著名的盛世佳話。

**百葉窗**

一首歌頌周成王舉行籍田典禮的歌——〈周頌．噫嘻〉：

啊！多好的成王。
重視農業把地種，
率領農夫同下地，
安排農事快播種。
快快開墾私人田。
三十里地盡完工，

從事耕作要抓緊，
萬人一起同勞動。

這是一首周成王舉行籍田典禮時，樂工所唱的樂歌，歌頌了成王帶領田官和農夫播種百穀的情形。從詩中可以看出，當時國家領導人對農業生產的重視，集體勞動，以及存在著公田與私田等的情形，有一定的史料價值。所謂籍田典禮是這樣的：一年之計在於春，春天來了，國王爲了鼓勵人們的生產積極性，要以身作則。在舉行典禮的前一天，國王要「齋戒沐浴」，即要洗澡淨身，飲用乾淨的酒，以示對農神的尊敬。到了舉行典禮的日子，國王帶著各級官吏、大小貴族，和農人們一起來到田間地頭（公田），在主管農業大臣的主持下，首先在田間祭祀農神，而後國王在太史的引導下，拿起犁田的耜，推一下，以作示範。然後按照爵位的高低，依次在田地裡翻地，爵位愈高，翻地的次數愈少（據說，公爵翻三下，卿翻九下，大夫翻二十七下），籍田典禮結束之後，由農奴們把整地的事情完成。

（參考自王宇信《西周史話》、《史記．周本紀》）

# 1·11 穆王西遊傳友誼

從文化的視角看，周代的昭王、穆王時代是西周文化最發達的時期，穆王時代產生了許多優秀詩歌，《詩經》也是在這個時候集結成書的。而從歷史的走向看，昭王、穆王時代又同漢代的漢武帝、唐代的唐明皇、清代的乾隆時代，都是由盛到衰的轉變期。根據馬銀琴《兩周詩史》的研究，〈周頌〉中的〈閔予小子〉、〈訪落〉、〈敬之〉等詩，是周穆王登基大典時使用的儀式樂歌；但是要講穆王的故事，讓我們先從昭王的故事講起：

《左傳．僖公四年》記載這樣的故事：春秋初年，成為霸主的齊桓公率領諸侯的軍隊攻打蔡國，蔡國潰敗，又揮師南下，攻打楚國。楚王派遣使者來見齊桓公說：「您們住在北方，我們住在南方，風馬牛不相及，眞想不到您們長途跋涉到我們這裡來，到底想幹什麼？」，管仲替齊桓公回答說：「還在周初的時候，我們老太公（即姜太公）就得到周成王的任命，爲了保衛周王朝，可以擁有周天子巡行天下的權力。您們楚國近來不按時向周天子進獻應有的貢品，我們大王代表周天子前來問罪。另外，請問，前年周昭王南下討伐楚國的時候，再也沒有能夠平安返回，這是爲什麼呢？我們國君就這一件事前來責問。」楚國的使者回答說：「向周天子進貢的貢品沒有能夠及時送去，這是我們國君的不是，今天補上就是了。至於周昭王沒能夠平安返回的問題，請您們去問一問漢水邊上的人吧。」

那麼，周昭王當年南下討伐楚國，沒有能夠平安返回西周，這是怎麼回事呢？

原來，康王去世以後，昭王繼位，好大喜功的昭王，對南方連年用兵，雖然擴大了西周的勢力，得到了不少的財富，但也激起了當年南方各族人民的不滿和反抗。昭王十九年，他又帶著大隊人馬南下攻打楚國，在南渡漢水時，當地老百姓把一艘用膠水黏起來的大船獻給昭王使用。不料大船行駛在漢水中間，黏膠融化，昭王和隨行人員一起落入水中，統統被淹死了。楚軍乘勝追擊，昭王的軍隊能夠死裡逃生，跑回鎬京的只有幾百個人。

昭王死後，他的兒子姬滿繼承王位，他就是歷史上被稱爲著名旅行家的周穆王。他執政不久，就發現處於西方的一個犬戎部落，力量愈來愈強大，嚴重威脅周王朝的安全，就想出兵進行討伐，卻遭到大臣祭公謀父的勸阻，祭公說道：

不要隨便去討伐犬戎部落，我們先王向來就是以德行爲主，並且經常告誡人們，好戰必敗。我們武王之所以有牧野這一次戰爭，完全是爲了拯救處於水深火熱之中的老百姓，是不得已的。

此外，我聽說犬戎部落民風淳樸，生活安定，我們無緣無故的去討伐人家，在道義上就輸掉了。

穆王聽了之後，覺得祭公說得有理，就派大臣到犬戎部落做友好訪問，犬戎部落的首領非常高興，並給與熱情接待，還讓使者帶回來四隻白狼和四隻白鹿，還有一把寶刀，作爲送給穆王的禮物，據說這把寶刀鋒利無比，用它切割玉器，就像切割泥巴一樣。

穆王這次成功的外交，讓他嚐到甜頭，他體會到用和平友誼的方式，同周邊各部落友好相處，對周王朝的鞏固十分有利，於是，經過了兩年的準備，周穆王帶著大隊人馬和財寶，由駕馭駿馬的能手造父駕馭著八匹駿馬的車子，開始了往西方的友好之行。

穆王西行的第一站是，渡過黃河，通過雁門關，到了河宗部落（蒙古河套以北），受到了河宗部落的友好接待，他們還用十張珍貴的豹皮和二十匹好馬作爲見面禮。第二站，穆王繼續西行，登上了崑崙之巔，瞻仰了這裡的黃帝之宮，並舉行了祭山儀式。第三站，穆王西行到了赤烏部落居住的地方，相傳，赤烏部落跟周人同出於宗周，血緣相近，他們千里之外，遇到周人，「他鄉遇故知」，格外驚喜，給穆王進獻上很多美酒、馬匹、羊和糧食；穆王回贈一輛高級的馬車、黃金四十鎰（二十兩為一鎰）等貴重的禮品，並在那裡住了十多天。之後，穆王又繼續西行，來到了第四站——曹漢部落，曹漢部落的首領與穆王敘談之後，爲穆王一行舉行了豐盛的招待宴會。最後，穆王來到了西王母之邦，西王母對穆王說：「見到您很高興，遠方的客人請在這裡多住幾天，瞭解瞭解我們這裡的風情。」穆王爲了表示友好，送給西王母一對碧玉、一個玉圭和好多絲織品。西王母還特地在瑤池風景區舉行了接待酒會。席間，穆王與西王母交談十分融洽，西王母爲穆王唱了一首歌謠：

白雲在天，
山陵自出，
山川間之。
將子無死，
尚能復來。

歌詞的意思是：我們這個地方，與東土相距遙遠，但我們的心是連在一起的。希望穆王保重身體，晚年的時候，再來訪問。

穆王聽了之後很是高興，即席回唱一首：

予歸東土，
和治諸夏。
萬民平均，
吾顧見女（汝）。

比及三年，
將復爾野。

穆王回答的意義是：我回到西周，要和華夏的其他友邦和好相處，並使老百姓都能夠平均享受國家的福利，三年之後，我將會回到這裡來看您。宴會以後，穆王在西王母的陪同下，登上了西王母之邦的一座高山——弇山，揮筆寫下了「西王母之山」五個大字，銘刻在石碑上，並和西王母一起，栽下一株槐樹，作爲永恆友誼的象徵和紀念。最後，穆王依依不捨的告別了西王母，帶著西方各族人民的友誼和贈送的珍貴禮物，平安的回到西周鎬京。

根據《穆天子傳》的記載，和相關學者的研究，穆王這次西行，經歷了現在的河南、山西、內蒙古、甘肅等省、區，一直到新疆的田河、葉爾羌河一帶，這一帶屬於現在的中亞。可以看出，穆王西行所經過的地方，跟漢代張騫通西域所經歷的地區，基本一致。

周穆王對中國政治文化的貢獻，還在於制定了中國第一部法典——《呂刑》（已經收入《尚書》之中），相傳大禹時曾經制定過一部法典，叫做《禹刑》，但其具體內容已失傳，而《呂刑》則有比較詳細的法律條文，特別是其中提到刑法審判的五大弊端，一是依仗官勢；二是挾私報仇；三是暗中做手腳；四是索受賄賂；五是謁請說情。並規定法官失職，懲罰與犯人相同，首開冤假錯案的問責的法律制度，至今仍有重要的價值。

**百葉窗**

## 《穆天子傳》的來歷

周穆王西遊的來歷主要來源於《穆天子傳》，那麼，《穆天子傳》是怎麼發現的呢？《穆天子傳》成書於春秋戰國時期，但很快就失傳了。一直到晉朝太康二年（西元二八一年）才被發現，事情是這樣的：當時有一個盜墓的人叫不准，他在汲郡（今河南汲縣）挖開了六百多年前魏襄王的大墓。不准席捲了陪葬的珍貴物品之後，把一堆寫有文字的「竹簡」遺棄在墓中。後來，西晉有關的官員得知之後，派人把墓中的竹簡全部取出，足足裝了幾大車，經過西晉學者荀勖等的研究，並整理成書，共七十五篇，十多萬字，後人稱之爲「汲塚竹書」，其中有兩部失傳的先秦古書，一部是魏國的史書《竹書紀年》，另一部就是《穆天子傳》。

（參考自王宇信《西周史話》、《史記・周本紀》）

# 1·12 宣王中興的故事

周宣王中興是西周歷史上一件大事，我們要講他的故事，需要分兩個階段，即前期和後期。跟秦始皇、唐玄宗一樣，前期興盛，後期衰敗。而前期的故事是這樣的：

西周社會自周穆王之後，開始走下坡路。經歷了懿王、孝王、夷王，厲王之後的周宣王繼承了王位，他一上臺，就面臨著周厲王留下的爛攤子，天災人禍，政治腐敗，百姓流亡，南方淮夷部落的反叛，北方獫狁部落的乘機侵擾。形勢危急而又嚴峻。面對這一大的難題，周宣王和大臣們是如何渡過難關而又實現中興的呢？

宣王知道，民以食爲天，必須繼承先王們重視農業的優良傳統，發展生產，老百姓有吃有穿，社會才能安定。然而老天不作美，偏偏出現了嚴重的旱災：

旱災來勢很兇暴，
山禿河乾草木焦。
旱魔來勢很兇猛，
遍地都如大火燒。

長期下去怎麼辦？
憂心如焚受煎熬。（〈大雅・雲漢〉中的經過意譯的詩句）

在大旱面前，宣王的心和老百姓的心是一樣的，心急火燎的周宣王，爲了求雨，在祭壇前誦讀了求雨的禱詞，（見〈大雅・雲漢〉），他爲了祈求上天消除特大旱災，所用的禱詞誠懇而又迫切的情態十分動人。

可能是周宣王求雨心切而真誠，感動了上天，周宣王祁雨不久之後，果然下了幾場傾盆大雨，緩解了旱情。當年就獲得了農業大豐收，〈周頌〉中的〈載芟〉、〈良耜〉記述了周宣王爲了鼓勵民衆的生產積極性，還親自到田間舉行籍田儀式，這兩首詩記述了當時民衆豐收之後喜悅心情，並說，當時的場地上糧食堆得像小山一樣，高高的糧垛像高聳的城牆。正是由於農業的大豐收，才爲周宣王的中興有了堅實的基礎。

歷史經驗告訴人們，後一個王朝要發展，必須汲取前一王朝失敗的教訓。宣王即位不久，召公就向宣王提出用殷紂王、周厲王作爲前車之鑒的問題，得到宣王的贊同。由此宣王提出撥亂反正的具體措施：其一是，重用賢才，廣開言路。宣王知道，這麼大的國家，光靠自己不行，必須廣納賢才，作爲自己的左右臂。皇甫謐《帝王世紀》的記載，當時許多賢臣多集在宣王身邊，如召公、仲山甫、尹吉甫、南仲等等，都是中國歷史上著名的英才，他們在宣王中興過程中，做了傑出的貢獻。

周宣王接受了周厲王「弭謗」的教訓，他要求臣下在處理政務時要廣開言路，下情上達。他要求臣下多向他提出建議，供他施政時參考。〈小雅．鹿鳴〉是一首周宣王宴請大臣和賓客的詩歌，其中有「人之好我，示我周行」的詩句，他的意思是，諸位如果是眞正愛護我的話，請您們把做人做事的大道理毫無保留地告訴我。在當時，作爲一個國家的最高領導人，能夠有這樣廣納善言的胸襟，是了不起的。這句話使人們自然聯想起唐太宗那句「以人爲鑒，可以知得失」的名言。

周宣王知道，上樑不正下樑歪，要有良好的政風，必須從自已做起，《帝王世紀》說他「整身修行」，說的就是他嚴於律己，要爲官員們做好榜樣的事情。宣王告誡官員們在徵收賦稅的時候，不得中飽私囊，魚肉百姓，要求官員們不能沉湎於酒。他所發佈的禁令大多是針對周厲王時的苛政和官紀腐敗而發的。

由於周宣王的勵精圖治，使國內的各種矛盾有所緩和，一些諸侯也紛紛前來朝見周宣王，周王朝的威望也得到提高。宣王在努力整頓國政的同時，爲了國家的安全，從西元前八二七年起，開始了對南方和北方一些侵擾的少數部落，進行了自衛反擊戰。他命令方叔攻打荊蠻，召公討伐淮夷的反叛，都取得勝利。周宣王還親自興師命將征討徐方，從此以後，南方的淮夷諸多部落基本上降服，江漢徐淮一帶正式納入西周王朝的版圖，並爲西周王室增添了貢賦的來源。

從周懿王時代起，處於北方的獫狁部落的不斷侵擾，構成了西周王朝的直接威脅，抗擊獫狁成了周宣王即位之後的大問題。西元前八二七年，宣王組織力量對獫狁部落進行討伐。《詩經》中的〈出車〉、〈六月〉和〈采芑〉都從不同的角度反映了討伐獫狁的戰爭。〈六月〉是一首歌頌尹吉甫討伐玁狁經過的詩，記述了處於北方的玁狁不僅整旅佔據了焦獲（今陝西涇陽縣），還把鐵蹄踐踏到了朔方和涇水的北邊，周軍用十輛大型的戰車作爲開路先鋒衝進敵陣，後面緊隨的訓練有素的車隊和戰馬，與敵軍進行鏖戰，玁狁潰不成軍，只好退到了大原（今甘肅省固原縣）。宣王自繼位之後的十幾年間，一改周王朝衰敗的形勢，歷史上稱之爲「宣王中興」，然而時間並不長，被評論家評爲「曇花一現」。

由於幾次戰爭的勝利，沖昏了周宣王的頭腦，驕傲自大起來，從而走上了厲王的老路。繼位初期，他積極舉行籍田禮，以身作則，帶動了全國的生產勞動積極性。後期卻懶得推行了，即所謂「不籍千畝」，大臣虢文公好心規勸，他都當耳邊風；由於過度的戰爭，消耗了國力財力，他要「料民」。即統計人口，以加重民衆的賦稅負擔，大臣中山甫苦口婆心地跟他講明利害，他置之不理，照樣執行，以至於讓老百姓人心惶惶，逃離家園。他干涉魯國王位的繼承，廢長立少，導致魯國的大亂，影響了諸侯的向心力。他亂殺無辜，他的一個小妾叫女鳩，要和大臣杜伯通姦，遭到拒絕，宣王聽信女鳩的話，就把杜伯囚禁起來，杜伯的朋友左儒規勸宣王九次，不但不聽，反而把兩個人都殺死了，其暴虐程度不亞於周厲王。在國庫虧空的情況之下，他還繼續出兵打仗，其結果可想而知：

宣王三十三年，王師攻伐大原之戎，失敗而歸。
宣王三十八年，王師和晉穆侯一起攻打條戎，王師潰逃。
宣王三十九年，王師討伐姜戎，千畝之戰，王師敗逃。

宣王四十一年，王師跟申戎打仗，失敗得更慘。

周宣王在位四十九年之後死去，他的兒子幽王繼位，更加昏庸無道，導致西周的滅亡。宣王的故事告訴人們，昏暗的政治要想取得戰爭的勝利，那是天方夜譚。周宣王一生爲何從中興之主滑落爲一個暴君？這期間的歷史教訓值得人們深思。

**百葉窗**

何謂「毛詩」？

「毛詩」屬於《詩經》中的古文學派，其傳本經文原是採用先秦的古文字書寫。因爲最早的傳授者是毛公（毛公有毛亨和毛萇之分）而得名。《毛詩》在漢代，開始是不能列於學官，只能在獻王劉德的中山國內傳授，到了漢平帝時期，才准許列入學官，並設立博士。東漢以後，《毛詩》盛行於世。《毛詩》系統的重要著作有東漢鄭玄《毛詩箋》，唐代孔穎達《毛詩正義》及清代陳奐《詩毛氏傳疏》等。由於《三家詩》先後失傳，我們今天讀的就是《毛詩》。

另〈大雅．常武〉簡介：反映周宣王中興時的戰爭詩歌有〈出車〉、〈六月〉、〈采芑〉和〈常武〉等，其中以反映周宣王親自帶兵征討徐方的〈常武〉最爲出色。全詩共六章，第一、二章寫出征前的準備，第三章寫王師不以殘暴手段去攻打，而以威力去征服，突出王師是仁義之師；第四章寫出征討徐方時的軍威，動如雷霆，靜似猛虎，王師所到之處，無堅不摧，第五章：

王師氣勢世無雙，
快捷行軍像鳥翔。
好比江漢奔騰湧，
好比青山難撼動。
好比洪流難阻當
連綿不斷聲勢壯。
神機妙算敵難料，
最後平定是徐方。

這一章採用了博喻的手法，寫出了王師勢如破竹的氣勢眞切傳神。最後一章歌頌了周宣王平叛之功，詩中充滿了愛國豪情，在《詩經》中屬於上乘之作。

# 1·13 孝子伯奇的哀歌

《詩經．小弁》〈毛詩序〉認爲是一首諷刺周幽王的詩，而《魯詩》則認爲是「伯奇之詩」，我們所講的故事是根據《魯詩》的說法。

尹吉甫是周宣王時代的著名大臣，他爲周宣王中興立了汗馬功勞。然而，他的家庭也有不幸。他的妻子在生了伯奇之後，就離開了人世，而伯奇長大後，對父親很孝順，噓寒問暖，尹吉甫經常外出帶兵打仗，伯奇在家裡，把家務管理得有條有理。後來，尹吉甫娶了一個後妻，她卻是一個壞心腸的女人，自從她生下兒子伯邦之後，爲了獨佔家產，就把善良聰慧而又孝順的伯奇看成眼中釘、肉中刺。伯奇的後母幾次在尹吉甫面前說伯奇的壞話，甚至說伯奇在尹吉甫不在家的時候，調戲過她。人們經常說，知子莫若父，尹吉甫就是不相信孝順而又仁德的伯奇，會做出那種缺德的事。

有一年的春天，尹家的後花園繁花盛開，後妻向尹吉甫再次提起伯奇有不軌的事情時，尹吉甫還是不相信。他的後妻說：「明天到後花園，您躲在暗處，就能看見您寶貝兒子是不是我講的那種人。」

第二天，伯奇的後母在遊園的時候，暗中在衣兜裡藏著幾隻小蜜蜂，當伯奇走過她的身旁的時候，她突然驚叫一聲：「好痛啊！蜜蜂螫我。」伯奇不知道後母歹毒的用心，就連忙用手伸進後母的衣兜裡，把小蜜蜂掐死。尹吉甫以爲眼見爲實，氣得把伯奇趕出家門。

有一天，尹吉甫陪同周宣王出遊，周宣王聽到從山上傳來一首悲歌：

烏鴉烏鴉心裡歡，
回到窩裡眞安閒。
人們生活都很好，
我獨憂愁難排遣。
我有啥事得罪天。
我是犯了哪條款？
滿心憂傷說不完，
叫我究竟怎麼辦？

桑梓爹娘門前種，
敬它猶如敬祖先，
兒子哪有不敬父，
孩兒怎不把母戀。
誰非爹生皮和毛，

誰非和娘血肉連。
老天既然生了我，
爲啥時乖命又蹇。

父親聽讒太輕信，
像受敬酒味津津。
父親對我少恩情，
不究謠言何由生。
砍樹還要拉緊繩，
劈柴還要順木紋，
放過那個造謠者，
卻把臭名加我身。（《詩經．小弁》一、三、七章）

周宣王被歌聲深深感動了，並認爲這是一支「孝子之歌」，立刻吩咐尹吉甫把那個歌者叫來。尹吉甫循著歌聲，來到山上的大樹底下，發現歌者竟然是自己的兒子伯奇。父子倆人相擁而泣。當伯奇向父親訴說打死蜜蜂的實情之後，尹吉甫恍然大悟，感到讓伯奇在外流浪多年，十分愧疚，並把伯奇帶回家，把後妻趕出家門。

（參考自王先謙《詩三家義集疏》、程俊英《詩經譯注》）

百葉窗

關於「女三爲粲」的故事

據《史記・周本紀》記載，周穆王在死去之後，他的兒子翳扈繼承王位，他就是周恭王。周恭王有一次到涇水岸邊出遊，有一個周王朝封在密地的貴族叫密康公的人，跟隨其中。突然有三個漂亮的女子出現在密康公的車前，密康公就叫隨從把這三個女子帶回家。

密康公一進門，他的母親發現了這三個來路不明的女子是私奔來的，就對密康公說：「你今天既然是陪同恭王出遊，路上得到了漂亮的女子，按理應該獻給恭王才對，俗話說得好，三隻野獸就叫做「群」，三個人就叫做「眾」，三個女子就叫做「粲」，即漂亮無比。國王打獵不敢打三隻野獸，怕給人說他貪心，這次出遊，許多大臣跟你一起，你卻獨得三個非常漂亮的女子，咱們能有這麼大的福氣嗎？你還是送給恭王去享用吧！」

密康公不聽母親的忠告，私自把這三個女子留下當小妾。一年之後，周恭王知道了這件事，便以密康公違反周禮爲藉口，派兵滅掉密國，密康公也被殺而死。

# 1·14 秦襄公建立秦國

西元前七七一年，周幽王和太子伯服被犬戎殺害，繁華的鎬京（今陝西西安西長安縣）被犬戎洗劫一空並跑回老巢。各國諸侯得到幽王確實被犬戎殺死的消息以後，衛國、晉國、鄭國和秦國都前來救援，諸侯們看到幽王已經死去，便把原來的太子宜臼從申國請回來，共同擁立他爲周王朝的天子，這就是周平王。在前來救援的諸侯中，鄭武公因爲他的父親鄭桓公被犬戎所殺，報仇心切。在於犬戎的戰鬥中，英勇殺敵，戰功顯著，被周平王命爲司徒，並供職於周王朝。衛武公在與犬戎的戰鬥中也立了大功，被周平王封爲公爵。

而另一個立功受賞的人就是秦襄公，他跟逐水草而居，經常侵犯中原的犬戎有著世代的深仇大恨，他的祖父就是周宣王時的秦仲，秦仲在奉周宣王之命討伐犬戎的戰鬥中，被犬戎殺死。秦仲的兒子秦莊公帶領兄弟四人，繼承他的父親的遺志，得到周宣王給他們補充七千人馬的支援之後，順利打敗入侵的犬戎，被周宣王封爲西陲大夫。秦莊公有三個兒子，長子名叫世父，他一心想爲祖父秦仲報仇，就在族人的大會上立下誓言：「戎人殺死我的祖父，我不殺死戎王，就沒有顏面回來。」並把繼承的爵位讓給秦襄公以表決心。可惜他出師未捷，戰爭中成了犬戎的俘虜，一年之後，才被放了回來。秦襄公在周幽王被殺之後，不僅帶兵救周時功勳卓著，而且在護送周平王遷都洛陽時立了大功。周平王對秦襄公可謂感激涕零，讓秦襄公由大夫的爵位一下子提升為諸侯，並把岐山以東的大片土地封給秦國。從此以後，秦國才正式建立了自己的國家，成為周王朝的諸侯國。而且可以和其他的諸侯國平起平坐，互通使節，互致聘享（即諸侯之間互相訪問，修通友好，並向周天子進獻貢品）。此外，周平王還與秦襄公定下盟約，其內容是，戎人太倡狂，侵奪了我岐山、豐水一帶的大片土地，今後秦國如果能夠把戎人驅逐出境，收復的土地全部歸秦國所有。這對於秦襄公和秦國來說，都是極大的禮遇和好處，勢必為將來秦國的發展奠定了堅實的基礎。

因此，秦襄公凱旋回到秦國國都陝西隴縣時，躊躇滿志，在西畤（古代帝王祭祀天地、五帝的固定處所）刻石記功，這就是流傳至今有名的《石鼓文》。同時，秦襄公回來時受到民眾的熱列歡迎，民眾在集會時歡唱了〈秦風．終南〉這首歌：

終南山上種啥樹？
山楸花和梅花好。
國君受命回來了，
身穿錦緞狐皮袍。
面目豐滿色紅潤，

英明國君眞是好。

終南山有啥東西？
盛產杞樹和棠棣。
國君受命回來了，
青黑禮服繡花衣。
佩帶美玉響叮噹，
祝願國君壽無疆。

秦襄公為了慶祝建國，用了三匹黑色馬、三匹赤色馬、三隻公羊祭祀上天和祖先。在禱詞中，秦襄公簡短回顧了秦國先代艱難而有的光榮歷史。

秦國的祖先，是顓頊的孫女，名叫女修。女修在紡織的時候，有一隻燕子從頭頂上飛過，落下一顆蛋，女修把這顆燕蛋撿起來吃了，不久就生下兒子大業，這一神話傳說說明了秦人是中國大地上最古老的居民之一。後來大業結婚生下兒子大費，大費由於幫助大禹治水有功，舜帝賞賜給大費一面旗幟，還將一個姓姚的美女嫁給他做妻子。其後大費幫助舜帝成功地馴服鳥獸，舜帝很高興，賞賜大費姓嬴，從此以後，秦人才有了自己的姓氏。之後經過幾代傳承，到了周孝王時代，有一個叫大非的秦人首領，負責為周孝王養馬，馬匹得到了週到的餵養，大量繁殖，周孝王賞識他，被允許在今甘肅天水建立城邑，作為周王朝的附庸，後來秦的力量逐漸強大，在西土阻擋戎人向周王朝的進攻，加上輔佐周平王有功，才有了豐鎬以西、岐山以東大片土地的賞賜。

春秋初年，秦襄公的兒子秦文公打敗了犬戎，全部佔有西周時期的關中地區，並把國都從甘肅遷到陝西的隴縣。從此秦國與東周王室爲鄰，東北與晉國隔河爲界，南邊到達陝西南部，西邊佔有甘肅東部，成爲西方一個大國。再經幾代人的辛苦經營，春秋時成爲「五霸」和戰國時「七雄」。到了西元前二二一年，秦始皇進行統一全國的戰爭，終於結束了封建割據的混亂局面，建立了中國歷史上第一個統一的中央集權制的秦王朝。

**百葉窗**

1. 何謂《石鼓文》？

就是在十塊圓柱形的大石上，刻滿秦國的大篆文字，因爲石頭形狀像鼓，所以石鼓上的文字叫做石鼓文。由於年代久遠，加上風化剝蝕，石鼓上的文字殘損得很嚴重，能夠看清的有三百二十一字（包括合文和重文）。《石鼓文》中記載秦襄公護送周平王東遷的歷史事實，有跡可循。

由於《石鼓文》對於研究秦國的歷史具有重大的學術價值，所以自唐宋以來，有學者對它進行研究，五代以前，有一個叫做鄭余慶的人，把丟失在陳倉荒野的十只石鼓移到鳳翔的孔廟裡保護起來。北宋時司馬池任鳳翔知縣時，把剩下九個石鼓保存在府學裡。西元一〇五二年，宋仁宗蒐集到遺失的那一個石鼓，西元一一一〇年，宋徽宗把石鼓保存在太學裡，並用黃金填滿字劃，表示對石鼓的珍重。北宋滅亡以後，石鼓被金人掠奪到燕京，字縫裡的黃金也被挖去。直到一九五〇年以後，十只石鼓幾經波折，終於有幸保存在故宮保和殿東部的箭亭裡，供人們參觀和研究之用。

2.何謂「興、觀、群、怨」？

語出《論語．陽貨》：「孔子曰：《詩》可以興、可以觀、可以群、可以怨。邇之事父，遠之事君；多識草木知名。」

「可以興」，是說《詩經》能夠讓人感發意志，振奮精神；「可以觀」是說《詩經》能夠讓人對社會、對人生有更多地瞭解；「可以群」是說《詩經》可以促進情感交流，加強友誼；「可以怨」是說《詩經》可以用它諷諫君主，批判社會不良的現象。是孔子對《詩經》社會功能的一種概括。

（參考自王信宇《西周史話》，《史記．周本紀》、李學勤等《秦國史》等）

# 1.15 一位陽剛與柔美結合的政治家——衛武公

〈衛風．淇奧〉的〈毛詩序〉說：「美（衛）武公之德也。有文章，又能聽其規諫，以禮自防，故能入相於周，羔而作是詩。」那麼，衛武公為什麼值得民衆的讚美呢？其中有什麼故事呢？

衛武公，名叫姬名，西元前八一二年——七五八年在位，是西周末年衛國一個在位五十五年的明君，《史記．衛康叔世家》說他「即位，修康叔（周武王的弟弟，衛國的開創者）之政，百姓和集。」由於他治理衛國得當，讓百姓過著安居樂業的生活，他不但能把衛國治理得很好，得到老百姓的好口碑。而且在挽救西周王朝方面立了大功。西元前七七一年，犬戎侵入鎬京，殺死周幽王，在這危亡時刻，作為周朝卿士的衛武公，帶兵進京，趕走犬戎，由此得到周平王的嘉獎，被封為侯。

西周初年，周公鑒於酗酒誤國的現實，曾經對著康叔的面，提出戒酒的問題，指出官員們如果盡情飲酒作樂，不把民衆的生活放在心裡，必然衆叛親離，走向滅亡。（見《尚書．酒誥》）然而到了周幽王時代，政治荒廢，君臣上下，飲酒無度，造成很壞的影響，衛武公作為西周王朝的卿士，非常痛心，於是寫下了〈小雅．賓之初筵〉這首著名的詩章，其中第四章：

客人已經喝醉了，
又是叫來又是鬧。
打翻杯子和碗盤，
跌跌撞撞把舞跳。
說是已經喝醉酒，
失禮動作不知道。
歪戴頭上鹿皮帽，
搖頭晃腦做舞蹈。
……
宴會用酒本好事，
規定禮儀要做到。

在這一章中，寫出官員們喝得爛醉的失態，他們酒後大喊大叫，跳起舞來歪歪扭扭，甚至把宴席上的食器都打翻了，簡直是一幅醉鬼醜態圖。這首詩的最後部分，對酗酒的現象進行規勸，希望用設立酒監這種制度加以節制。

衛武公不光有雄才大略，而且嚴格要求自己。他活到九十多歲，還經常告誡大臣們，要經常提醒他，有什麼不對的地方，要向他提出來。他晚年創作的〈大雅・抑〉中，在對周幽王的敗政進行批判的同時，第三章中，對自己提出了嚴格要求，即要以身爲範，他寫道：

皇天不會來保佑，
就像泉水自在流，
你我相連一起休。
起早睡晚勤政事，
裡外打掃除污垢，
爲民表率要帶頭。
……

在舊時代，有這樣一位善於自律的國君，實在難能可貴。由於衛武公的賢明，受到衛國民眾的愛戴，人們創作了〈衛風・淇奧〉這首詩加以稱頌：

看那淇河的岸邊，
有青翠綠竹一片。
衛武公神采奕奕，

如切磋過的象牙
如雕琢過的白玉。
風度翩翩心胸寬大啊！
威武英俊容光煥發啊！
衛武公神采奕奕，
讓人不能忘記啊！
……
看那淇河的岸邊，
有青翠綠竹一片。
衛武公神采奕奕，
猶如精純的金錫，
猶如玉圭和白璧。
他胸懷無比寬廣啊！
他登車依憑從容啊！
愛談笑說話風趣啊！
不刻薄亂發脾氣啊！

在這首詩裡，盡情抒寫了民眾對衛武公精純而又溫潤的品格之美，又有一種幽默風趣的情趣讚頌。如果說他對君臣上下酗酒的批判，表現了一位政治家的陽剛之氣，那麼他的對人幽默風趣就具有一種陰柔之美。這正是一位政治家成熟的表現。

### 百葉窗

1.衛武公

衛武公於西元前八一二——西元前七五八在位，共五十五年，他是衛國早期開明的國君，他繼位以後，實行休養生息的政策，得到老百姓的擁護，在犬戎侵犯鎬京，殺死周幽王，西周危難的時刻，他帶兵保衛周平王，得到周平王的嘉獎，被封為公。他創作了〈小雅．賓之初宴〉一詩，對周幽王時代，官員們飲酒無度及其醜態進行了諷刺和批判。他的自律也做得很好，他活到九十多歲，還經常告誡大臣們，要經常提醒他，有什麼不對的地方，要把他指出來。他創作的〈大雅．抑〉一詩諷刺了周厲王的虐政，並以此作為自己治國的借鑒，提醒自己要自律，要以身為範。在舊時代，這樣的國君難能可貴。詩中「訏謨定命，遠猶辰告」（建國大計定方針，長遠國策告群臣）是政治經驗的總結，得到後代謝安的贊許。由於衛武公的賢明，受到民眾的愛戴，他們寫了〈衛風．淇奧〉這首詩加以稱頌。詩中用綠竹形容他的虛心正直；用雕刻玉石，比喻他的學習和修養，還說他身為國君，不刻薄對待別人且平易近人說話風趣。

2.楚莊王「一鳴驚人，一飛沖天」

西元前六一四年，楚穆王去世，未滿二十歲的兒子公子侶繼位，他就是春秋五霸之一的楚莊王。他繼位之後的三年裡，不光不問政事，還「左抱鄭姬，右摟越女」，日夜花天酒地，飲酒作樂。朝中的大臣們看到楚莊王這種狀況，十分憂慮，擔心這樣下去，楚國豈不完蛋了。

有一個叫士慶的大臣也很擔心，在想怎麼解這個死結。他知道楚莊王喜歡猜謎語，就以與楚莊王一起猜謎語爲理由，進見了楚莊王，士慶說：「南山有一隻很大的鳥，三年裡不飛不動也不叫，是什麼鳥？」楚莊王回答說：「三年不動是決定志向，三年不飛是長翅膀，三年不鳴是在觀察朝中和全國的情況。這隻大鳥不飛則已，一飛沖天；不鳴則已，一鳴驚人。」

楚莊王說完之後，隨即上朝理政，楚國一下子有了新的氣象。原來他的不問政治，是以沉湎於酒色爲掩護，使得各種矛盾徹底暴露，好人壞人能夠浮出水面，一旦著手整頓，就能夠情況明朗，方向正確。

楚莊王在整頓內政之後，征服了庸國，又在與宋國戰爭中，活捉了宋國元帥華元（華元戰前用羊湯犒賞參戰人員，唯獨駕車的人沒能喝到，打仗的時候，駕車人說：「喝湯的時候你做主，現在我做主。」就把車駕駛到楚軍的陣地去了）。西元前五九七年的楚國和晉國發生了邲（今河南鄭州北）之戰，楚國大敗了強大的晉國。楚莊王在稱霸的道路上，走出了堅實而又堅定的的步伐。

（參考自王貴民等《春秋史話》、劉向《新序・雜事》）

# 1.16 齊桓公捷足先登

齊襄公（西元前六九七——西元前六八六年）在位，他是一個沒有廉恥而又兇殘的國君，對外侵佔別的諸侯國的領土，對內壓迫老百姓，使得老百姓怨聲載道，連他自己的兩個兄弟在齊國都待不住，只好逃到別的國家避難去了。他的兩個兄弟是兩個母親生的，一個叫做公子糾，母親是魯國人，就跑到魯國親戚家；一個叫做公子小白，母親是莒國（今山東莒縣）人，就跑到莒國親戚家。

公子糾的師傅叫管仲，公子小白的師傅叫鮑叔牙。管仲和鮑叔牙還是好朋友，「管鮑之交」的成語，說的就是他們之間的故事。

西元前六八六年，齊國發生了內亂，公孫無知殺死了齊襄公，自立爲齊國的國君，第二年春天，公孫無知又被仇人所殺。齊國國君的位置出現了空位，由此引出了一場與時間賽跑，爭奪王位的劇碼。當年，魯國的魯莊公親自出兵護送公子糾到齊國去，管仲對魯莊公說：「公子小白在莒國，離齊國近，萬一他先進去搶了國君的位置，那就麻煩了。最好讓我帶著一隊人馬先到前頭攔截，行嗎？」

管仲在得到魯莊公的批准後，帶著一隊人馬趕緊往前跑，到了即墨（今山東即墨縣），一打聽，才知道公子小白的人馬已經過去了。管仲趕緊追，一口氣跑了三十多里，看見公子小白就在前頭的車上，就偷偷的拿起弓箭，對準了公子小白，「嗖」地一箭射了過去。公子小白大叫一聲，口吐鮮血，倒在車裡，鮑叔牙趕緊去救，同行的人看見公子小白直挺挺地躺在車裡，眼看活不成了，全哭起來。管仲呢？他以爲公子小白已經被射死了，公子糾的齊國國君位置，穩拿的了，就不慌不忙的保護著公子糾往齊國方向走去。

誰知道公子小白並沒有死，管仲的一箭，正好射中公子小白腰間的帶鉤，他嚇了一跳，又怕再來一箭，故意大叫一聲，咬破舌頭，口吐鮮血，倒在車裡。等管仲走遠了，他才睜開眼睛，鬆了一口氣。鮑叔牙叫人趕緊抄小道使勁跑。當管仲一行還在路上慢悠悠走的時候，公子小白一行早已到了齊國都城臨淄（今山東淄博市），並搶先奪到齊國的君位，他就是春秋史上著名的齊桓公。

公子糾的母親是魯國人，魯莊公對外甥公子糾沒有奪到君位，當然不肯甘休，還以爲齊桓公王位不穩，就把軍隊帶到臨淄以東的乾時（今山東桓台縣南），並向齊國進攻，結果卻被齊國打得大敗，魯莊公差一點成了齊國的俘虜。

齊國在乾時打敗魯軍，接著威逼魯人殺死公子糾，交出管仲。管仲回到齊國以後，鮑叔牙勸說齊桓公寬恕管仲的一箭之仇。齊桓公採納了鮑叔牙的建議，任管仲爲卿，並逐漸委以重任。

管仲很有治國的才幹，齊桓公也很信任他，君臣相得益彰，加上鮑叔牙這位重臣的大力支持，管仲在齊國大展治國宏圖，在經濟、政治、軍事等方面進行了一系列改革，並取得很大的成效，齊國一躍成爲春秋初期一個富國強兵的大國。齊桓公以春秋第一個霸主的身分，在執政的四十三年中，多次會合諸侯，主持會盟，歷史上稱之爲「九合諸侯，一匡天下」對中國歷史發展做出了重要貢獻。

齊桓公在執政四十三年中，還有與《詩經》有關的兩件事情，值得一提：

一是西元前六八三年，齊桓公來到魯國迎娶（按照周禮的規定，周天子出嫁女兒，必須由魯國國君說媒主婚）周莊王的女兒王姬，同時，徐、蔡、衛等姬姓的小諸侯也各自送來女兒，作爲周王女兒的陪嫁人員。那時齊桓公滿載而歸，身後一片鶯歌燕舞，好不得意，好不幸福。《詩經》裡〈王風．何彼穠矣〉稱讚道：

怎麼那樣濃豔漂亮？
像棠棣花兒一個樣。
怎麼那樣肅穆安詳？
那是王姬出嫁的車輛。

怎麼那樣濃豔漂亮？
像桃李花開一個樣。
天子平王的外孫女，
齊侯的兒子，永結同心。（齊侯，指齊襄公，齊桓公的父親）

什麼釣魚最方便？
撮合絲麻成紅線。
齊侯的兒子，
平王的外孫女，同心永結。

齊桓公娶了那麼美麗高貴的王姬，無疑是一場非常重要的政治聯姻，提升了齊桓公的霸主地位。

二是西元前六六〇年，狄人攻打衛國，以養白鶴爲寵物的衛懿公被狄人殺害，國都被侵佔，衛國滅亡。在這關鍵時刻，齊桓公出兵出錢，幫助衛人復國，開始的時候，幫助立戴公爲衛君，不久，戴公去世，又幫助立文公爲衛君。齊桓公帶領諸侯在楚丘（今河南滑縣東）。替衛國新建一個國都，衛國又重新走上了復興之路。根據〈毛詩序〉的說法，〈衛風．木瓜〉一詩，是衛國人民感謝齊桓公的功德而創作的，詩中的感激之情溢於言表：

送我一隻大木桃，
我拿美玉來回報。
不是僅僅爲感恩，
願意和他永相好……

（參考自林漢達《春秋故事》、王貴民等《春秋史話》）

## 百葉窗

### 1.管仲論天

齊桓公有一天閒談的時候問管仲：「當國王的最貴重的是什麼東西？」管仲回答說：「當國王的最貴重的是天。」齊桓公抬頭看看天，心想，抬頭就可以看見天，有什麼貴重的？管仲看見齊桓公並不理解自己的意思，就補充回答說：「我所講的天，不是抬頭能夠看見的天空，而是國王所統治的老百姓。因爲老百姓支持的國王就能夠平安無事；得到百姓擁護的國王，國家夠強大，受到老百姓批評的國王就很危險，被百姓背叛的國王就要滅亡。」《韓詩外傳》引用《詩經》評論道：「國王如果不給老百姓恩惠，老百姓就會到處埋怨。」（〈小雅・角弓〉）老百姓遍佈全國，都埋怨國王，他的國家沒有不滅亡的。

## 2.齊魯長勺之戰

齊國與魯國的乾時之戰後，齊桓公想乘勝再打一仗。西元前六八四年，齊桓公在他即位的第二年，就派大軍進攻魯國。

齊國與魯國的軍隊在長勺（今山東曲阜北）擺開戰場。齊國的軍隊首先發起進攻，魯莊公本來想立即出擊，卻被自願參戰的國人曹劌擋住，他要魯莊公沉住氣，必須等到齊國軍隊第三次衝鋒的時候才進行反擊。戰鬥以弱小的魯國勝利宣告結束，齊國軍隊敗逃戰鬥結束以後，魯莊公就問曹劌，爲什麼要等到齊國的軍隊發動第三次衝鋒的時候才進行反擊？曹劌用「一鼓作氣，再而衰，三而竭」的理論加以解釋。他說：「戰爭靠的是勇氣，當敲一通鼓的時候，那時的勇氣最旺盛，而敲第二通鼓的時候，勇氣就弱一些，當敲第三通鼓的時候，士兵的勇氣就用完了。當齊國軍隊的勇氣很弱的時候，正是我軍勇氣最盛的時候，那個時候我軍快速出擊。自然能夠取得勝利。

長勺之戰以齊國的失敗告終，對齊桓公來說是壞事，也是好事，可以讓齊桓公頭腦更加清醒。〈韓詩外傳〉卷十第二十三章有一個故事可以說明：

魏文侯問李克說：「吳國爲什麼滅亡？原因何在？」李克回答說：「幾次打仗都取得勝利。」魏文侯說：「屢戰屢勝，這不是國家的大好事嗎？」李克回答說：「經常打仗，民眾就感到疲勞；經常取得勝利，國君就很驕傲。驕傲就無所顧忌，什麼壞事都敢做。民眾疲倦以後就產生怨恨，之後就可能有極端的行動（例如反抗等）兩種極端互相碰撞，這就是吳王夫差滅亡的主要原因。」〈大雅．桑柔〉裡說：「死亡禍亂從天降，要滅我們的國王。」

# 1.17 秦穆公的二三事

秦穆公是春秋時代繼齊桓公、晉文公、楚莊王之後的霸主，在他的領導下，處於偏遠而又比較落後的秦國，得到長足的發展，國力很快的得到提升，原因很多，但跟他具有優良的政治品質有關：

## 一、思賢若渴，招納賢才

當初，處於秦國東面的戎王派由餘到秦國觀察國情，由餘來到秦國以後，發表了許多政治見解，切中秦國的時弊。秦穆公沒有料到狄人中還有這樣的賢人，就想把由餘挖過來，爲我所用。首先他向由餘打聽戎人的地形和軍隊的情況，以瞭解戎情。同時又利用戎王的猜忌心理，離間戎王同由餘關係，故意散佈許多對由餘誇獎的話，以引起戎王的猜疑，還故意拖延由餘的歸期。後來，由餘只好投到秦人的懷抱，爲秦穆公所用，秦穆公對由餘的前來，以上賓的禮儀對待他，並跟他商量滅掉西戎的計畫。在用了反間計之後，秦穆公又將秦國能歌善舞又漂亮的女子送給戎王，讓戎王終日沉醉於酒肉聲色之中。

西元前六二三年，秦穆公突然向西戎發動進攻，當秦兵到來的時候，戎王酒醉還沒有醒。自打敗西戎以後，東面從陝西、山西的交界處黃河起，一直到遙遠的西方，都爲秦國所控制。這次戰爭的勝利，結束了中國西部支離破碎的分裂狀態，爲戰國末年整個秦朝統一奠定了基礎。

隨著秦穆公在西部的稱霸，「秦」的名聲就成爲海外民族對中國的稱呼。有關專家研究，成書於西元前四、五世紀的古波斯《弗爾瓦丁神讚美詩》中稱中國爲「賽尼」，古代希伯來人的聖經《舊約．以賽亞書》中稱中國爲「希尼」，直到今天，外國稱中國爲「支那」「china」，都是「秦」的音譯。

百里奚原是虞國的大夫，在晉獻公滅掉虞國的時候成了晉國的俘虜。晉獻公要把女兒嫁給秦穆公的時候，把百里奚作爲陪嫁奴隸送往秦國。在途中，百里奚逃跑了，卻被楚國人逮住了，成了楚國人的奴隸。

秦穆公聽說百里奚有德有才，想要用重金贖回他，又擔心楚國人瞭解到百里奚的才能後，不放他走。就派人對楚國人說：「我們的陪嫁奴隸現在逃到您們那裡了，我們想用五張黑色公羊皮贖回他，行不行？」楚國人答應了。當百里奚到了秦國的時候，已經是一個七十多歲的老頭了，秦穆公親自把他放出囚籠，並和他交談國家大事，連續談了三天，隨後封百里奚爲大夫，委以國政。因爲百里奚是用五張羊皮換來的，時人戲稱他爲「五羖大夫」。百里奚又向秦穆公推薦蹇叔，認爲蹇叔的才能在自己之上。秦穆公一聽，就把蹇叔請到秦國來，封爲上卿，他們兩個人互相支援，共同掌管秦國大政，使秦國很快強大起來。

秦穆公重視賢才，還表現在大膽的重用不是秦國的賢人，除百里奚、蹇叔外，有從晉國來的丕豹、士會，從西戎來的由餘，帶兵的將領孟明視、白乙丙、西乞術等也都不是秦國人，他們都爲秦國的強盛作出重要貢獻。

## 二、寬容大度，得到好報

秦國在西方強盛起來，就打算向東方拓展，第一個目標是鄭國。西元前六二八年，秦穆公得到報告，原先派到鄭國的杞子等三人得到鄭國掌管北城門的鑰匙，希望秦兵前來裡應外合，這就是「北門鎖鑰」典故的來歷。秦穆公找蹇叔商量，遭到蹇叔的反對，理由是「勞師遠征」，怎麼偷襲？穆公不聽，派孟明視率領兵車三百輛前去偷襲鄭國。

當大軍從北門出發時，蹇叔和百里奚哭著對出征的將士說：「我們只能看見您們出去，再也看不見您們回來了。」蹇叔對孟明視說：「晉國人必定在崤山（今河南洛寧縣西北）攻擊你們，那裡有兩個險峻的山嶺，我將在那裡收殮你們的屍體。」秦穆公很生氣地罵道：「你知道什麼，如果你六、七十歲死了，你墳上的樹木已經合抱了（言外之意是你這個老不死的）。」

西元前六二七年，當秦國的軍隊進到滑國（今河南偃師縣）的時候，由於鄭國商人弦高給秦軍送來四張上等皮革和二頭肥牛等禮物，並聲稱鄭國國君知道秦國軍隊的行動。秦軍以爲偷襲鄭國已經不可能，就班師回朝。誰知到達崤山的時候，遭到晉國和姜戎聯軍的襲擊。全軍被壓縮在狹小的山谷裡，猶如甕中捉鱉，全被殲滅，秦國的三個將領都被活捉。

由於文姜（秦穆公的女兒，晉襄公的母親）的營救，孟明視等三人得以回到秦國。秦穆公聽說三個將領平安回來，身穿白色衣服親自到郊外迎接，並沉痛自責沒有聽蹇叔、百里奚的忠告，使三將蒙受恥辱，錯在自己，主動承擔失敗的責任。還恢復了孟明視等三人的職位。三將決心以更大的成績報答秦穆公不殺之恩。

西元前六二二年，孟明視在接受兩次失敗的教訓以後，率軍進攻晉國，當秦軍渡過黃河以後，他下令把所有船隻燒掉，（可謂中國戰爭史上第一次破釜沉舟）決心不勝利不回國。結果一舉攻下晉國的郊邑（今山西運城縣）和王官（今山西聞喜縣）取得重大的勝利。這一仗的勝利，也是秦穆公寬容打敗仗的孟明視等將領的成果。之後，秦穆公下令從茅津（今山西平陸縣茅津渡）南渡黃河，掩埋崤山中五年前秦軍敗亡的屍骨，全軍在此哭祭三天。秦穆公看到累累白骨，自責道：「我們要牢記，古人辦事常同長者商量，所以很少失敗，我因為不聽蹇叔、百里奚的勸阻，才造成這樣重大犧牲，希望後人記住這一教訓吧！」全軍將士都為秦穆公自責的誠實精神所感動，秦軍將士更加團結一致。

西元前六四五年，由於晉國發生饑荒，秦國給晉國輸送糧食，後來，秦國也發生饑荒，向晉國求助，晉國不給。不但不給，反而趁機出兵攻打秦國，於是秦晉兩國在韓地（今陝西韓城西南）打了起來，戰爭中，秦穆公在追擊晉惠公的時候，反而被晉國的軍隊包圍了，秦穆公受了傷，在這千鈞一髮的時候，曾經在岐山下偷吃秦穆公喜歡的好馬的三百多個鄉下人，不顧危險騎馬衝入晉軍，晉軍的包圍被衝開，不僅讓秦穆公脫離危險，而且還活捉了晉惠公。

當初，秦穆公丟失了一匹好馬，被岐山下的三百多個鄉下人一塊兒把它抓來吃掉了。

有關官吏要加以嚴辦。秦穆公說：「君子不能爲了牲口而傷到人，我聽說，吃了馬肉，如果不喝酒，會傷人。」於是賞賜他們酒喝，還赦免了他們。當他們知道秦穆公被包圍的時候，爭先死戰，終於救了秦穆公，以報答秦穆公因吃馬肉而被寬恕的恩德。講到這裡，使我們聯想起楚莊王的故事：

楚莊王有一次設酒宴招待群臣，並叫王后作陪。喝得大家都酩酊大醉了。那時已經很晚，只能點上燭火照明。一陣輕風，把燭火吹滅。有一位大臣偷偷地用手摸了王后的身體，王后隨手把那位大臣頭上的帽結撕了下來。並要求楚王在點亮燭火以後，把那個耍流氓的人揪出來。楚莊王卻命令在座的人說，都把頭上的帽結撕掉，從而讓那位大臣躲過一劫。後來，在一次與吳國的戰爭中，有一位大臣不光保護了楚莊王，還英勇奮戰，立了大功。楚莊王問這位大臣，您爲什麼對我那麼好，回答說：「我就是那位那天被王后撕掉帽結的人。」

《韓詩外傳》最後引用〈小雅．小弁〉：「一泓池水深又深，水邊蘆葦密密生」詩句後說，這個故事告訴人們，具有宏大心胸的人，是一個能夠包容的人。

## 三、一首哀悼三良《秦風．黃鳥》詩

秦穆公在西元前六二一年離開人世，用了一百七十七人爲他殉葬，這是古書記載中用人殉葬最多的一次。被人們稱讚爲「三良」的子車氏的三個兒子奄息、仲行和針虎都在其中。秦國人對他們的死深爲痛惜，作了〈黃鳥〉一詩，哀悼他們：

黃雀咬咬聲淒涼，
飛來落在棗樹上。
誰從穆公去殉葬？
子車奄息有名望。
說起這位奄息郎，
才德百人比不上。
走近墓穴要活埋，
渾身戰慄心發慌。
叫聲蒼天睜開眼，
殺我好人不應當。
如果可以償他命，
願死百次來抵償。……

這首詩主要是在控訴吃人的殉葬制度，與已經閉眼的秦穆公關係不大，有史料記載，「三良」的陪葬是自願的。這首詩很有感情，一個力敵千鈞的勇士，臨近被活埋，還那麼害怕，更說明殉葬制度的罪惡。人生沒有回程票，人們甘願用自己寶貴生命換回「三良」的生命，也寫出殉葬制度的滅絕人性。全詩哀怨動人，震撼心靈。

（參考自《史記・秦本紀》、《左傳・僖公三十年》、王貴民等《春秋史話》，程俊英《詩經譯注》等）

**百葉窗**

1.秦風

秦國的詩歌，共十篇，具有自己的特色。像〈無衣〉那樣豪邁奔放的英雄主義詩歌，在《詩經》中獨一無二，像〈黃鳥〉那樣譴責野蠻殉葬制度，也只有〈秦風〉才獨有，〈小戎〉是一首婦女思念征夫的詩，「言念君子，溫其如玉，在其板屋，亂我心曲」寫得柔情似水，而〈蒹葭〉則是一篇有象徵意蘊，又有深刻內涵的詩篇，而〈權輿〉是一篇自卑自嘆的詩，風格各異。總之，〈秦風〉在《詩經》十五國風中是獨具一格的，具有不可替代的價值。

2.秦穆公二三事

至於殉葬的的事情，還有一個故事，說的是戰國時代，秦國宣太后病危時交代說：「我下葬的時候，一定要讓我喜歡的男寵魏醜夫陪葬，不然我死不瞑目。」魏醜夫很害怕，找了大臣庸芮向太后規勸道：「妳認爲死後會有知覺嗎？」太后說道：「人死了當然沒有知覺。」庸芮又說道：「既然明知死後沒有知覺，何必用生前喜歡的人，陪葬沒有知覺的死人呢？如果死後有知覺，那麼，先王（指宣太后丈夫秦惠王）能和妳的男寵在陰間一起生活嗎？」太后聽了，只好作罷。這個故事說明當時有許多人是反對殉葬的。

3.結草報恩

據《左傳》記載，魏武子生病時，交代兒子魏顆說：我死後，一定要將我的愛妾祖姬嫁出去。可是到了病危時，他卻說一定要讓愛妾殉葬。魏武子去世後，魏顆便把祖姬嫁人了，理由是人到病重時，神志昏迷，會說胡話，我應當聽從父親清醒時候的交代。後來魏顆在一次戰鬥中發生危險，在千鈞一髮之際，他看見一位老人把草打成結，絆倒了敵方主帥杜回，讓他成了俘虜。當天晚上，魏顆作了一個夢，夢見老人說：我是您所嫁女人的父親，您按父親清醒時候的話辦理，讓我女兒撿回一條生命，我用「結草」報答您的恩情。

# 1.18 鄭莊公「黃泉」會母

春秋時期的鄭國在今河南中部靠北的地方，周宣王爲了宣示「中興」，把周厲王的小兒子，他的弟弟王子友封在鄭（今陝西華縣東），國君是鄭桓公，周幽王時期被任命爲王室的司徒（掌管民政事務的高級官員）。周幽王暴虐無道，鄭桓公預感到王室要出亂子，就把國都遷到河南的新鄭。鄭桓公爲了保護周幽王而被犬戎殺害，接替鄭桓公位置的是鄭武公。鄭武公的夫人是申國國君的女兒——武姜。武姜生了兩個兒子，大的叫寤生，小的叫叔段。寤生就是逆生的意思，寤生出世時，腳先出來的，屬於難產，武姜受到驚嚇，由此武姜怨惡寤生，而偏愛叔段。武姜多次請求鄭武公改立叔段爲太子，遭到鄭武公的拒絕。

鄭武公去世以後，寤生繼位作了鄭國的國君，他就是鄭莊公。武姜請求鄭莊公把京（今河南滎陽縣東南）封給叔段，鄭莊公答應了武姜的要求。

叔段到了京城之後，號稱太叔。他修築城牆，積蓄糧草，裝備武器，並擴充步兵和車兵的數量，等待時機，發動奪取政權的戰爭。

大夫祭仲覺得情況不妙，就對鄭莊公說：「京地的城牆高過國都，這是不符合先王所制定的規定，早晚要出事的，應該及早防範，不然，就像漫山遍野的野草想除是除不掉的。」

鄭莊公淡淡一笑，說：「這些我都知道，有母親的支持，必須慢慢來，俗話說；多行不義必自斃，等著吧！」

叔段見鄭莊公對他的活動沒有什麼反應，以爲鄭莊公軟弱可欺，更加肆無忌憚地蠶食周邊的兩大塊土地。以爲奪取王位的時機快到了，武姜也安排人員到時打開城門做內應。

西元前七二二年，鄭莊公爲了引蛇出洞，他假裝離開都城到周朝晉見周天子，叔段認爲時機已到，開始行動了。他沒有想到他的一舉一動，都在鄭莊公的掌控之下，很快就把叛軍打得落花流水，叔段倉皇的逃回京地，京地的老百姓卻背叛了他，叔段只好逃到鄢（今河南鄢陵縣）地，鄭莊公率領軍隊向鄢地發動了猛烈的進攻。叔段無法抵抗，只好逃到共國。《春秋》這部史書記載這段歷史叫做「鄭伯克段於鄢」。

平心而論，叔段原先有很好的條件，他長得帥，又武藝高強，〈鄭風·叔于田〉詩中讚美他「既漂亮又仁慈」，〈鄭風·打叔于田〉詩中誇獎他是個好射手，又善於騎馬，還敢於赤手空拳跟猛虎搏鬥，是一個不可多得的勇士。然而由於野心腐蝕了他的靈魂，最終成了一個叛國者，令人痛惜與深思。

平定叛亂以後，鄭莊公對母親的作法很生氣，就把武姜安置到城潁（今河南臨潁縣西北），並發誓說：「不到黃泉，我們母子不再相見了。」

過了一年多，鄭莊公的心情恢復了平靜。他感到自己的做法有些過分，影響也不好。

可是世上沒有後悔藥，由此他感到不知所措。

當時有一個叫穎考叔的人，他是穎地的一個地方長官，就帶著禮物去見鄭莊公。鄭莊公留他吃飯，穎考叔把飯桌上的肉放在一邊，鄭莊公問他爲什麼不吃肉？他回答說；「家中有個老母親，小臣做個小官，什麼肉都吃了，而我母親沒有吃過國君請的肉，想帶回去請母親嚐一嚐。」

鄭莊公一聽，不覺觸動了自己的心事，嘆息了一聲，說：「你有母親孝順，可我孝順不了我的母親了，眞不知怎麼辦才好？」並把黃泉發誓的經過說了一遍。穎考叔說：「君王有什麼可擔心的，只要在隧道裡挖出泉水，您們母子倆在泉水邊相會，不就行了。」

鄭莊公聽從了穎考叔的話，與母親武姜在隧道的泉水邊相會，倆人相見，格外高興，鄭莊公賦詩說：「身在隧道中，心裡樂融融。」武姜走出隧道時，也賦詩說：「走出隧道外，心裡眞痛快！」從此以後，鄭莊公更加孝順自己的母親，母子倆像從前一樣和睦相處。

（參考自《左傳・隱公元年》）

**百葉窗**

何謂《鄭箋》？

鄭玄《毛詩傳箋》的簡稱，鄭玄，字康成，爲東漢著名經學家，他在《毛傳》的基礎上，兼採魯、齊、韓三家詩學，以疏通解釋《詩經》，《毛詩傳箋》一書爲《毛詩》的廣泛流傳做出了重要貢獻。唐代孔穎達《毛詩正義》、宋代呂祖謙《呂氏家塾讀書記》、清代馬瑞辰《毛詩傳箋通釋》、陳奐《鄭氏箋考證》、及今人黃焯《毛詩鄭箋平議》等，是申述、發揮鄭玄的學說，或者考證《鄭箋》的來源，是評議《鄭箋》的重要著作，可供參考。

# 1.19 周鄭繻葛之戰

鄭莊公在歷史上評價不高，《詩經．毛詩序》對鄭莊公特別反感，在闡釋〈鄭風〉中的〈將仲子〉、〈叔于田〉、〈大叔于田〉、〈遵大路〉等時，都看成是諷刺鄭莊公的詩作，其實鄭莊公是春秋時代初期的一個「小霸」，一個有智慧的政治家，軍事家。我們從要講的周鄭繻葛（今河南長葛縣東南）之戰的故事中，就可以看得出來。

周平王死後，繼承王位的是周平王的孫子周桓王。周桓王對任周王朝卿士的鄭莊公有成見，立即提拔虢國的國君任周王朝的卿士，以排擠鄭莊公，氣得鄭莊公在春天派人把王室溫地（今河南溫縣）的麥子毀掉，秋天又派大隊人馬把成周（今洛陽東）的穀子搶走。周桓王爲此，乾脆任命虢公忌父爲周王朝的右卿士，把鄭莊公降爲左卿士（古代以右為尊），讓鄭莊公難看。

這個時候，鄭莊公反而沉住氣了，他想：周天子當今雖然沒有多大的實際力量，但他還是一塊可以用來號令諸侯的牌子，如果失掉了這個牌子，對自己爭雄諸侯不利。於是鄭莊公改變策略，來個軟的。當年的秋天，他和齊僖公一塊兒到周王朝見周桓王，以表示心甘情願服從周桓王的任命。

鄭莊公來周朝覲見這件事，讓周桓王認爲鄭莊公軟弱可欺，西元前七一二年，派人佔領了鄭國邊境四個邑的土地。鄭莊公只能咽下這口氣。周桓王得寸進尺，不久乾脆把鄭莊公的卿士職位也給罷免了。這下子激怒了鄭莊公，他以不朝見天子作爲抗議。周桓王更是氣急敗壞，下了最後的賭注，即在軍事上與鄭莊公鬥得你死我活。他在西元前七〇七年（魯桓公五年），親自率領王室的軍隊和陳、蔡、衛等國的軍隊，對鄭國進行討伐。於是周、鄭的兩軍在繻葛這個地方擺開了戰場。

周軍採用了常規的戰略，即周桓王率領中軍，蔡軍和衛軍爲右軍，陳軍爲左軍。而鄭軍採用了新的魚麗陣法，即用左方陣對付蔡軍和衛軍；用右方陣對付陳國的軍隊。因爲蔡、衛、陳的軍隊是烏合之衆，陳國國內又正處於內亂之中，沒有鬥志，一打就垮。然後鄭軍用左右兩個方陣集中優勢兵力，就像鐵鉗一樣左右攻擊周王的中軍，周軍的中軍由於沒有支援，勢單力薄，只能大敗而歸。鄭軍中的祝聃還射中了周桓王的肩膀。

祝聃請求前去追趕，鄭莊公說：「君子不希望逼人太甚，何況是天子呢？我們國家免於滅亡，這就足夠了。」

當天晚上，鄭莊公還派了大臣慰問周桓王，並順便問候了周桓王的隨從。

我們常說，鬥爭要有理有利有節。鄭莊公不就是很早的實踐者嗎？

（參考自《左傳・魯桓公五年》、王貴民等《春秋史話》）

## 2·1 夏桀暴政丟夏朝

〈大雅・蕩〉是《詩經》中的名篇，詩中透過周文王的口吻，控訴了夏桀的暴政，詩章的最後兩句是：「殷鑑不遠，在夏後之世。」意思是商朝人用以借鑒的歷史並不久遠，前朝夏桀的敗亡就是一面頂好的鏡子。那麼，夏桀是如何在他的手上丟掉了有著四千七百多年歷史的大好江山呢？以下細細道來。

夏朝從大禹建國算起，共傳了十四代，十七個國王，到了夏桀接手時，夏王朝的統治區域擴大到全國大半地區，他的統治中心東南到達河北東南和山東；西面到了陝西東南部；南面到了河南西部；北邊到達山西晉城一帶。面積不可以說不大，山河不可以說不美，然而，正是夏桀這個中國歷史著名的暴君胡作非為，荒淫殘暴給斷送了，令人深思，值得記起。

據古書記載，夏桀是一個智勇雙全的人，他一個人能夠跟老虎、野牛格鬥，把用鐵做成的鉤索用手折斷，然而，他暴躁殘忍，動輒殺人，而且還是一個酒色之徒。為了顯示夏朝的威嚴，讓各路諸侯都害怕他，他出兵攻打有施氏（今山東滕縣），有施氏是一個很小的諸侯國，當然打不過他，便選中了一個叫做妹喜的漂亮年輕女子進獻給他，妹喜長得確實美，有詩爲證：

妹喜人兒多俊俏，
細長身段多苗條。
眼波流轉含情目，
人人見了心兒跳。

夏桀見了妹喜眼睛發亮、可謂心花怒放來形容，那時他覺得山更青，水更綠，鳥兒叫得更好聽了。於是他罷兵帶著妹喜回到國都。爲了讓妹喜高興，便在河南（今洛陽附近）修了一座又高大又華麗的宮殿，因爲從地面往上看，有好像要傾倒的感覺，所以取名叫做「傾宮」，還在傾宮裡面用石頭和白玉建造了一座瑤臺。耗費了許多人力物力。有一個叫終古的人，他是一個史官，負責掌管記載王朝的大事，曆法和觀察天象。對歷代國家興亡有深刻的理解，他看見夏桀摟抱著妹喜，成天飲酒作樂，不管朝裡的大事，實在看不下去了，就硬著頭皮前去進言，勸誡夏桀說：「我們要愛惜民力，不能再奢侈浪費。老百姓生活已經極度貧困，過不下去了，他們已經苦不堪言，悲嘆聲就像秋天樹上知了的悲鳴，他們的生活就像掉到滾燙的水裡那樣難熬。這樣下去，我們國家是很危險的，希望國王三思而行……。」

昏庸的夏桀不但不聽，反而徵召大量民工，在傾宮修了一個大池子，裡面灌滿了酒，叫著「酒池」，還做了一艘彩船放在池子中間，讓歌女們在船上唱歌，唱的大多是靡靡之音。具有諷刺意味的是，其中一首歌竟然是這樣唱的：

江水沛沛兮，
舟楫敗兮。
我王廢兮，
趣歸不妙兮，
只能哭號兮。

歌中用船將要下沉，暗喻夏王朝將要滅亡，夏桀統治不會長久。可笑的是昏君夏桀竟然聽不出來。他還下令派一個武將率兵攻打岷山，岷山之君無可奈何，只好進獻上兩個美女，一個叫琬，一個叫作琰的，至此，夏桀才善罷甘休。終古看到夏桀無可救藥，只好投奔到商朝去了。

夏朝還有一個大臣叫關龍逢，他看到終古勸諫無效，就手捧「皇圖」來到傾宮求見夏桀，「皇圖」也叫做「黃圖」，圖中繪畫和記錄著歷代帝王和祖先的光輝業績，以供後代帝王學習，參考。而關龍逢手捧的「皇圖」裡頭畫有大禹治水和少康中興時，各路諸侯前來朝賀的圖像。他的用意很明顯，是想讓夏桀像大禹那樣勤儉愛民，像少康那樣勵精圖治，再次復興夏邦。可是夏傑聽了很不高興，拍了辦公的案子說：「你這個老東西，怎麼說出這種只有妖怪才說出的話，我有天下，就像天上有太陽一樣，只要天上的太陽不掉下來，我的江山就不會動搖。」關龍逄看見夏桀那樣頑固不化，知道不會有好結果，再說也沒有用，只好搖著頭退了下來。

令人可氣的是，夏桀不但不聽關龍逄的忠告，反而把關龍逄殺了，還下令將進獻的皇圖當衆焚燒掉，警告朝臣們說，今後再有人像關龍逄那樣前來胡說八道，格殺勿論。從此以後，朝臣們個個噤若寒蟬，不敢出聲，夏傑則更加胡作非爲，肆無忌憚，還出兵攻打有緡氏，搶了許多財物和美女，弄得諸侯們人人自危。然而老百姓則不聽他那一套，議論紛紛，怨聲載道。一年之後，他們在關龍逄被殺害的忌日，到傾宮前舉行悼念儀式，齊聲高喊：「天上的太陽啊，你什麼時候掉下來，我們願意與你同歸於盡！」在此，我們知道，他們喊的太陽不是天上的太陽，是暗指夏桀。

夏朝的末年活動是在東方地區的商國逐漸強大起來，大約在西元前一七五〇至一七〇〇之間，商朝的成湯起兵討伐夏桀，夏商兩軍在鳴條（今河南封丘東）之野相遇，展開大會戰，結果夏軍慘敗，夏桀被商軍活捉之後，監禁在南巢（今安徽壽縣東南）《史記．夏本紀》記述，夏桀被監禁之後，懊悔地說，「當年我沒有將成湯在夏臺殺掉，才落得今天的下場。」這位暴君至死不認酒錢，不能深刻反省慘敗的原因，是很可悲的。不久夏桀就死在南朝的亭山，夏朝宣告滅亡。

（參考自孟世凱《夏商史話》、《史記．夏本紀》）

## 百葉窗

劉向《列女傳・孽嬖傳》中的「夏桀妺喜」一節是這樣記述的，妺喜是夏桀的王妃，她的容貌非常漂亮，卻少有仁德，暴孽無道。雖然是一個女子，卻喜歡女扮男裝，戴著帽子，佩著寶劍。夏桀白天黑夜同妺喜和宮女們飲酒取樂，沒有終止的時候，夏桀摟抱著妺喜，置於膝上，對她百般依從。昏亂無道，驕逸奢侈，恣意妄爲。夏桀派人挖掘了一個大酒池，裡面可以行船，敲一次鼓，就有三千人像牛一樣俯身而飲，還常用繩子纏住他們的頭，讓他們爬在池子邊上喝酒，好多人喝醉後就掉在池子裡淹死了，妺喜看後大笑，覺得很快活。

# 2·2 晉國的驪姬之亂

韋昭《國語注》在注釋〈小雅．小宛〉中說：「（晉）文公遭驪姬之亂，未還而秦姬卒。」那麼，「驪姬之亂」是怎麼樣的故事呢？

晉國的晉獻公西元前六七六年——西元前六五一年在位，他原先是春秋時代一位有作爲的國君，上臺不久，在清除了對他的君位有威脅的桓叔和莊伯等貴族勢力之後，先後出兵滅掉了晉國周圍的驪戎（今陝西臨潼東南）、耿國（今山西河津縣汾水南）、霍國（今山西霍縣）、虞國（今山西平陸縣）和虢國（今河南陝縣）等周邊的小國，成爲當時北方的一個大國。然而由於西元前六五六年前後，晉國發生了晉獻公的夫人驪姬引起的內亂，讓晉獻公稱霸的雄心成爲泡影。

事情是這樣開始的，原先獻公娶的妻子是齊國人，叫齊姜，生下秦穆夫人和太子申生。又從戎地娶了一個女人，生下公子重耳和夷吾。後來，獻公在攻打驪戎的時候，得到兩個美女，獻公都納爲妾，大的叫驪姬，生下兒子叫奚齊，陪嫁的妹妹所生的兒子叫卓子。由於齊姜過早離開人世，驪姬就被獻公立爲夫人。

野心是可怕的，一個人有了野心，什麼壞事都能做得出來。驪姬自從有了兒子奚齊之後，就有了讓兒子奚齊繼承王位的想法，她要實現這個野心，主要打擊目標就是作爲太子的申生，怎麼拔掉這個眼中釘、肉中刺呢？她有一個理論就是叫做「一朝不朝，其間容刀」，什麼意思呢？就是說不讓太子申生在獻公的身邊，離間獻公與太子申生的關係，她就會有向太子申生背後插刀的機會。

於是，驪姬就向獻公建議說：「我們晉國的曲沃（今山西聞喜縣東北）是君王祖廟的所在地，如果沒有主管的人，是會出亂子的，公子申生當然是最佳的人選；蒲地（今山西隰縣西北）和屈地（今山西吉縣東北）這兩個地方都是我國的邊境要塞，沒有人把守，敵人就會乘虛而入。因此需要公子重耳把守蒲地，公子夷吾把守屈地。」獻公對於美麗而又狠毒的驪姬總是言聽計從，於是獻公下令太子申生掌管曲沃，公子重耳和公子夷吾分別把守蒲地和屈地。留在獻公身邊的就只有奚齊和卓子了。

太子申生到曲沃以後，驪姬認爲在獻公與太子申生之間動刀子的時候到了。在一個靜靜夜晚，睡在獻公身邊的驪姬突然大聲哭泣起了，獻公問道：「半夜裡哭什麼？」驪姬說：「我聽說太子申生是一個有仁德而又爭勝好強的人，也愛護老百姓。但他對我這個後母很反感，爲了排斥我們母子，他早晚要篡位的。那時我們母子就更慘了，還不如趁您還活著的時候，用您的手把我殺死算了。」獻公聽了以後，低著頭，沉思好長時間。自此以後，獻公對太子開始存有戒心了。

西元前六五六年，驪姬以獻公夜裡夢見太子申生的母親爲由，要太子申生到曲沃祭祀他的母親齊姜。申生祭祀母親以後，按照常規，將祭肉和祭酒送給父親獻公，那個時候，正好是獻公外出打獵不在家，驪姬乘機在祭酒裡和祭肉裡放上毒藥。等到獻公回來了，申生正要把祭酒和祭肉奉獻給獻公享用的時候，驪姬連忙加以制止，說道「食物是從外面帶來，必須要先試一試。」於是驪姬把酒倒在地上，地上立刻隆起一堆泥土。驪姬又讓人拿祭肉給狗吃，狗死掉了，拿祭酒給小宦官喝，小宦官也嗚呼哀哉，一腳朝天。驪姬趁機捶著胸脯大哭起來，並對著公子申生大聲喊著：「公子申生，你這個沒有良心的傢伙，你身爲太子，這個國家早晚是你的，爲什麼迫不及待的想要害死你的父親。你這樣殘忍，將來還能當好國君嗎？你對得起疼愛你，把你培養成爲人的老父親嗎？今天，你必須把事情講清楚。」這個時候的公子申生嚇得目瞪口呆，有口難辯，只好逃回到曲沃，並以上吊自殺表明自己的清白。

獻公被驪姬蒙在鼓裡，對眼前發生的事情深信不疑，以爲眞是公子申生做的壞事，於是下令處死公子申生的保傅杜原款。驪姬又對獻公說「太子的陰謀，公子重耳和公子夷吾都是知道的。」獻公一聽，更是氣得兩眼通紅，直踹粗氣，馬上要捉拿重耳和夷吾進行追問，他們兩人聽到消息以後，各自逃到駐守地去了。他們一逃，獻公更加相信驪姬血口噴人的鬼話，連忙派人捉拿重耳和夷吾問罪。重耳逃到狄人那裡去，夷吾跑到梁國（今陝西韓城縣）避難，獻公就立奚齊爲太子。

西元前六五一年，晉獻公去世，奚齊被立爲國君，不久爲大臣里克等所殺，里克又殺死了剛被立爲國君的卓子，獻公的兒子死的死，逃的逃，晉國的朝廷亂成一團。一個國家沒有國君是不行的，多虧了齊桓公、秦穆公的幫助，把在梁國的公子夷吾接回晉都立爲國君，他就是晉惠公。驪姬一手製造的內亂，讓一度強盛起來的晉國，再度衰弱下去。

（參考自《左傳・僖公四年》、王貴民等《春秋史話》。劉向《列女傳・晉獻驪姬》）

百葉窗

1.「輔車相依，唇亡齒寒」的故事

西元前六五七年，晉獻公接受大臣荀息的建議，派使者到了虞國（今陝西省平陸縣東北），給虞國國君送上一匹千里馬，和一對名貴的玉壁做爲禮物，要求晉國的軍隊可以通過虞國去攻打虢國（今陝西省平陸縣三門峽附近）。虞君瞧瞧手裡的玉壁，又瞧瞧千里馬，連連答應道：「可以，可以。」大夫宮之奇勸諫幾次，虞君就是不聽，虞國不光同意晉國借道，還同晉國一起攻打虢國，占領了虢國的平陽。

西元前六五五年，晉獻公第二次向虞國借道，要再次攻打虢國。大夫宮之奇對虞君勸諫道：「虢國是虞國的週邊，虢國滅亡，我們虞國一定跟著完蛋。晉國的野心不能開啓，先前借道一次已經是過頭了，難道還能第二次？俗話說得好：『輔車相依，唇亡齒寒，』虢國和虞國的關係就是這樣！」

虞君辯解道：「我祭祀的祭品豐盛而且乾淨，神靈一定會保佑我的。」宮之奇說：「我聽說，神鬼選擇偏愛哪一個人，是根據德行來決定的。」虞君還是不聽。

當年的冬天，晉國滅亡了虢國，乘機也滅亡了虞國。

（參見《左傳‧僖公五年》，宮之奇所謂「輔車相依」，出自《詩經‧正月》：「其車既載，乃棄爾輔，」「無棄爾輔，員於爾輔」，「輔」是車兩旁的夾板，大車裝載物品必須由輔支撐，所以車與輔有相互支持的作用）

2.何謂《鄭譜》？

鄭玄《詩譜》的簡稱，鄭玄根據《史記》年表及《春秋》有關歷史事實，以排比《詩經》各部分的譜系，分別是〈周南召南譜〉、〈邶鄘衛譜〉，〈王城譜〉、〈鄭譜〉、〈齊譜〉、〈魏譜〉、〈唐譜〉、〈秦譜〉、〈陳譜〉、〈鄶譜〉、〈曹譜〉、〈豳譜〉、〈大小雅譜〉、〈周頌譜〉、〈魯頌譜〉、〈商頌譜〉，論述了各部分詩歌產生的地域、歷史背景、主題思想或作詩的緣由等。《詩譜》一書，有別於《鄭箋》，有較多鄭玄自己的見解。該書雖然在史料和觀點方面有錯誤，對《詩經》的研究仍然有一定參考價值。《詩譜》原本已經亡佚，現存在於《毛詩正義》各部分的前頭，可供參考。

# 2·3 衛懿公寵鶴誤國

西元前六六九年，衛惠公去世，惠公的兒子公子赤繼位，是爲衛懿公。衛懿公是一個只知道吃喝玩樂而不過問國家大事的昏君。他有一個特殊的愛好，那就是喜歡養鶴，他鍾愛原因是鶴的毛色潔白，形體輕盈，而且還能鳴叫跳舞，有相當大的美感。他一天不見到鶴就像丟了魂似的，因此衛懿公成天跟鶴在一起，而把他該管的國家大事，民生疾苦等通通丟在腦後。讓人不可思議的事是，衛懿公還給所養的鶴評定級別，並給於相應的俸祿（即飼料）。他還對獻上優良品種的人加以重賞，對於鶴群的飼養員給予很高的生活待遇。他的鶴群需要很多糧食，衛懿公就向老百姓搜刮，使得老百姓饑寒交迫，怨聲載道。有個叫做石祈子的大夫多次向衛懿公勸諫，他都當作耳邊風。

西元前六六〇年十二月，處於北方的狄人要乘機攻打衛國，石祈子向衛懿公建議，派人到齊國求救，希望齊國出兵，幫助打擊狄人。衛懿公竟然很自信的說，遠水救不了近火，還是自己來吧。他臨時派遣司徒（管理民事的官員）招募幾百個民衆，並發給衣服和兵器，當他們要出發的時候，他們異口同聲的推拖說：「讓你的鶴跟狄人打仗去吧，你的鶴有官位，有俸祿，還可以坐車，應該爲國家出力的時候了，我們的糧食都給鶴吃了，餓著肚子怎麼打仗？」他們說完以後，就各自逃亡去了。

當狄人攻打到黃河北岸的滎澤的時候，衛懿公把一塊玉玦給了大夫石祈子讓他在國都暫時代理國政，看來衛懿公是要親征了，並讓大夫渠孔爲將，率領衛國軍隊在滎澤跟狄人決戰。由於衛國軍隊平時沒有打仗的訓練，加上怨戰，仗一開打，就潰不成軍。衛懿公和大夫渠孔都被狄人殺害。根據《呂氏春秋．忠廉篇》記載，狄人在殺害衛懿公的時候，把他肉吃了，把他的肝臟丟掉。狄人進而佔領了衛國的國都朝歌（今河南浚縣），滅亡了衛國。

衛懿公死掉了，國都也被佔領。衛國大夫們在宋桓公（戴公的妹夫）的幫助下，聚集了從衛都逃亡出來的民眾和共地、滕地的民眾五千多人，渡過黃河，在漕邑（今河南滑縣西南）擁立公子申爲衛戴公，可惜衛戴公一年之後就死去了。西元前六五九年，齊桓公派公子無虧帶領兵車三百乘，甲士三千人保衛漕邑。第二年，又在齊桓公的介入下，由漕邑移到楚丘（在今河南滑縣東北）作爲臨時的國都，並擁立戴公之子公子燬繼位，是爲衛文公。從此以後，衛國有了衛文公的領導，走上了轉機和發展之路。

根據《左傳．閔公二年》的記載，衛文公是一個艱苦創業，勵精圖治的國君。他繼位以後，穿著粗布衣服，戴著普通的帽子。在發展農業生產的同時，也給商業的流通提供方便。興辦學校，還注重民眾的道德教育，在官員的任用上，注重官員的品德和能力的考察。他繼位的第一年，兵車只有三十乘（古代一輛四匹為一乘），到了第三年，已經發展到三百乘。說明有了初步的富國強兵。

在〈鄘風・定之方中〉這首詩歌中，衛文公艱苦創業、勵精圖治的形象得到更強大的展現，他登上漕邑的舊城，透過占卜確定楚丘作爲臨時的國都，隨後，他在楚丘選擇宮殿的位址，完工以後，又規劃植樹，美化環境，並使農業和畜牧業得到大發展，從而把衛文公重整家園，復國興邦的過程展現在人們的面前。該詩用這樣的詩句讚頌衛文公：

及時春雨下得滿，
文公命令小馬倌，
勸農歇在桑田邊。
辛苦操勞爲百姓，
用心良苦謀慮遠，
三千駿馬跑得歡。

常言道，識時務者爲俊傑，衛文公臨危受命，能夠接受衛懿公失敗的教訓，艱苦創業、勵精圖治，被滅亡的衛國得以復興，人民能夠安居樂業，雁過留聲，《詩經》中留下歌頌他的〈鄘風・定之方中〉這首詩章，可謂實至名歸。

（參考自《史記・周本紀》、王貴民《春秋史話》）

百葉窗

何謂《詩經通論》？

清代姚際恆著，爲他的《九經通論》的一種。《詩經通論》除自序和序外，主要有兩部分組成；卷前部分，包括〈詩經論旨〉和〈詩韻譜〉，一至十八卷爲正文部分。詩歌的後面有論旨及有關問題的分析。該書廣泛總結了前人有代表性的研究成果，對各家學說的正確與否，多有比較和分析，在此基礎上提出個人的見解。

他的說解《詩經》，除了注意分析思想內容之外，還致力於發掘《詩經》藝術上的精妙，他具有一定的藝術鑒賞力，時常可以看到他高論妙悟的藝術分析，給人以啓發。他解釋《詩經》，態度審愼，寧可闕疑，也不強解，但有時過於偏激。

# 2·4 昏庸無道的晉靈公

〈唐風·綢繆〉〈毛詩序〉：「刺晉亂也，國亂則婚姻不得其時。」

在晉國歷史上，把晉國搞得混亂不堪的是晉靈公和晉景公父子，而以晉靈公（西元前六二〇年——西元前六〇七年在位）時代更爲嚴重，這從以下故事就可以看得很清楚：

晉靈公一生荒淫無道，晚年更加突出。他強徵捐稅，大興土木，修了許多宮殿館舍。有一次，他命令一個喜歡投其所好的奸臣屠岸賈在晉都絳州（今山西侯馬市）修了一座占地幾百畝的花園，園中的「絳霄樓」更是富麗堂皇。花園中間還種植各種奇花異草，其中以桃花最爲鮮豔，每當開放的季節，如花似錦，分外妖嬈，因此取名爲「桃園」。

此後，晉靈公就經常到桃園觀覽取樂。有一天，晉靈公召來藝人在桃園的戲臺上獻藝，園外來了許多看熱鬧的老百姓，晉靈公一時興起，對著屠岸賈說：「咱們比賽用彈弓彈射人，看誰射得準？」比賽開始，一個個彈丸飛向人群，傷殘無數，晉靈公見狀，還狂笑不止。

又有一次，晉靈公與屠岸賈飲酒，酒席中間，晉靈公叫廚師趕快做個熊掌給他們下酒。由於晉靈公催得太急，廚師只好把沒有做好的熊掌給端上來，晉靈公嚐了一口，嫌棄不熟，抄起銅鬥往廚師的頭上重重一敲，可憐的廚師當場斃命。更可恨的是，晉靈公還用刀將屍體砍了幾段，並叫一個婦女將碎屍盛入竹筐之中，拋棄於野外。

晉靈公這種殃民自樂，以及殺害廚師的暴行，引起朝野上下的強烈不滿，晉國的社會矛盾日益激化，執政大臣趙盾多次向晉靈公進諫，晉靈公不光不聽，反而把趙盾視爲眼中釘，要置之死地而後快。他派刺客鉏麑前去暗殺趙盾。當鉏麑看見趙盾一早就做著上朝的準備，待人接物很有禮節，他下不了手，感嘆道：「拋棄國君的命令是不忠；殺害忠臣是不義，不如自殺算了。」於是他用頭撞擊槐樹，悲壯而死。

晉靈公一不做二不休，當年的九月，晉靈公以設宴招待趙盾爲名，暗中埋伏武士和一條名叫「敖」的獵狗，準備伺機殺害趙盾。但都由於有一個叫示眯明的廚師救助，才倖免於難。

趙盾看見晉國待不住了，只好逃離晉國，臨行的時候，碰到示眯明，趙盾問他：「我們沒有什麼交情，爲什麼在我危難的時候出手救助？」示眯明回答說：「當年我在首山，因爲饑餓昏倒在桑樹底下，正是您的救助，我才能活到今天。我還把您的飯食和肉帶給我的母親，讓我的母親享盡天年。」

西元前六〇七年，趙盾的弟弟趙穿將軍在桃園殺死殘暴無道的晉靈公，晉國之亂得到暫時的平息。

（參考自《史記・晉世家》）

百葉窗

鄭靈公之死

有一天，楚國有一個人給鄭靈公送來一隻大鼋，正碰上鄭靈公心情好，就通知幾個重要的大夫到他那裡喝鼋湯。公子家和公子宋都在邀請之列。公子宋臨走的時候，正好食指動了動，就很自豪的對公子家說；「您看我多麼幸運啊，我的食指動表示我有口福，能夠吃到國君美味。」

鄭靈公的鼋湯宴開始了，鄭靈公知道公子宋食指動有口福的事情後，對參加宴會的人說；「我的鼋湯所有人都可嚐一嚐，就是公子宋不能嚐。看你的食指靈不靈驗。」

這下子可把公子宋給氣壞了，他走到煮鼋湯的鼎前，用食指沾了鼋湯往嘴裡一抹，說道：「您不讓我嚐我偏要嚐。」說完氣呼呼的走了。

之後，鄭靈公派人要殺害公子宋。公子宋和公子家先下手爲強，發動了政變，鄭靈公終於死於公子宋的刀下。

（參見劉向《說苑・複恩》）

# 2·5 宋襄公的「仁義之師」

《史記．宋微子世家》說：「（宋）襄公之時，修行仁義，欲爲盟主。其大夫正考叔，美之。故追道契、湯、高宗，殷所以興，作〈商頌〉。」那麼，「修行仁義」的宋襄公到底是一個什麼人呢？他有什麼故事呢？

宋襄公（西元前六五〇——西元前六三七年）在位，名叫茲父，是宋桓公的嫡長子（也是太子），爲許穆夫人的姐姐宋桓夫人所生。西元前六六〇年，兇殘的狄人打敗了養鶴誤國的衛懿公，攻入衛國國都朝歌。在這危難時刻，宋桓夫人和許穆夫人都先後回到衛國。根據〈毛詩序〉的說法，〈衛風．河廣〉一詩是宋桓夫人在衛國思念宋國親人的詩歌：

誰說黃河寬又廣，
一條葦筏就能航。
誰說宋國遙又遠，
踮起腳跟就看見。
……。

衛國距離宋國很遠，宋桓夫人爲什麼卻說很近呢？這是宋桓夫人思念心切的眞確反映。

相傳，宋襄公也思念在衛國的母親，便在宋國西部的黃河邊上，築起一座土臺，想念的時候，就登臺遠望，寄託思念之情。後人就把那個土臺稱之爲「宋襄公望母臺」（在今河南睢縣北邊的湖心島上）說明宋襄公是一個有孝心的人。

宋襄公有一個同父異母的弟弟，叫公子目夷，字子魚，是宋國著名的賢人。有一次，當時還是太子的宋襄公向宋桓公提出，讓公子目夷繼承王位，他自己輔佐公子目夷治理宋國，但遭到公子目夷的拒絕，公子目夷的理由是，哥哥願意把王位讓給他，說明哥哥是一個仁德之人，我比不上他。而且庶子上而嫡子下，不符合傳位的規定。由於公子目夷的反對，讓位的事情，才不了了之。從以上事情看，宋襄公原是一個孝順而又仁德的謙謙君子。然而，隨著人生的發展變化，宋襄公的「仁德」在後來卻變了樣。

齊桓公是春秋時代第一個霸主，一位有作爲的政治家。然而，智者千慮必有一失，他在安排繼承人的問題大爲失策。他有五個兒子，一直到臨死的時候才決定公子昭爲太子，並請宋襄公作爲公子昭政治監護人。公子昭歷練不多，威信不高，其他公子當然不服氣。

西元前六四四年，齊桓公病危，齊桓公喜歡的衛姬和佞臣易牙帶人包圍了齊桓公的寢宮，不准任何人出入，硬把齊桓公活活餓死。隨後，幾位公子互相攻殺，最後，衛姬的兒子公子無虧搶到君位，公子昭只好逃亡到宋國。

宋襄公以公子昭的監護人的身分，聯合了曹國、衛國等國攻打齊國。在打敗齊國軍隊之後，於西元前六四二年，護送公子昭回齊國，立他爲齊國國君，是爲齊孝公。齊桓公死後，宋襄公野心大大膨脹起來，認爲宋國雖小，國力也不強，但該是輪到他當霸主的時候了。

當年齊桓公當霸主的時候，「九合諸侯」是透過聯合幾個國家舉行會盟進行的。西元前六四一年，宋襄公仿效齊桓公，邀請了東方幾個小國，在曹國會盟，因爲鄫國國君遲到，他認爲是對他不尊敬，就把鄫國國君抓起來，押送到睢水（位於宋國國都商丘東南）河畔去祭神（也夠殘酷的）。會盟的地址在曹國，因爲曹國沒有給他送羊，他也很生氣，派兵包圍了曹國的國都，他的殘暴，引起陳國、楚國、蔡國和鄭國的不滿。宋襄公的行爲說明了，一個人有了野心，就會摧毀了人的本性。

西元前六三九年秋天，由宋襄公支持上臺的齊孝公帶頭召集幾個盟國，決定在盂（今河南睢陽）地舉行會盟。會前，楚國事先在盂的埋伏軍隊，決定作弄一心想當霸主的宋襄公，就把到會的宋襄公給抓起來，並把他交給魯國，後來，透過魯僖公的說情，宋襄公才被釋放回國。

宋襄公一心想出一口氣，就聯合衛國、許國和滕國，於西元前六三八年初，攻打親楚的鄭國，目的是藉此打擊楚國。楚國在得到鄭國的求救以後，採用「圍魏救趙」的策略，直接出兵攻打宋國，於是楚國和宋國在那年的十一月一日，發生了著名的泓水（今河南拓城縣北）之戰。

宋國的軍隊在泓水的北邊，楚國的軍隊在泓水的南邊，當楚國的軍隊正在渡河的時候，公子目夷對宋襄公說：「楚國的軍隊人多勢衆，我們人少力薄，趁他們沒有全部渡河的時候，請君王下令攻擊他們，就能獲勝。」宋襄公回答說：「不行！」而當楚國的軍隊剛渡過河，還沒有擺開陣勢的時候，公子目夷又把剛才的意見報告給宋襄公，宋襄公又回答說：「不行！等一等吧。」等到楚國軍隊全部過河並擺好陣勢以後，宋襄公才下令進攻。弱小的宋國軍隊當然不是楚國軍隊的對手，結果被打得大敗。宋國軍隊死傷很多。護衛宋襄公的士兵也全部被殺死，宋襄公的腿部還受了重傷。

宋國與楚國的泓之戰，宋國吃了敗仗，損失慘重，都城的人都埋怨宋襄公，宋襄公辯解道：「君子不傷害在戰場受傷的敵人，不俘虜有黑白兩色頭髮年紀大的人，」他還說：「古人帶兵打仗，不用險要的地形來殺傷敵人。也絕不攻擊沒有擺開陣勢的敵人。寡人雖然是殷商亡國的後代，卻要爲後人樹立『仁義之師』的榜樣。」宋襄公這一套迂腐可笑的戰爭理論，被後人稱之爲「蠢豬式理論」。

由於泓之戰的慘敗，宋國的國勢一蹶不振，曾經得到宋襄公大力幫助的齊孝公翻臉不認人，不久，藉口宋國沒有參加由陳國發起的頌揚齊桓公的盟會，於是齊國起兵攻打宋國，圍困了宋國的緡邑（今山東省金鄉縣東北）。不久，宋襄公因傷病離開人世。他的「霸主」夢沒有做成，而他的「仁義之師」也成爲歷史的笑柄。

（參見《左傳・僖公二十二年》、王貴民等《春秋史話》）

百葉窗

何謂《毛詩正義》？

《毛詩正義》是唐代官方頒佈的官書《五經正義》中的一種，撰成於唐太宗貞觀十六年（西元六四二年），由孔穎達主編，遵從、推演毛亨、鄭玄的學說，並兼顧採用魏、晉、南北朝及隋代《詩經》學者的見解，可以說它是一部集大成的《詩經》學著作，對人們理解《詩經》的思想內容有較大的參考價值。《毛詩正義》中也有許多藝術見解，對後代藝術理論的發展，有一定的影響。

# 2·6 齊襄公的鳥獸品行

〈齊風．南山〉〈毛詩序〉：「刺（齊）襄公也，鳥獸之行，淫乎其妹。大夫遇是惡，作詩而去之」。

在此，我們來講一講齊襄公鳥獸品行的故事：

齊國和魯國是鄰國，齊國在現今山東的東北部，而魯國在山東的東南部。這兩個國家都承受姜太公、周公的教化，齊魯大地都被認爲是文化昌明的地方。然而，就在春秋初期，這兩個國家的宮廷內部，都出了一件著名的醜聞。

齊僖公（西元前七三〇年——西元前六九八年在位）有兩個女兒，大的叫做宣姜，是一個放蕩的女人，嫁到衛國以後，出了不少的醜事。小的叫做文姜，更是一個不知羞恥的女子，她有一個哥哥叫做公子諸兒，即後來繼位的齊襄公（西元前六九七年——西元前六八六年在位），文姜和齊襄公本是同父異母的關係，可是文姜長大以後，就和齊襄公發生了一段驚世駭俗的畸形戀情，他們就在自己的家裡淫亂私通起來，並在齊國造成很壞的影響，人們到處傳唱〈南山〉這支歌，「南山崔崔，雄狐綏綏」意思是「巍巍南山高又大，雄狐步子慢慢跨」，歌中還把齊襄公比喻成淫獸雄狐。此外〈齊風．敝笱〉和〈齊風．載驅〉也對齊襄公和文姜進行了辛辣的諷刺。

後來，魯國向齊國提親，齊僖公便答應將文姜嫁給了魯桓公。當魯國到齊國迎娶文姜的時候，按當時的禮節，公主出嫁，護送人最高的級別是上卿，然而，已經在位的齊襄公卻親自護送文姜到了齊魯交界的地方。齊襄公擅自違反禮制的行為，就引起當時人們的反感。

西元前六九四年，魯桓公有事要到齊國一趟，臨行前，文姜向魯桓公要求與他一塊回到齊國的娘家。按照當時禮制的規定，出嫁的婦女，如果不是犯了大的錯誤而被休，是不能隨便回娘家的，所以遭到大臣申繻的勸阻。由於魯桓公害怕文姜胡鬧，還是讓文姜跟他一起到了齊國國都臨淄。

齊襄公設國宴招待魯桓公倆口子，酒宴以後，齊襄公讓大臣引導魯桓公到邸舍休息，卻把文姜引到一個密室，另設私宴，兄妹倆人暢敘舊情。飲酒中間，兩杯下肚，雙頰紅潤，四目相視，你有情我有愛，又成不倫的醜事。

第二天，魯桓公知情以後，非常生氣，就罵了文姜幾句。文姜就把魯桓公罵她的事情向齊襄公哭訴，於是齊襄公下了藉機殺死魯桓公的決心，以除掉亂倫路上的障礙。

後來，魯桓公要回魯國了，齊襄公在牛山設了酒宴為魯桓公餞行。宴席中，唱歌跳舞，好不熱鬧。齊襄公暗中交代大夫們，輪流為魯桓公敬酒，魯桓公心中不快，也借酒澆愁，不覺已是酩酊大醉，靠在椅子上，歪著頭喘粗氣。齊襄公交代大力士公子彭生，以護送魯桓公回國名義，在車上結束魯桓公的生命。

大力士公子彭生把醉酒的魯桓公抱上了車，在離國門二里多的路上，折斷了魯桓公的肋骨，下車的時候，魯桓公已經命歸西天了。

齊襄公知道事情完成以後，假裝大哭，並交代用最好的棺木收殮魯桓公的屍體，並派人到魯國報喪。於此同時，他把文姜接到齊國和魯國交界的一個隱蔽地方，過上金屋藏嬌的同居生活。

齊襄公接到魯國的抗議信，想了想怎麼平息魯國的憤怒呢？他眉頭一皺，計上心來。於是他傳喚公子彭生。公子彭生聽到齊襄公召喚他，高興得不得了，心裡計算著齊襄公會給他什麼等級的獎賞？誰知齊襄公一見公子彭生，大聲喝道：「公子彭生！我叫你去保護魯桓公，你卻把他害死，這叫我怎麼向魯國交代？我只能用你的腦袋去向魯國謝罪了！」可憐公子彭生十分冤枉地成了齊襄公的替死鬼。

齊襄公一系列鳥獸不如的醜行，加上他連年發動戰爭，開疆拓土，不顧老百姓的死活，還無緣無故的殺了幾個大臣，引起了齊國上下人們的怨恨和憤怒，他已經坐在即將爆

發的活火山上了。後來，齊襄公派遣連稱、管至父兩位大將去守衛邊疆，臨行的時候，齊襄公答應他們說：「現在正當瓜熟的時候您們出發，明年瓜熟的時候，就派人去替換你們，你們就可以回家跟家人團圓。」到了第二年，地裡的瓜熟了，卻沒有人去替換，氣得連稱、管至父聯合公孫無知發動了政變，並趁齊襄公外出打獵，因爲墜落車下而腳受傷的時候，由公孫無知結束了齊襄公的生命。

公孫無知原是齊僖公的寶貝孫子，受到齊僖公的疼愛，齊襄公上臺以後，就把公孫無知的職位和待遇全部取消，齊襄公的死也給公孫無知解了心頭的大恨。

（參考自《史記・齊太公世家》、《東周列國志》等）

**百葉窗**

何謂〈齊風〉？

就是齊國的詩歌。齊國國土在今山東省中部和北部，首都臨淄。在春秋的時候，臨淄是一個人口眾多，工商業比較發達的城市。

〈齊風〉共十一篇，其中〈南山〉、〈敝笱〉、〈載驅〉三篇，都是諷刺齊襄公和他同父異母文姜私通的。〈猗嗟〉是寫齊國外甥魯莊公的射藝。〈還〉和〈盧令〉寫田獵等的事情，還有一些反映家庭生活，戀愛、婚姻等的詩。〈齊風〉大多是東周初年到春秋時代的詩歌。

# 2·7 衛宣公新臺納媳

衛國國君衛宣公是一個品行不端的人，在他當太子的時候，就跟他父親的小妾夷姜私通，並且生下公子急，當公子急長到十六歲的時候，被衛宣公立爲太子，並爲公子急訂了婚，對象就是齊國的國君齊僖公的長女。當齊僖公的長女來到衛國完婚的時候，衛宣公看見齊僖公的長女長得非常漂亮，就想半路打劫，搶奪兒媳作爲自己的老婆。於是就叫工匠在黃河的邊上（今河南濮縣的黃河北岸）修築了一個華麗的宮殿，取名叫新臺。在把公子急派到宋國訪問的時候，衛宣公與齊僖公的長女在新臺舉行婚禮。並爲齊僖公的長女取名爲衛宣姜。

衛宣公納媳的臭名在衛國傳開了，民衆創作〈邶風・新臺〉這首詩，以諷刺衛宣公缺德的行爲，其中二、三章是這樣唱的：

黃河水啊淚滔滔，
河上新臺閃光耀。
只想找個美男子，

誰知嫁個雞胸佬。

想打魚兒把網張，
誰知蝦蟆進了網。
只想找個如意郎，
碰上蝦蟆沒好樣。

隨著〈新臺〉這首歌曲的傳唱，衛宣公的形象在民衆心中再一次倒塌。氣得夷姜上吊自殺。在後人的心目中，衛宣公的形象更加醜惡，歐陽修《詩本義》罵他：「淫不避人，如鳥獸耳。」意思是，衛宣公荒淫到不講廉恥的地步，只能跟鳥獸處於同一個等級。

三年以後，衛宣公與衛宣姜生下兩個兒子，大的是公子壽，小的是公子朔。這樣一來，立爲太子的公子急就成爲多餘的了。從心理的角度而言，衛宣

公奪兒媳爲妻以後，一見到公子急，內心深處的愧疚感總是揮之不去。只有眼不見公子急的時候，內心才能安靜。加上衛宣姜想叫公子壽繼承王位，和公子朔一起造了許多公子急的謠言，衛宣公聽到後更加生氣，就想除掉公子急算了。於是衛宣公就以出使齊國爲由，讓公子急臨走時帶著一面白色的旗幟作爲標誌，暗中交代一夥強盜等到公子急走到莘地（齊國、衛國的交界處，今山東莘縣北）的時候，看到車上有白色旗幟的人就把他殺死，完成以後必有重賞。

衛宣公的暗殺計畫被公子壽知道了，他連忙跑到公子急那裡去，告訴了公子急要被殺的秘密。希望他逃亡到外國去，再做良圖，公子急回答說：「作爲兒子的責任是服從父親的命令，這才叫做孝順，如果不遵從父親的意願，那還算什麼兒子呢？世間哪裡存在著沒有父親的地方？到沒有父親的國家又有什麼用呢？」公子急說完以後，就要收拾行囊，準備走上前往齊國的途程。

公子壽被大哥感動了，他想：「大哥眞是一個仁愛的人。這次行動如果大哥被強盜殺死，我成老父親指定的繼承人，這個君位不清不白，受之有愧。做兒子的不能沒有父親，作爲弟弟的也不能沒有兄長。我寧願代大哥一死，也可以讓父親得到感悟，留下好的名聲。」於是他設下酒席爲公子急餞行，酒席上公子壽把大哥灌醉了，隨即坐上公子急的車趕在前頭。當他走到莘地，強盜看到是太子的車，誤以爲就是太子，就把公子壽殺死了。而當公子急趕到的時候，發現公子壽已經被殺害，便對強盜們說；「你們要殺的是我，不是公子壽。他有什麼罪呢？乾脆也把我殺了吧。」

強盜們殺死了兩個人之後，連夜回到衛都，首先見到的是公子朔，獻上的是太子急的旗幟以後，然後就把殺死兩位公子的經過仔細地講了一遍，強盜們原先害怕因為錯殺而得罪，沒想到一箭雙雕，正中公子朔的下懷，公子朔拿出許多貴重的絲織品犒賞他們。

當衛宣公聽到自己的兩個兒子都被殺害，驚呆了，腦子一片空白。後悔得直捶打自己的胸脯，後來由於日夜思念孝順而知書達禮的公子壽，生了一場大病，半月以後，即西元前七〇〇年，就撒手人寰了。

公子朔為衛宣公發喪以後，繼位是為衛惠公，當年的十二月，由於衛惠公不得民心，大臣也不擁護他，只好逃亡到齊國去。

（參考自《左傳・桓公十六年》、《史記・衛康叔世家》）

### 百葉窗

《詩經》的諷刺詩

古人認為從感情的角度看，可分為兩類，即非美即刺，美就是讚美，對祖先、對優秀的國君和大臣、對心愛的戀人等的讚美；刺就是諷刺，就是對於黑暗的政治、昏君奸臣、負心漢等的諷刺。如〈陳風・株林〉、〈秦風・黃鳥〉、〈邶風・新臺〉等是對國君臣子不當行為的諷刺，對剝削壓迫的諷刺，有〈魏風・伐檀〉、〈魏風・碩鼠〉等

諷刺的手法大致有兩種，1.直接而毫不留情的批判，例如〈碩鼠〉直接罵剝削者為

大老鼠；〈小雅・巷伯〉咒罵造謠的人臭到連豺狼、老虎都不吃他。2.含蓄委婉的藝術手法，例如〈新臺〉、〈鄘風・牆有茨〉等，〈牆有茨〉一詩的背景是，衛宣公死後，衛宣姜和庶子公子頑私通，還生下五個孩子，這種違反倫理道德的行爲，民眾很反感，便創作了〈牆有茨〉這首詩加以諷刺，詩中始終不指名道姓，而只是説，衛國宮廷裡的醜聞，簡直説不出口。當時的衛國人當然心知肚明。而留下更多的想像空間。該詩和〈新臺〉把我國虛實美學發揮到極致。

# 2·8 齊莊公的不歸路

西元前五五四年，齊靈公立公子光為太子，後來又接受寵愛的小妾名叫小戎（公子牙的養母）的請求，改立公子牙為太子，就把公子光派遣到邊疆擔任守衛去了。有一個叫仲子的小妾（公子牙的生母）規勸齊靈公說：「已經立了公子光為太子，而且讓他參加了諸侯的會盟。況且他又沒有犯大錯誤，您廢掉公子光要後悔的。」齊靈公回答說：「我的事情我做主。」並派高厚和夙鳳衛擔任公子牙的輔導老師。

當年的夏天，齊靈公駕鶴西歸。公子光在相國崔杼的大力支持下，登上了齊國國君的寶座，他就是齊莊公。齊莊公一朝權在手，就實行了殘酷的瘋狂報復行動。首先他殺死了齊靈公寵愛的小妾小戎，並把小戎的屍體陳列在朝廷之上示衆，這種做法受到了時人的批評。他逮捕了公子牙，並把公子牙的導師夙沙衛殺死，還用鹽把他的屍體醃製起來。同年的秋天，崔杼趁勢殺死了公子牙的導師高厚，並兼併了高厚的家財和采邑。齊靈公還有幾個兒子，齊莊公也不放過，不是被殺，就是被趕跑，搞得朝廷上人人自危。

齊國有一個非常漂亮的女人叫棠姜，她的丈夫棠公一死。相國崔杼就把她佔有了。

齊莊公不光好戰，（他乘晉國內亂，出兵攻打晉國，回來的時候，又攻打莒國，使國力疲敝不堪。）他還是一個好色之徒。他經常到崔家和棠姜私通，有一次，他和棠姜私通後，拿著崔杼的帽子賞賜給別人，他的侍衛說：「不行！這樣做，侮辱崔相國。」齊莊公說：「崔杼的帽子和別人的帽子一樣，怎麼不行？」崔杼早已懷恨在心，只是沒有合適下手的機會，從那以後，他就著手報復齊莊公的計畫。首先他聯絡了齊莊公的侍從賈舉，因爲賈舉曾經被齊莊公無緣無故的鞭打過，賈舉成爲崔杼的內應，齊莊公的一舉一動都在崔杼的掌控之中。

西元前五四八年夏天，機會來了，莒國的國君來到齊國進行國事訪問。齊莊公在北城設宴招待他。按理作爲國相的崔杼應該出席作陪，但崔杼裝病，他是這樣想的：我有病，齊莊公一定藉故來我家，而且一定會到棠姜的閨房裡幽會，那時我來個甕中捉鱉，看你往裡逃？

事情眞是按崔杼設想的進行著，十六日那一天，齊莊公在問候了崔杼之後，乘機來到棠姜的閨房，這個時候，棠姜故意躲藏起來，齊莊公由於酒性的關係，欲火正旺，急得他拍著柱子唱起一首齊國流行的〈齊風・東方之日〉這首歌：

太陽升起在東方，
那是漂亮的姑娘。
來到我家的裡房，
來到我家的裡房，

踩我膝蓋訴衷腸。

月亮升起在東方，
那是漂亮的姑娘。
來到我家的裡房，
來到我家的裡房，
踩我腳兒訴衷腸。

齊莊公想用情歌引棠姜出來，唱完歌以後，並沒有見到棠姜出來，只好開口叫喚，棠姜！棠姜！我莊公來了，院子裡還是沒有動靜，原來崔杼早就要求棠姜配合他的行動，棠姜回答說：「我今天已經是您的妻子了，聽您的安排。」

那個時候，莊公的侍從賈舉早已禁止莊公的隨從進入崔家的院內，自己走進去之後，關上了大門，甲士們一擁而上，把齊莊公包圍了起來，齊莊公看形勢不好，跳上了高臺，要求崔杼免他一死，被崔杼拒絕了，要求和崔杼結盟，他的條件是事情過後，可以和崔杼共用齊國的大權，崔杼也不接受，這個時候，齊莊公想使用緩兵之計，請求允許到太廟自殺，還是被拒絕了。齊莊公絕望了，他只好狗急跳牆，爬上了牆頭上，說時遲，那時快。甲士中有人用箭射他，正好射中他的大腿，掉落在大牆裡頭，甲士們蜂擁而上，一刀結束了他的生命。可憐的是，和崔杼合謀的賈舉等人，也統統成了崔杼的刀下鬼。

崔杼用四把長柄扇子，七輛破車，草草地埋葬了齊莊公。

古代有一個優良傳統，記載歷史的太史爲了歷史的眞實，可以不惜犧牲自己的生命。春秋時代，晉國太史董狐直書趙盾弒君的故事也是一個很好的例子。齊莊公被崔杼殺害以後，齊國太史記載說：「崔杼殺了他的國君」，崔杼很生氣，又怕在歷史上留下臭名，要求太史改寫，被太史拒絕了，崔杼殺死了他，太史的弟弟照著寫，又被崔杼殺死了。另一個弟弟還是繼續寫下去，崔杼不能把所有的太史都殺光了，只好由他去寫。

（參考自《左傳・魯襄公二十五》）

**百葉窗**

何謂《毛詩稽古篇》？

清代陳啓源著，主要內容是，對歐陽修《詩本義》、朱熹《詩集傳》等宋代《詩經》著作提出不同的見解。前二十四卷依照《詩經》順序進行解釋，後面五卷主要是對字義進行訓詁。附錄一卷主要論述什麼是風、雅、頌。書中雖然有一些偏見，但內容比較充實，引經據點多有證據，有一定的參考價值。

# 2·9 幽王烽火戲諸侯

周宣王去世之後，他的兒子宮涅繼位，他就是西周最後一位荒唐昏聵的國君——周幽王。幽王繼位的第二年，首都鎬京、渭水、洛水、涇水流域發生了特別強烈的地震，有詩爲證：

電光閃閃雷轟鳴，
千江萬河齊沸騰。
山峰倒塌亂石崩，
高山一霎變成谷，
深深山谷成高陵。
哀嘆當今掌權人，
麻木不仁不驚醒。

以上是《小雅·十月之交》中的第三章經過意譯的詩句，（該詩的首章有「日有食

（蝕）之」的詩句，是世界上最早日蝕紀錄，比巴比倫最早日蝕紀錄早十多年）以上詩句記錄了那場特大地震造成嚴重破壞，造成了百姓流離失所，社會處於動盪混亂之中，最後兩句表達了對作爲一國之主的幽王不聞不問，反而與褒姒一起，沉醉於花天酒地之中的不滿和怨恨。在這裡講的褒姒是一個什麼人呢？她和幽王是怎麼連繫在一起的呢？《小雅・正月》：「赫赫宗周，褒姒滅之」，把西周的滅亡歸罪於褒姒，要瞭解其中的緣由，讓我們來說「幽王烽火戲諸侯」的故事：

相傳早在夏朝即將滅亡的時候，有兩條神龍從天而降，落在夏朝的宮殿裡，口吐人言說：「我們是褒國的兩位國君」，夏帝十分害怕，就叫太卜算卦，看如何處理？卦象說，留下神龍的唾液就平安無事。於是夏帝就讓人用木匣子裝好龍的唾液，保存起來，一直傳到周朝初年，都不敢把木匣子打開。後來，周厲王出於好奇，令人打開了木匣子，這下子可好了，神龍的唾液飛濺了一地，也弄髒了宮殿，厲王認爲應該「以穢去穢」，於是命令一群女子赤身裸體對著唾液大喊大叫，突然間，神龍的唾液變成一隻大蜥蜴，跑進後宮，正好撞上了一個六七歲的小宮女。說來奇怪。那位小宮女長大以後，就生下一個女孩，由於沒有父親，認爲不祥，就被丟棄在宮外的大路旁。天無絕人之路，傍晚時候，有一對家住褒國賣弓箭的夫婦路過，那個男的對著女嬰輕輕地說：「我們走街串巷很辛苦，是可憐人，而妳被丟棄在路旁更可憐，就跟著我們一起活命吧！」這個女嬰在養父母的撫養下長大成人，長得很漂亮，猶如出水芙蓉，映日桃花，人見人愛，由於她出生在褒國，就取名叫褒姒。後來，褒國的國君出事了，被幽王囚禁起來，褒國國君的兒子用貴重的禮物與褒姒的養父母交換，並把褒姒獻給了幽王。周幽王自從得到褒姒以後，不再上朝理政，整日與褒姒一起飲酒作樂。

過了幾年，褒姒生下了兒子伯服，更加得到幽王的寵愛。爲討好褒姒，幽王無緣無故地廢掉了王后申后和太子宜臼，立褒姒爲王后，伯服爲太子。這種違反周朝禮制的做法，引起群臣的不滿，太史伯陽感慨地說：「災禍就要降臨了，想躲也躲不開了。」

褒姒雖然錦衣玉食，又被立爲王后，但臉上從未開顏一笑，幽王使用各種辦法都不管用，就傳下命令：「有人能讓褒姒一笑，賞賜千金。」

奸臣虢石父建議說：「從前周邊的敵人強盛，經常入侵，先王在驪山設置了幾十個烽火臺，上面準備了許多狼糞、火把，並派兵駐守。有了戰況，白天就點燃狼糞，一縷白煙直沖雲天，很遠的地方就能看見，所以古代把外敵入侵叫做『狼煙四起』；如果是在晚上，就點燃火把，叫著『烽火報警』。諸侯看到狼煙，就會發兵前來救助。現在太平無事，烽火臺早已不用，如果大王想叫王后一笑，不妨陪同王后到驪山遊玩，夜裡點起狼煙，諸侯的救兵必然趕到，卻不見半個敵人，那場面必定十分滑稽，王后一定會笑出來。」

幽王便在驪山離宮設宴，與褒姒一起觀看樂舞，同時傳令讓烽火臺點起狼煙。諸侯們一看烽煙大起，以爲有外敵來犯周京，連忙率領兵馬趕到驪山，已是人困馬乏，疲憊不堪。可是一看，只見幽王陪伴著褒姒在臺上悠然作樂，並沒有敵人的一兵一卒，才知道受到了幽王的愚弄和欺騙，一個個懊惱地帶兵回國。

褒姒在臺上看到各國諸侯的軍隊，急急忙忙，氣喘吁吁趕來，空忙一陣。又偃旗息鼓，垂頭喪氣的回去，樣子十分滑稽，不由得鼓掌大笑起來。幽王看見褒姒一笑，百媚千嬌，更加動人，立即給出歪點子的虢石父以重賞。

從此，幽王爲了逗褒姒的笑，又多次點燃烽火臺，各國諸侯上當幾次之後，看見烽火，就再也不派兵了。幽王無端廢掉申后和太子宜臼，申后的父親就決定想辦法報仇除掉幽王，聽說烽火事件引起諸侯們的不滿，認爲時機已到，就聯合繒國，犬戎部落一起進攻幽王，幽王慌了手腳，連忙點燃烽火，這個時候，多次受欺騙的諸侯們再也不出兵了。鎬京很快就被申、戎聯軍攻破，幽王帶著褒姒倉皇出逃，在驪山腳下（今陝西臨潼），被戎兵殺死，褒姒也成爲戎人的俘獲品，周王朝聚斂的財寶也被戎人搶奪一空。從周武王滅商到周幽王被殺，西周一共經歷了十一代，十二個王，統治了約二百五十七年的西周王朝，就在一場周幽王一手導演的鬧劇中滅亡了。

（參考自王宇信《西周史話》、《史記・周本紀》）

**百葉窗**

1.〈小雅・正月〉

《詩經》中，批判周幽王的帶有政治性的諷喻詩是《詩經》中最多的一篇，〈正月〉也是一首著名的批判周幽王政治腐敗導致滅亡的諷喻詩。全詩共十二章，首章寫作者因爲憂國憂民而得病了；二章寫自己生逢亂世，處境險惡；三章寫憂慮國家崩潰之後，後果不堪設想；四章寫壞人當權，希望上天干預；五章、六章寫環境險惡，人人自危；七章寫自己不被重視；八章寫顯赫的宗周，被褒姒毀掉了（即赫赫宗周，褒姒滅之）；九章、十章寫歷史經驗，得人者昌，失人者亡；十一、十二章寫小人當權，自己孤獨。最後一章控訴老百姓受到富人的打擊與壓榨。

這首詩對昏君亂政和社會風氣的敗壞，給予揭露和批判是深刻而有意義的，實開屈原〈離騷〉的先聲。詩中「誰說天很高遠，可我走路不敢不彎腰；誰說大地很厚實，可我走路不得不小步走。」採用心理空間的手法，表達社會的黑暗和對自己的壓迫是很形象生動的，後代李白〈行路難〉：「大道如青天，我獨不得出」，孟郊〈送崔純亮〉：「出門即有礙，誰謂天地寬？」等都有《正月》的影響。

2.《詩經》「思無邪」是什麼意思？

語出《論語·爲政》篇；孔子說：「《詩》三百，一言以蔽之，曰：『思無邪』」，這是孔子對《詩經》的最高評價，孔子認爲《詩經》是一部思想純正的書，然而孔子也說過「鄭聲淫」，其一，「淫」是過分的意思，不是淫亂；其二，鄭聲不同於《詩經》中的「鄭風」。當然，「無邪」還指《詩經》的樂調純正典雅，合乎禮的規範。

# 2.10 陳靈公君臣淫亂

陳國是春秋時代一個很小的國家，卻有著一個非常漂亮而又風騷的中年女人，她就是夏姬。她原是陳國大夫夏御叔的妻子，有一個男孩叫夏征舒，字南，所以又叫夏南。後來，夏御叔因病去世了，夏征舒繼承了他父親的職位，當了陳國大夫，而夏姬就回到夏家的老家株林（今河南華縣夏亭鎮西）過日子去了。

陳國有兩個大夫，一個叫孔寧，一個叫儀行父，都是好色之徒。首先跟夏姬通姦的是孔寧，隨後，他還以此向儀行父誇耀，並邀請儀行父一同前往株林。他們兩個人事成之後，商量如果讓好色的陳靈公也加入，既可以有一個保護傘，車馬等的費用，也可以由國家報銷。結果陳靈公君臣三人成爲株林夏姬床上的常客。

陳國的老百姓對陳靈公君臣淫亂很反感，就創作了〈陳風・株林〉這首詩歌：

他到株林去做啥？
是跟夏南去遊玩。
原來他到株林去，

不是爲了找夏南。
駕著我的四匹馬，
到了郊外卸下鞍。
再換我的四匹駒，
趕到夏家吃早飯。

這是一首諷刺詩，但寫得婉轉曲折，首章故意發問，他到株林做什麼去了？回答說是去找夏征舒，之後又加以否定，眞是「此地無銀三百兩」，不言自明；第二章是寫不打自招，連早飯都要到夏姬那裡吃，去株林幹什麼醜事，不是很清楚了嗎？

然而，陳靈公君臣並沒有由於民衆的批評，而停止跟夏姬的鬼混。更可笑的事情還在後頭呢！時隔不久，陳靈公在上朝之後，就把孔寧、儀行父留下，問他們說：「這種快樂的事情，爲什麼不早告訴我，讓你們先嚐甜頭？」孔寧回答說：「主公請您聽我說，這就好像有一種好吃的東西，臣子必須先嚐一嚐，覺得那種東西味道鮮美，才敢獻上給主公，如果不好吃，怎麼可以叫主公嚐嚐呢？」

陳靈公又說：「雖然你們搶先，可我也有比你們強的地方。」於是陳靈公把夏姬送給他的貼身襯衣拿出來炫耀，說：「你們倆人有夏姬最隱秘的東西嗎？沒有吧？」孔寧說；「我們早就有了。」於是他們倆也把夏姬給他們的貼身襯衣拿出來給陳靈公看，陳靈公看了以後哈哈大笑說：「我們三人可以選一個好日子，到株林作連床會了！」

一個國君兩個大臣在朝廷上說了令人作嘔的話語以後，被大臣泄冶知道了，覺得上樑不正下樑歪，一個國君作這種不體統，沒有廉恥的事情，影響會很壞。於是他找到陳靈公，跟陳靈公講了一通道理之後，要求君臣們都把夏姬送給他們的襯衣收起來，也不要再到株林去了。陳靈公當面答應得好好的，背後卻把泄冶的話告訴了孔寧和儀行父。他們倆人覺得有了泄冶的存在，是他們尋歡作樂的障礙。在陳靈公的默許之下，終於把泄冶給殺害了。自此以後，他們三人更加肆無忌憚地同往株林去了。

西元前五九九年的一天，陳靈公和孔寧、儀行父又到夏姬家喝酒，喝得醉醺醺的。君臣三人又胡來了起來，陳靈公指著儀行父的鼻子說：「夏征舒眞像你，是不是你的種？」儀行父笑著說：「夏征舒長得帥，更像主公您。」孔寧說：「依我看，夏征舒是個雜種，連夏姬自己也記不清了。」之後，他們三人都拍掌

大笑起來。他們的話讓藏在屏風後面的夏征舒聽到了，他既羞愧又憤恨，等到陳靈公要離開他家的時候，他在馬廄裡用箭射死了陳靈公，而孔寧和儀行父只好逃亡到楚國。

西元前一九八年，楚莊王以陳國內亂爲藉口，佔領了陳國，並在株林車裂了夏征舒，當楚莊王看到夏姬的時候，給夏姬的美色迷住了，就想納夏姬爲妾。後來因爲大臣屈巫的規勸才只好作罷。楚莊王又把陳國設置爲楚國的一個縣。大夫申叔時也認爲這種做法不對，就對楚莊王說：「打一個比方吧，有人牽牛的時候，不小心，踩踏了別人的田地，踩壞了莊稼，田地的主人藉此把那隻牛搶奪過來了。對這種事情怎麼看呢？我認爲，牽牛的人固然有錯，但是以這個事情爲藉口，把人家的牛搶奪過來，這種做法就過分了。主公以霸主的身分，出兵爲陳國平定叛亂是正義的行動，但把陳國設置爲楚國的一個縣，恐怕不合適吧？」

楚莊王聽了以後，覺得有理，就重新承認陳國，並扶立陳靈公的兒子公子午爲國君，他就是陳成公。

（參考自《左傳・宣公九年、十年》《東周列國志》、《列女傳・陳女夏姬》等）

**百葉窗**

**何謂《詩集傳》？**

南宋朱熹著。朱熹是宋代《詩經》研究的集大成者。《詩集傳》成書於淳熙四年（西元一一七七年），是南宋以後最流行的《詩經》注釋本，他的解詩是，分章注釋，先按賦比興標體，再做文字訓詁，時有串講，注釋之後歸納詩歌的要旨。書中兼採毛亨、鄭玄的學說，也顧及三家詩的詩義，也多有他本人的見解。他不盲從，力求創新，注釋方面，力求簡明扼要。對人們破除對《詩經》的迷信，推動《詩經》研究進入新階段，產生了一定的推動作用。書中的觀點並不完全正確，有主觀臆斷的缺點，但《詩集傳》至今仍不失爲學習、研究《詩經》重要的參考書。

# 賢臣篇

## 3·1 兵家之祖姜太公

〈大雅·大明〉是一首歌頌周朝建國的著名史詩，詩中抒寫了周武王領導的牧野大戰的過程，詩的最後一章這樣唱道：

廣闊牧野擺戰場，
戰車堅實亮堂堂。
駕車紅馬眞強壯，
三軍統帥是姜尚，
好像雄鷹在翱翔。
協助武王帶軍隊，
指揮三軍擊殷商，
一朝開創新氣象。

詩中的姜尙即姜太公，詩中突出展現了姜太公在牧野戰鬥中的英雄形象，他指揮若定，又身先士卒，如同搏擊長空的雄鷹，打得商軍潰不成軍。他用牧野之戰的勝利凱歌，迎來了西周新時代的到來。

姜太公，也稱姜尙，字子牙，又稱姜子牙。他生於商朝末年，他的祖先曾爲貴族，因爲幫助大禹治水立了功，被封於呂，所以他又叫呂尙，而姜則是他族姓。到了姜太公這一代，家境已經衰落。他早年居住在商朝國都朝歌（今河南淇縣），以宰牛賣肉爲生，後來，又在黃河之濱的孟津（今河南孟津）做賣酒生意。他生活在社會最底層，瞭解民間疾苦，他勤奮好學，對軍事鬥爭的成敗得失有較深的體認。然而，在殷商王朝政治極端腐敗的情況下，他懷才不遇，報國無門，在失意中耗去寶貴年華。

到了晚年，他聽到西方姬昌（即周文王）廣求賢才的消息，認爲實現自己多年理想與抱負的機會即將來臨，便來到岐山西南渭水的支流，叫茲泉的地方釣魚。據說姜太公開始釣魚的時候，三天三夜也沒有釣到一條魚，在他無計可施的時候，有一個農夫指點他說：「你不能著急，還要把魚線弄得細一些，魚餌要香一些，下鉤的時候要儘量輕一些，千萬不要驚動魚。」姜太公按照農夫的指點去做，果然每釣不空。由此，他悟出一個道理，即實現理想不能著急，要巧設誘餌，等待時機，放長線，釣大魚。從此以後，他更加心平氣和，等待命運轉機的到來。

有一天，姜太公又在溪邊釣魚，正好碰到西伯周文王外出打獵，兩人不期而遇，傾心交談，姜太公跟文王暢談天下大勢，以及怎樣治理國家。當時他提出「三常」之說，即

「第一是，國君要以選拔賢人爲常態；第二是，官員要任用賢人爲常態；第三，士大夫要敬重賢人爲常態。」它的基本涵義是，治理國家要重視發掘人才，使用賢人，達到富國強兵的目標。周文王聽了以後，大喜過望，說道：「我先君太公曾經預言：『一定有聖人來到我們周邦，那時我們周邦就會興旺發達』。您就是我們太公盼望的聖人了。」隨後，文王親自把姜子牙扶上車，一起回宮，並拜姜子牙爲國師，讓他掌管全國的政治和軍事。由於文王的話中有「太公望久矣」的句子，所以姜子牙又稱「太公望」。

文王自從有了姜太公的輔助，眞像老虎添了翅膀，周國的聲勢爲之一振，在姜太公的建議下，文王積極擴大同盟國，虞、芮等小國紛紛歸順周國。又對西部的犬戎和密須（今甘肅靈臺）進行征伐。解除了後顧之憂。然後，揮師東渡黃河。滅掉黎（今山西長治西南）等小國，在征伐中，周人獲得了大量土地和俘虜，在豐水西岸，修建了豐京（今陝西長安縣西），使周國的政治、經濟、軍事力量大大加強，並在一定程度超過了商王朝。

然而，正當文王雄心勃勃，將要完成滅商夙願的時候，卻因病而離開人世。而姜太公繼續輔佐文王的兒子周武王完成了他滅商的未竟事業。周武王對姜太公十分尊重，稱他爲「師尙父」。姜太公也忠心耿耿，輔佐周武王繼續加強周國的力量，爲周武王滅商選擇有利戰機，並最後滅掉商王朝。在最後一仗的牧野之戰過程中，與姜太公有關的兩個故事値得一說：

其一，經過兩年的準備，周武王決定伐商。出兵之前，他用龜殼進行了占卜，得出的兆象說這次戰爭不吉利，說來也巧，當時就出現了烏雲密佈，狂風暴雨，更加重了周武王和戰士的擔心與疑慮。而姜太公卻胸有成竹的說：「根據我對天時地利和人和的判斷，這次戰鬥眞像狂風暴雨那樣劇烈，但烏雲過後，會迎來燦爛的黎明，那乾枯的烏龜殼怎能知道吉凶？」在姜太公的鼓勵之下，周武王發佈了戰爭動員令。

其二，當周國的軍隊浩浩蕩蕩地走到邢地的時候，接連下了三天暴雨，大盾（藤牌）折斷爲三截。周武王連忙問姜太公說：「是不是老天爺顯靈，不讓我們伐商啊？」姜太公解釋說「大盾截斷爲三截，是老天爺提示我們要兵分爲三路，一連下了三天暴雨，是老天爺特意爲我們洗去兵器上的灰塵，殺敵的時候更加鋒利。」姜太公的解釋讓周武王增添了勝利的信心。

由於姜太公輔佐兩位西周國君建立了卓越的功勳，被西周王朝策封在齊（今山東中南部），成爲歷史上著名的齊國始祖——齊太公。

兩千多年來，人們把姜太公封爲神明，頂禮膜拜。唐代以來，他被封爲「武成王」，與受封為「文宣王」的孔子並駕齊驅，成為我國古代一文一武兩尊偶像。相傳著名兵書〈六韜〉是他長期與商朝戰爭的經驗總結，他的「出其不意，攻其不備」的戰術，為後代軍事家所繼承。司馬遷在《史記・齊太公世家》中讚揚他說：「他有許多戰術和奇謀，為後代軍事家學習和運用。」所以可以說姜太公是中國「兵家之祖」。

（參考自《史記・齊太公世家》、王信宇《西周史話》）

### 百葉窗

何謂「詩教」？

儒家關於詩歌創作的原則之一，語出《禮記・經解》：「孔子曰：『入其國，其教可知也。其為人也，溫柔敦厚，《詩》教也』……其為人也，則溫柔敦厚而不愚，則深於詩者也。」所謂「溫柔敦厚」是指對統治階級可以有所批評，但批評的態度不能過於激烈，需要符合中庸之道。因為「詩教」符合統治階級的利益們，為歷代統治階級所提倡。但其中主張表現悲哀或歡樂要有所節制，強調中和之美，含蓄之美，反對淺薄和直露等，有一定的價值。

# 3·2 周公東征平叛亂

周公即周公旦，他是周文王的第四個兒子，因爲他的封地在周（今陝西岐山北邊）所以稱他周公，它是中國歷史上著名政治家、軍事家，也是思想家和詩人，又是孔子最崇拜的聖人。

周公在文王在世的時候，就以孝順恭敬、忠厚仁愛著稱。武王即位以後，周公輔佐武王處理政事，是武王的重要助手，武王討伐殷紂王的時候，周公隨行，戰爭中，武王發表的那篇著名的戰爭動員令——〈牧誓〉，就是出自周公的手筆，後被收入《尚書》之中，成爲研究西周歷史的重要文獻。在武王殺死殷紂王之後，爲了武王的安全，周公手持大斧，召公手持小斧，守護在武王的身邊。滅商之後，他主持祭天儀式，把紂王的罪惡告訴商族的老百姓以安定民心。周朝建立以後，周公被封於魯（今曲阜一帶），他讓他兒子伯禽替他到魯地接受封國，自己留在京師輔佐武王。後來，管叔、蔡叔發動叛亂，周公東征，取得全勝，爲保衛新政權立下汗馬功勞。《詩經．豳風》中的〈東山〉、〈破斧〉兩篇都是以周公東征爲背景抒寫的詩歌，〈破斧〉中「周公東征，四國是遒」，意思是周公東征以後，天下才得到穩定、太平。那麼，周公東征的具體故事是怎樣的呢？

周武王滅商以後，又回到西方的鎬京。他沒有被勝利沖昏頭腦，而是靜靜的思考著：有著六百多年歷史的商王朝，牧野一戰，就像一座巍峨的宮殿一下子就倒塌了，這裡頭一定有許多教訓值得記取；另外，經過多年的奮鬥，自己已經老了，兒子又太小，怎麼才能讓國家長治久安？……。武王每當想到這些問題，往往睡不好覺，吃飯也不香。有一天，周公發現武王心事重重，就前去問候，低聲的問道：「尊敬的天子，看您最近消瘦了些，是不是有什麼煩惱解不開？」武王說「老弟，我想的問題很多，以後再說，但是當務之急要面對的是：我們周國原來就不大，現在要管理這麼多的地方，特別是原來商朝的貴族失去了那麼多特權，會甘心嗎？當前國家怎麼穩定，我還理不出一個頭緒，想到這些，我的頭就大了！」周公回答說：「天子您想得很及時，俗話說，眾人拾柴火焰高，您召集大臣們商量商量行嗎？」

在朝廷上，眾大臣七嘴八舌，議論紛紛，有的主張大開殺戒，有的主張以安撫爲主，但都提不出具體的辦法，最後，武王認爲周公的方案合理可行，就按周公的辦理了：即將殷墟（河南安陽附近）一帶，賜封給紂王的兒子武庚，讓他管理商王朝的遺民，又把弟弟管叔賜封在鄭州一帶，蔡叔賜封在上蔡一帶（在殷墟之南）；霍叔賜封在山西霍山一帶（在殷墟之北），目的是在暗中監視武庚，這就是歷史上有名的所謂「三監」。

周王朝滅商不久，武王由於操勞過度，一病不起，周公心急如焚，便在祖宗神主（有太公、季歷、文王的牌位）前舉行禱告儀式，周公禱告說：「您們的孫子武王英明偉大，可現在積勞成疾。如果現在需要到天上伺候您們，我願意以身替代，換回武王的生命。」

周公禱告以後，武王的病情有所好轉，可是不久還是駕鶴西歸去了。

武王去世之後，成王繼位，因爲成王年紀太小，只好由周公代替成王處理國家大事，歷史上稱之爲「周公攝政」。這就引起了管叔、蔡叔等的不滿與嫉妒，他們到處散佈謠言，說周公看成王年紀小，想篡位，獨攬大權。一時蒙蔽了不少人，周公找來姜尙和召公等大臣，向他們透露自己的心跡，周公說：「我們的撐天柱沒有了，成王又太小，建國不久，人心不穩，我們搞不好，得來的江山勢必得而復失。這個時候，捨我其誰？等成王長大之後，請大家相信我，我一定還政於成王，決不食言。」周公光明磊落的良苦用心，得到大臣們的諒解和支持。然而樹欲靜而風不止，商紂的兒子武庚認爲復辟的時機已到，便與管叔、蔡叔和霍叔勾結起來，並糾合了東方過去屬於商王朝屬國的徐、奄、熊、盈、薄等諸侯國，發動了大規模的武裝叛亂。在這關係到周王朝的生死存亡的重大關頭，在周成王的授意下，周公毅然決然的與姜尙、召公一起帶兵東征，東征出發之前，周公寫了《豳風．鴟鴞》這首詩送給成王，詩的首章是這樣的：

貓頭鷹啊貓頭鷹，
你已經抓走我的小鳥，
還要毀壞我的巢，
我辛辛苦苦地勞累，
我爲養育孫子而病倒。……。

這首詩用禽言詩的形式，把管叔、蔡叔等人比作惡鳥貓頭鷹，傾訴了周公為了子孫萬代的幸福，不辭辛勞的心跡。

這次東征由於參加的部族很多，戰爭所涉及的地域又十分廣大，因而戰鬥十分艱苦。有些叛軍地處山林，需要用斧頭之類刀具砍伐樹林，為軍隊開路，〈破斧〉詩中「既破我斧，又缺我斨（一種斧頭形的刀具）」說明戰爭中，連砍伐樹木的斧頭都破損不堪了，僅僅這一情節，就可說明東征這場戰爭是何等酷烈。周公歷經三年，才徹底地打垮了武庚和管叔、蔡叔的聯軍。並處死武庚和管叔，流放了蔡叔。接著他又揮師東進，一舉消滅了博姑、熊、盈等東方諸侯國，東征才宣告勝利結束，西周王朝迎來了清朗的早晨。

周公東征之後，就馬不停蹄地前去修建洛邑。不久，看到成王已經長大，就把執政權還給成王。並寫下了〈大誥〉、〈康誥〉、〈梓材〉、〈洛誥〉、〈酒誥〉等文獻（後來都收進《尚書》裡），文獻中總結了夏朝、商朝滅亡的歷史教訓，並提出明德、保民、慎罰等先進思想。他說，治理國家要像治自己身上的疾病一樣小心謹慎；只有讓民眾走上我們要求的軌道，國家才能安康；治理國家不用水作為鏡子，而是要用老百姓做鏡子，這些思想到今天仍有其重大的價值。

百葉窗

1.何謂〈周南〉、〈召南〉？

〈周南〉有詩十一篇，〈召南〉有詩十四篇，都是南方的作品。西周初期，周公與召公有分工，以陝（今河南陝縣）爲界；周公長住東都洛邑，統治東方諸侯，他分管的疆域北到汝水，南到武漢一帶，這一地區所收入於《詩經》的詩，如〈關雎〉、〈葛覃〉等，統稱〈周南〉；召公分管的疆域，由陝以東，南到今武漢以上的長江流域，這一地區所收入《詩經》中的詩，如〈鵲巢〉、〈草蟲〉等，統稱爲〈召南〉。從年代上來看，二南詩中大多是東周的作品，少量是西周的作品。

2.何謂「周公制禮作樂」？

周公是西周時期的著名政治家、思想家。爲了鞏固西周的政權，制定了一整套禮制和典章制度。所謂禮是規定了人們的行爲準則，祭祀、結婚、戰爭、宴飲等都有一定的儀式，每一種儀式都要有相配合的音樂。其具體表現爲：其一，等級制，規定周王朝的最高統治者是周天子，即〈小雅．北山〉：「普天之下，莫非王土，率土之濱，莫非王臣」，底下分別是卿、大夫、士、平民等階梯式的等級；其二：宗法制：規定嫡長繼承，每個等級都是如此；其三：分封制：天子把土地分給卿，逐步分下去，並把子女分封於各地，成爲各地的諸侯。

# 3·3 召公諷諫周厲王

我們所講的召公是指召伯虎，也稱召穆公，是周成王時代的召康公的後代，為世代輔佐周王室的著名的大臣。召公不光是一個有思想的政治家，而且是一個能瞭解民眾疾苦的政治家。相傳，他把為老百姓辦理官司的地點搬到田間裡，搬到一棵甘棠樹下。這種辦案方式，更親民、更能瞭解實情、更能公平而辦成鐵案。因此得到老百姓的歡迎，由此有一個無名詩人寫下〈召南·甘棠〉這首詩加以稱頌：

甘棠茂密又高大，
千萬不要砍斷它，
召公曾經住樹下。

甘棠茂密又高大，
千萬不能毀了它，
召公曾息這樹下。

甘棠茂密又高大，
千萬不要拔掉它，
召公曾歇這樹下。（甘棠：即棠梨樹）

詩人愛屋及烏，用移情的手法，表達了民衆對召公的懷念之情。俗話說，金杯銀杯不如群衆的口碑。這種發自民衆心聲的口碑，是很感人的，並長久地流傳於後代，召公還是一個善於打仗的武將，〈大雅．江漢〉一詩就是周宣王命令召公討伐淮夷，取得勝利，並受到周宣王嘉獎的詩；他還是一個詩人，〈大雅〉中〈桑柔〉、〈民勞〉都是出自他的手筆。然而召公在歷史上更著名、影響更大的故事，則在諷諫周厲王這一事情上：

周穆王在位五十五年，去世之後，周朝的王位，經歷了周恭王、周懿王、周孝王、周夷王。周夷王死後，他的兒子姬胡繼位，他就是周朝歷史上著名的暴君——周厲王。

周厲王不僅生活腐化，終日沉湎於酒色，而且生性貪婪，成天盤算著如何聚斂更多的財富以供揮霍。奸臣榮夷公投其所好，專門出鬼點子幫助厲王聚斂錢財。厲王聽從了榮夷公的建議，把所有的山林、河流、湖泊統統收歸國有，禁止老百姓到河裡打魚捉鱉，到山林裡植樹摘果，違者處於嚴酷的刑罰。

大夫芮良夫是一個瞭解和同情老百姓疾苦的賢臣，他聽說這事後，趕來朝見厲王，對他說：「您不能聽榮公（即榮夷公）的。」

厲王問：「爲什麼？」

芮良夫說：「天下的財物天下人共有，做國君的要開發各種資源，造福百姓，才能長治久安。如果普通人獨佔財物，就會被看做強盜，您如果獨佔財物，天下人會怎麼看呢？還會支持我們嗎？」

周厲王不聽芮良夫的勸告，反而任用榮夷公爲國卿，執掌朝政，從而使朝政愈來愈腐敗，不光專山澤之利，苛捐雜稅還愈來愈多，貪污賄賂公行，由此引起老百姓不滿，可謂民怨沸騰，怨聲載道（古人所謂「謗王」。）

召公聽了民衆的批評，深爲國家命運擔憂，他求見厲王說：「百姓已經無法活下去了，街頭巷尾都有批評和埋怨的聲音，請您三思！」

召公的用意是讓厲王瞭解民情，好改革弊政。誰知厲王聽了召公的忠言之後，大發雷霆，馬上派人找來衛國的一個巫師，命令他監視臣民的一切活動，發現有膽敢公開批評我的人，立即報告。

巫師訓練了一批密探，佈滿了大街小巷，一旦發現有人批評厲王，就抓去殺掉，這種白色恐怖，使得人人自危，人們在街上碰面，彼此不敢打招呼，只能用眼色示意（即古書上所謂「道路以目」）。

厲王得意洋洋地對召公說：「您現在聽不見有人批評我了吧，看我多厲害！」

召公說：「您這樣做，只是堵住了民衆的嘴，但堵不住民衆的心。堵住民衆的嘴帶來的災害，比堵住洪水帶來的危害更嚴重。堵住洪水，一旦決口，就會淹死好多人。因此善於治理洪水的人，一定會採用疏導的方法。而善於治理老百姓的人，一定讓他們講出心裡話。老百姓說好的，我們就去做，老百姓說壞的，就想辦法改正。把老百姓的嘴堵住，讓他們敢怒不敢言，早晚要出事的。」

厲王拒絕了召公要他廣開言路和放棄「山澤之專利」等的勸諫，繼續一意孤行。雖然表面上很平靜，但是三年以後，火山終於爆發了，民眾呼嘯而起，手拿棍棒、斧頭，如狂風暴雨一般，包圍了厲王居住的宮殿。厲王看大勢已去，偷偷地從後門溜走，渡過黃河，一直跑到千里之外的彘地（今山西霍縣）這就是歷史上有名的「厲王流彘」的歷史事件。

厲王逃跑時十分倉促而又驚慌失措，把太子靜給撇下了。太子靜只好逃到召公的府中。造反大軍得到消息，把召公府團團圍住，人們知道召公是個賢臣，所以沒有攻進召公府，只是要召公把太子靜交出來。

召公看到這種情況，連忙叫太子靜脫下衣服給自己的兒子穿上，把太子藏了起來，然後才放府外的人們進來。人們蜂擁而上，懷著對著周厲王的深仇大恨，對著這個「太子」就是一陣亂打。無辜而又可憐召公的兒子成了太子靜的替死鬼。而太子靜卻躲過了一劫，並在召公府裡住了下來。

這時，國中無主，社會動盪，一片混亂，民眾感到不安。由周王朝的貴族們舉行了會議，推選了德高望重的召公和周公共同代行國政，國號「共和」，這一年是西元前八一四年，從此以後，中國歷史上才有了正確的年代記載。十四年後，周厲王在彘地去世，太子靜已長大成人，西元前八二七年，太子靜被召公、周公請出來繼承王位，他就是歷史上著名的周宣王。

（參考自王宇信《西周史話》、《國語・周語》）

## 百葉窗

何謂「正雅」與「變雅」？

都是《詩經》學的語詞。「正雅」，主要的是指西周前期歌頌「先王之德」或者頌揚美政的詩歌。又分「正小雅」和「正大雅」。

「正小雅」是指〈鹿鳴〉到〈菁菁者莪〉共十六篇，（其中另有六篇有題目而沒有內容的笙詩不算）；「正大雅」是指從〈文王〉到〈卷阿〉共十八篇，大多受歌頌文王、武王、成王和周公的詩篇。

「變雅」是指反映周王朝衰微，政局動盪的〈雅〉詩：〈小雅〉從〈六月〉到〈何草不黃〉，共五十八篇，〈大雅〉從〈民勞〉到〈召旻〉共十三篇，統稱爲「變雅」。〈雅〉詩正變的說法出自〈毛詩序〉，但這種說法並不是十分準確，因爲「正雅」中也有諷諫詩，「變雅」中也有歌頌詩。

# 3·4 管仲與鮑叔牙的友誼

齊桓公是春秋時代第一個霸主，他的霸業全賴名相管仲的輔佐，梁啓超曾經誇獎管仲是「中國最大的政治家」，諸葛亮把自己比作管仲。管仲之所以能夠在齊國大展宏圖，名留青史，全賴他的友人鮑叔牙的支持與幫助。

管仲名夷吾，字仲，潁上（今安徽潁上縣）人。他的家庭原先是不錯的，可到了他這一代，家庭就沒落了，因而管仲少年的時候，家境十分貧困，但總能得到鮑叔牙的幫助。管仲曾經和鮑叔牙在南陽（今山東鄒縣）一帶做生意，結帳的時候，鮑叔牙總以管仲家庭貧寒爲由，讓管仲多分一些；管仲也曾經做過小官，都被辭退了，鮑叔牙安慰他說：「不是您沒有才幹，而是國君不識才，不瞭解您的能力。時機未到，您總有一天有出頭的日子。」管仲曾經打過仗，但總是半途跑回家，鮑叔牙也很理解，不是管仲貪生怕死，而是要回家照顧老母，而且也不願爲貴族們爭權奪利，白白送死。

後來他們兩人都從政，到了齊國，鮑叔牙追隨公子小白，管仲追隨公子糾。公子小白當了齊國國君（即齊桓公）。因爲鮑叔牙在爭奪王位的過程中，立了大功，齊桓公要讓鮑叔牙當齊國國相，鮑叔牙卻把管仲推薦給齊桓公。因爲管仲曾經用箭射過齊桓公，齊桓公當然對管仲的一箭之仇不能忘懷，說道：「管夷吾用箭射過我，差一點要了命，現在重用他，行嗎？」

鮑叔牙連忙解釋說：「當初管仲是公子糾的臣，他用箭射您是正常的，各為其主啊！如果他現在為您所用，他也會幫您射別人的。」

齊桓公沉默了一下，覺得鮑叔牙說的有道理，但始終下不了決心重用管仲，鮑叔牙猜出齊桓公的心事，所以他繼續開導說：「主君如果想要治理好我們齊國，只要任用高傒和我就足夠了，主君如果想成為我們時代的霸主，那就非任用管仲不可了。我和管仲交誼多年，知道自己有五個方面（政治、軍事、禮義、寬民、信民）不如管仲，他是國家的寶。如果主君只想當一個太平君主，那就當我什麼話都沒說好了。」

齊桓公上臺以後，就一心想當春秋時代第一個霸主，就苦於沒有一個好助手，經過鮑叔牙的開導，心裡豁然開朗，並很快下令，任用上卿管仲為相國，全面負責國家事務。鮑叔牙甘居管仲之下，為齊國大夫。

管仲上臺以後，發揮了他治理國家的本領，可謂大展宏圖，他在經濟、政治、軍事上進行了一系列改革。例如把土地分給各農戶，進行獨立生產，不再集體大規模耕種公田，這叫做「均地分民」，從而提高農民的生產積極性。在軍事上，實行兵民合一制度等，順應了歷史發展趨勢，為齊桓公爭霸打下堅實的物質和政治基礎。

鮑叔牙比管仲先離開人世，管仲對鮑叔牙始終存感激之情，他說：「生我的人是我的父母，而瞭解我的，是我的朋友鮑叔牙。」因此，後代有人把他們的友誼稱之為「管鮑之交」，唐代詩人杜甫曾經感嘆道：「君不見管鮑貧時交，此道今人棄如土」，可見管仲、鮑叔牙之間的友誼，仍有學習的價值。

關於管仲與鮑叔牙的友誼還有另一個版本的故事：

西元前六四五年，爲齊國貢獻了四十多年的管仲，終於在他八十多歲高齡的時候，油盡燈枯，即將走到人生的盡頭。齊桓公趕忙來到管仲府中，見他最後一面。齊桓公說：「仲父（齊桓公對管仲的尊稱，相當於現在的「三叔」）如果有不幸，讓誰接您的班？」

管仲沒有直接回答，反問道：「主公想讓誰？」齊桓公說：「鮑叔牙怎樣？」如果按照常理，鮑叔牙是管仲的知己朋友，又是齊桓公的老師，應該是接班的最佳人選。出人意料之外的是，管仲卻表示反對，他說：「不行，因爲鮑叔牙廉潔奉公，嫉惡如仇，是一個眼睛容不得半點沙子的正人君子。如果讓他執政，勢必要得罪國君，對下也容易得罪老百姓，像他這樣容易得罪人的人，怎麼能夠長久管理國家

呢？」齊桓公聽了管仲的話以後，大大出乎意料之外，但想想也有道理，水清則無魚。因爲作爲國家的總管，需要原則與靈活相結合，需要團結更多的人一起工作。同時，齊桓公也爲管仲以國家利益高於一切的精神所感動，他在心裡深深感嘆，再也找不出像管仲這樣忠於國家的人了。

齊桓公又問「那麼誰是更合適的人選？」管仲回答說：「要不，那就隰朋吧。隰朋爲人，能夠顧大局，忠心耿耿而又懂得變化。如果沒有合適的人選，那就用他吧。」

（參見王貴民等《春秋史話》、《史記・管晏列傳》）

**百葉窗**

管仲採用貿易戰

西元前六八四年，齊國與魯國的長勺（今山東省萊蕪東北）之戰，弱小的魯國取得勝利。爲了報復魯國，挽回丟了的面子。時隔不久，管仲就向齊桓公提出跟魯國進行貿易戰的建議，得到齊桓公的雙手贊成。

這場沒有流血的戰爭是這樣開始的。魯國紡織業很發達，很多老百姓以織絲綢爲生。首先齊桓公帶頭與貴族們一起改穿魯國生產的絲綢衣服，並鼓勵齊國老百姓爭相購買，讓魯國人大賺了一筆錢。另外，限制齊國的紡織業生產，讓齊國的絲織品供應全部依賴魯國進口。這樣一來，魯國的農民都放棄農業生產，都進城當紡織工人去了。於是，魯國的商人便開始大量招工開辦紡織廠，並源源不斷向齊國輸送絲織品，以賺取大量利潤。魯莊公看到魯國的財政收入大大增加，便下令發佈許多優惠政策，鼓勵全國百姓加入紡織業的大軍來，農業大國的魯國，一時間變成了紡織業發達的生產國。

一年以後，齊桓公下令，全國所有的人都改穿棉料的衣服，同時，停止進口魯國絲織品，並停止向魯國出口糧食。以至於不多久時間，魯國由於生產結構的失調，糧食極度缺乏，產生饑荒，老百姓怨聲載道。而大量紡織廠倒閉，魯莊公也沒有什麼稅收，從而出現了財政危機。西元前六八三年，魯莊公被迫歸順齊國，齊桓公給魯國送去大量糧食，魯國才暫時度過難關。

這次貿易戰可謂中國歷史上的第一次，它說明國家重要物資和經濟命脈，一定要掌握在自己手裡。

（參見江湖閑樂生《春秋那些事兒》）

# 3・5 哭秦庭申包胥借兵

伍子胥和申包胥都是楚國人，而且是好朋友。當年伍子胥在逃亡的時候，申包胥曾經放過伍子胥一把。伍子胥在那個時候，曾經對好友申包胥說，我一定想辦法滅亡楚國以報仇雪恨，申包胥則說您要滅亡楚國，我也一定能復興它。

後來伍子胥逃亡到吳國之後，受到吳王闔閭的重用，西元前五〇六年，伍子胥與著名軍事家孫武一起，與楚軍在柏舉（今湖北麻城）展開激戰，吳國取得勝利之後，又經過五次戰役，終於攻入楚國郢都（今湖北江陵），伍子胥掘開楚平王的陵墓，鞭屍三百下，以報楚平王殺害父親和哥哥的冤仇。繼位的楚昭王只好逃到隨國以求保護。

就在那個時候，藏身於夷陵山的申包胥寫信給伍子胥，信中批評伍子胥，「你這樣報仇太過分了，怎麼說，你也當過楚平王的臣子，死者爲大，雖然他對不起你們全家，但你也不能鞭打他的屍體而侮辱一個死人。」幾天以後，伍子胥接到申包胥的信，沉默了一會，兩眼泛起了淚花，心想，申包胥的批評有一定道理，可是我那時身不由己啊！伍子胥在給申包胥的回信中，只說了這樣兩句話：「我日暮途遠，所以倒行逆施也。」

申包胥接到伍子胥的信以後，嘆了長長一口氣。心想，事情到了這個地步，要想讓伍子胥退兵已經不可能，唯一的辦法是求助於秦國，才能讓楚國得到救亡圖存的機會，因爲楚昭王的母親就是秦哀公的女兒。

於是申包胥隻身經過千辛萬苦，徒步長征近萬里，終於來到了秦國都城雍城（今陝西鳳翔市），見到秦哀公，對秦哀公說：「吳國就像一隻貪吃的野豬，一條陰毒的長蛇，時時刻刻想著呑滅其他諸侯。我們大王不幸先遭到吳國的毒手，只好逃到隨國避難。吳國那群野狼貪得無厭，如果成了君王您的鄰國，那時您們秦國就將永無寧日。」

秦哀公心想：秦國自從秦穆公稱霸以來，一百多年間只跟晉國打過幾個小仗，還大部分都輸了。只想在關中這一片地方自得其樂，況且跟當前正是勢頭強盛的吳國打仗，不一定能打得過。於是，秦哀公先安慰申包胥幾句，隨後請申包胥先在客館裡歇一歇，理由是這樣：大事需要和大臣商量商量再說。申包胥說，我們的國君還處於流亡之中，沒有安身的地方，下臣哪敢有閒心住下來？於是他便把身子靠在庭院的牆上，日夜哭泣，七天七夜沒喝一口水，以致於神志昏迷。七天七夜沒吃沒喝，竟然能活下來，這是一個奇跡，而這個奇跡，正是申包胥依靠信念、使命和責任堅持了下來。他告訴人們，有了超強的精神力量，有時可以超越生理極限。

申包胥頑強意志和決心，感動了秦哀公，秦哀公便叫人把他救醒，並當他的面唱起了〈秦風・無衣〉這首戰歌：

誰說沒衣穿？

你我合穿一件袍。
我國要起兵，
趕快修理戈和矛。
共同對敵在一道。

誰說沒衣穿？
你我和穿一件衫，
我國要起兵，
修好矛戟亮閃閃，
咱們兩個一道戰。

誰說沒衣穿？
你我合著穿衣衫。
我國要起兵，
修好鎧甲和刀槍，
咱們一道上戰場。

秦國群臣聽到秦哀公唱起雄壯豪邁的秦國國歌，也都群情激昂，紛紛唱了起來，一遍又一遍。以表出兵救楚的決心。申包胥七天七夜只是喝了一點水，一點力氣都沒有，而當他聽到秦國君臣的歌聲，心情猶如晴空萬里，頓時來了精神，他掙扎著站起來，向秦哀公連連扣頭九次，以表謝意。

於是秦哀公出動兵車五百乘，士兵約三萬七千五百人（春秋軍制，一輛戰車配士兵七十五人），並在沂邑這個地方，大敗吳國的軍隊。楚昭王在秦國幫助下，回到楚國，並論功行賞。其中當然少不了申包胥，申包胥推辭說，「我到秦國求救不是爲了自己，而是爲了楚國，自恃有功貪求無厭，不是一個有道德的人應該做的。」說完之後就不告而別，至於他到什麼地方去，沒人知道。

（參考自《左傳・魯定公四年》、《東周列國志》、劉向《新序・節士》、江湖閑樂生《春秋戰國那些事》、程俊英《詩經譯注》）

**百葉窗**

秦哀公借助〈無衣〉這首詩，表達出兵救楚的心願，而〈無衣〉其實是一支秦國人創作的軍歌，一首軍隊進行曲，語言通俗易懂，既表現了戰友同心同德，互相關心的情懷，更表現了同仇敵愾，勇於殺敵的英雄氣概，富有戰鬥性和鼓動性，對後代影響較大。在寫作上的最大特點是，一般的戰爭詩，大多是歌頌別人，處於旁觀者的位置，而該詩是身置其中，因而更有血性，更爲豪邁。正如錢鍾書先生所說：「在一場英雄事業裡，準備有自己的一份兒，這是〈秦風・無衣〉的意境。」

# 3·6 衛石碏大義滅親

西元前七二〇年，衛莊公娶了齊國太子得臣的妹妹，名叫莊姜。莊姜從齊國來到衛國完婚的時候，排場很有氣派，莊姜人又長得非常漂亮，讓衛國人很震撼，於是他們就創作〈衛風·碩人〉這首著名的歌詩，其中第四章集中，描繪了莊姜的美：

纖纖素手像白潤的牙茅，
細潤皮膚像凝結的脂膏。
白淨修長的脖頸像天牛幼蟲，
潔白整齊的牙齒像瓠瓜子兒。
額角像蟬兒那樣方正，
她的眉毛如彎曲細長的蠶蛾。
頰邊酒窩一笑更迷人，
黑白眼珠流轉更美妙。

這一章對衛莊姜的美做了細緻的描繪，從手指、皮膚、牙齒、眉毛等，都做眞切的描寫，被後人稱讚爲「詠美人之祖」，是描寫美人的最早典範。而最後用衛莊姜的美妙一笑，則是把莊姜寫活了，白居易〈長恨歌〉「回眸一笑百媚生，六宮粉黛無顏色」正是從〈碩人〉一詩而來。有學者評論道，如果沒有最後一笑，莊姜只能是一個廟裡的菩薩，沒有精神了。

人們常說，上帝很公平，祂一隻手給了你，另一隻手會拿回去，莊姜是上帝給了她美麗的容顏，卻讓她不能生育，因而沒有接班的兒子。衛莊公又在陳國娶了一個名叫厲嬀的小妾，這個女人還算幸運，不久就生下一個叫做孝伯的男孩，不幸的是，這個男孩不久就死去了。衛莊公又娶了厲嬀的妹妹戴嬀，她生下公子完，莊姜就把公子完作爲自己的兒子。

衛莊公還有一個叫州吁的兒子，是衛莊公寵姬所生，州吁是一個只喜歡耍棍弄刀的壞小子，卻得到衛莊公的嬌慣。大臣石碏認爲州吁如果不加以管教，衛國將來勢必出大亂子。他就勸諫衛莊公說：

我聽說喜歡兒子，應當用道義去教導他，使他不走邪路。驕傲、無禮、違法、放蕩，這是將來走上邪路的緣由，……。如果準備立州吁爲太子，就應該早一點定下來。不然，將來就會釀成禍亂。像州吁這種備受寵愛的孩子，如果居於下位而不作亂，那世界上很少的事情，請您早點提防吧！

人們常說，良藥苦口利於病。可是衛莊公不信那一套，對於石碏的忠告，當耳邊風，更有甚者，他在州吁長大之後，還讓他掌握軍權，爲衛國的政局帶來難以預料的隱患。石碏也有一個兒子叫石厚，是州吁的哥兒們，石碏預見州吁將來會出事，也規勸石厚不要跟州吁來往，可是石厚根本聽不進去。

西元前七四〇年，衛莊公去世，太子完繼位，是爲衛桓公。這個時候，執政大臣石碏就退休了。衛桓公執政以後，對州吁的驕傲和奢侈的行爲很不滿，並當面斥責了他，州吁就跑到鄭國去了。

西元前七一九年，州吁糾集一幫衛國的逃亡人，殺死了衛桓公，自立爲衛國的國君。由於州吁的殘暴，自立又沒有國法的依據，大臣和民衆都不擁護他，讓州吁感到恐懼和不安。就問石厚看怎麼辦？石厚說；「我父親是一個老臣，有豐富的政治經驗，我回家向他請教。」石碏就對石厚說：「只要州吁去朝見周天子，經過周天子的批准，就能獲得合法的地位，州吁的地位就能鞏固。」石厚問道「怎樣才能去朝見周天子？」石碏說；「陳桓公當今正受到周天子的寵信，現在陳國和衛國是友好相處的國家，前年衛國還借給陳國糧食，如果陳桓公去朝見周天子的時候，請他在周天子的面前美言幾句，不就行了。」

於是石厚就跟州吁帶著貴重的禮品來到陳國，他們不知道，其實石碏早已派人來到了陳國，告訴陳桓公說：「衛國地方狹小，我老頭子年紀大了，不能做什麼事情了。州吁和石厚這兩個人，確實是殺死了衛國國君的罪魁禍首，請您利用他們來到陳國的機會懲治他們！」

當州吁和石厚來到陳國的時候，陳桓公早已安排好的武士們把他們扣留了，並請衛國派人來陳國進行處置。九月的那一天，衛國派來的右宰（相當於副總理）醜在陳國的濮地（今安徽亳縣）處死州吁，石碏派他的管家獳羊肩在陳國處死石厚。公子晉繼承王位，他就是衛宣公，衛國才有了短時間的平靜。

這一個故事，《左傳》的作者是這樣評論的：「石碏眞是一個完全忠於國家的臣子了。憎惡州吁，同時也連帶上石厚，「大義滅親說的就是這樣的情況吧！」

（參考自《左傳・隱公四年》）

# 3·7 鄭子產不毀鄉校

人們讀到〈鄭風·子衿〉中的〈毛詩序〉：「刺學校廢也。」自然會聯想到鄭國名相子產不毀鄉校的故事，鄭國有一個好的風氣，即老百姓可以到鄉間學校議論國家大事，這是原始社會民主政治在鄭國的遺存。然而當時有一個大夫叫做然明的，認爲老百姓水準低，七嘴八舌的議論，會妨礙國家政令的貫徹執行，就向鄭國執政者子產提議說：「把鄉間的學校廢除怎樣？」（他的意思不是停辦鄉間的學校，而是不讓民眾在學校裡議論政治。）

子產回答說：「爲什麼要那樣辦呢？人們早晚辦完事情，有空閒就到學校裡來休息，勢必會在閒談時議論到國家的事情和政事的好壞。他們認爲好的，我就推行；他們反對的我就改掉。他們是我的老師，爲什麼要毀掉呢？我聽說，只有用逆耳的忠言來減少民衆對我們的不滿；沒有聽說用權威來防止民衆的怨恨。不讓民衆講話，就好像把洪水堵住一樣，洪水一旦沖開堤壩，傷人一定很多，我也無法救助。民衆有意見，讓他們講出來，把它當成藥來治我的病，這不很好嗎？」

然明聽了以後，覺得子產的話有道理，也很深刻，便對子產說：「我現在才知道您眞能治理好我們國家。我是一個沒有見識的人，若照您的意見辦，我們國家就有了希望。」

後來，孔子聽到這個故事以後，很是感嘆，他說：「從這個故事看，別人再說子產是一個沒有仁愛的人，我是不會相信的。」

（參考自《左傳・魯襄公三十一年》）

## 百葉窗

### 何謂《讀風偶識》？

清代崔述著，該書是專門研究〈國風〉的著作，除前言，〈通論詩序〉以外，正文部分集中論述〈國風〉，其體例是，分爲通論、概述、分論和小結。崔述是清代著名史學家，使他在討論詩歌的時候，十分注重作品所反映的社會生活，因而可以觸及到作品的某些本質，不足的是，則可能忽略了作品的藝術分析。該書另一個優點是突出情詩的研究。他不但肯定了情詩的合理性，肯定了人們對美好愛情生活的追求。還對道學家的迂腐觀點進行了批判，不足的地方是對婦女懷有偏見與歧視。

對於權威的成就，他不盲從，不迷信，在佔有資料的基礎上，據理分析，提出個人的見解，這種破舊立新的勇氣，表現了史學家的求實精神。

# 3·8 晏嬰鬥崔杼的故事

崔杼殺了齊莊公之前，命令朝中的大夫們必須一起立下盟約（主要內容是支持崔杼殺死齊莊公）。並規定參加盟約的人，不能帶劍入內，還有立誓願時不趕快說，手指不見流四鮮血的人（古代訂立盟約時，要用手指頭的血塗抹於嘴邊，以表示不違約）都要殺頭。而輪到晏嬰立誓願時，已經殺死十幾個人了。

在這十分驚懼的時刻，晏嬰手裡捧著盛血的杯子，抬頭看了看天而後嘆氣地說道：「崔杼將要無道的殺害他的國君，是多麼可惡啊！」在場的人都爲晏嬰說了不合時宜的話捏了一把冷汗。崔杼聽後，不但沒有立刻殺死晏嬰，而是對晏嬰說：「你跟我一起拼，我和你共用齊國；你如果不跟我拼，我將立刻用劍殺死你！一條活路，一條死路，兩條道路任你挑。」

晏嬰回答說：「我聽說，爲了個人利益而背叛國家的人，不是有仁義的人；在刀劍逼迫的形勢下改變了自己志向的人，不算是有勇氣的人。《詩經》中〈大雅・旱麓〉不是說：

茂密葛藤長又柔，
一直纏繞樹梢頭。
平易近人賢君子，
不違道德把福求。

晏嬰我哪裡可以爲了活命和幸福，而違反作人的道德呢？你就是殺了我，我絕不能改變我做人的基本準則。」

崔杼看晏嬰那麼堅決，殺了他影響會很不好，還會留下千古罵名。只好不甘情願說了一句：「讓他走吧。」

晏嬰出了大門，不疾不徐，慢慢地坐上車子，準備回家。爲他趕車的人說：「趕快跑，崔杼一旦後悔追上來，就糟了」。晏嬰平靜的回答說：「麋鹿躲藏在山林裡頭，他的生死取決於獵人。早晚要被獵人吃掉的。現在我們只能聽天由命，快跑有什麼用？」於是晏嬰所坐的車子從從容容、慢慢悠悠地離開了結盟的大廳。

《韓詩外傳》的作者在引用〈鄭風．羔裘〉的首章：

身穿柔暖羊皮襖，
爲人正派又美好。
他是這樣一個人，
不惜生命保節操。

之後評論說，晏嬰就是詩中歌頌的「不惜生命保節操」那樣的人，千古流芳。

（參見《韓詩外傳》卷八，第四章）

# 3·9 晏子爲婧女伸冤

齊景公（西元前五四七年——西元前四九〇年）在位，是春秋時代著名的國君。但他也有許多不足的地方。例如他喜歡山上一棵年代久遠的槐樹，還在槐樹的周圍立了木樁，並派專人守護。樹的邊上懸掛著一個牌子，上面寫著：「觸碰著槐樹的人要判刑，傷害了槐樹的人要處以極刑。」

婧女的父親有一次喝醉了酒。跌跌撞撞的把齊景公的槐樹給傷了。齊景公知道以後，非常生氣地說：「這是最早傷害我槐樹的人，要嚴辦。」並命令有關官員拘捕了婧女的父親，要重判的目的是要殺雞儆猴，以免後人效尤。

齊國名相晏子是一個有智慧，熱心爲民衆辦事的人。婧女爲了救父，就跑到晏子的家門口說：「我有事相求，希望拜見我們國家著名國相。」晏子聽了以後，笑了笑，說：「難道我有邪淫的表現嗎？我這麼大年紀的人了，怎麼還有女人到我這裡來？不！不！她可能有話要講，那就讓她進來吧。」婧女進門以後，晏子一看，說道：「不對啊！她好像心事重重，不會有冤情吧？」

晏子問道：「您到我這裡來，有什麼事情嗎？」

婧女回答說：「我父親叫衍，居住在城裡，是一個善良守法的平民，他因爲最近出現旱災，五穀不長，就到山上向山神祭祖、祈禱。由於把用於祭祀的酒喝多了，以至於把國君的槐樹弄壞，據說要受到極刑。」晏子說：「這是國君親自定的，我無能爲力。」

婧女說：「尊敬的國相，請您耐心聽我講，我聽說，明智的國君治理國家，不減少俸祿，不增加刑罰，也不能因爲私怨而損害國法，不因爲六畜傷害百姓。過去宋景公在位的時候，天大旱，三年都沒有下雨。宋景公叫來太卜占卜，卜辭說：「需要用人來祭天」。宋景公就走下殿堂，面朝北禱告說：「我今天祈求上天下雨，是爲了老百姓過個豐收年，如果現在非用人來祭祀不可的話，那我請求上天用我自己來替代。」

宋景公的話沒有說完，傾盆大雨從天而降，遍及千里，老百姓久旱逢甘雨，唱歌跳舞。歡呼雀躍。這不就是宋景公能夠順從天意，愛護百姓的結果嗎？」

晏子插話說：「宋景公確實是一個好的國君，我們的齊景公也不怎麼差呀！」

婧女辯解說：「我們的國君好在哪裡？他種上槐樹，下令傷壞槐樹的人要處死。因爲這個，我的父親就要被處以極刑，我也只能成爲孤兒。我擔心這樣會損害我國的法律，破壞了明君的道義，也會造成很壞的影響。《詩經．棠棣》不是說：「是究是圖，亶其然乎！」意思說，請您深思又熟慮，此理確實很分明。尊敬的國相，您是一個明白的人，一定會幫助我們老百姓的。」

晏子聽了婧女的申訴，覺得問題嚴重，因爲這個事情並不是一個家庭的問題，他認爲我做爲齊國的國相，不會置之不理。

第二天一上朝，他就對齊景公說：「我們最早的祖先姜太公在創建我們齊國的時候，就經常告誡齊國的執政者，不能窮盡民衆的財富和力量，不然就叫做「兇暴」；不能玩物喪志，如果過分喜好玩物，甚至發布嚴酷的命令，這就叫做「無道」；要重視刑罰，如果隨便殺人，這就叫做「殘暴」違反。這「三不」，對我們治理國家的人來說，都是巨大的禍害。」

齊景公辯解說：「我當國君這麼多年，沒有那麼嚴重吧。」

晏子說：「我們這幾年建造了許多樓臺宮室，增加了過多的鐘鼓樂器，這不耗費了民衆的財富和民力嗎？民衆觸到咱的槐樹要判刑，甚至是傷害槐樹的要處死，這不是『無道』嗎？」

齊景公慚愧的說道：「您這麼說，我確實有違背祖訓了。」晏子出來以後，齊景公馬上命令取消守護槐樹的人員，拔掉懸掛告誡的木樁，廢除了有關槐樹的法律，放出觸傷槐樹的囚犯，其中當然有婧女的父親。

（參見劉向《列女傳・齊傷槐女》）

# 3·10 晏子論「和而不同」

西元前五二二年的冬天，齊景公有一次打獵歸來，晏子陪同他在遄臺（離臨淄一里多路）休息，善於逢迎拍馬的梁丘據也連忙趕去伺候。齊景公對晏子說：「只有梁丘據和我的關係最和諧。」晏子回答說：您們之間只是「同」，而不是「和」，齊景公奇怪的問道：難道「同」與「和」有區別嗎？

晏子回答說：「區別很大，例如廚師做菜湯，有魚肉加上各種調料，如醋、醬，鹽、梅等進行烹調，才有好的味道。君臣之間的關係也是這樣。國君施行的政策如果有不足的地子，臣子可以提出自己的看法，幫助國君改正錯誤。這樣做，國家才能安定，矛盾才能減少，這就是「和」。〈商頌．列祖〉是這樣說的：

有了調勻美味湯，
五味平正陣陣香。
心中默默來禱告，
次序井井不爭搶。

說明國家政治的「和」，是和做湯的道理一樣。

齊景公又問：「除了做湯的例子以外，還有別的例子嗎？」

晏子說：「樂師們作曲，用的是五個音調而不是一個音調，五個音調互相配合，才能有動聽的音樂。而梁丘據不是這樣，國君認爲行的，他也認爲行；國君認爲不行的，他也認爲不行。這如同用清水調劑清水，誰能喝它呢？如同琴瑟老彈一個聲音，誰願意聽它呢？不應該『同』而應該『和』的道理就是這樣。」

齊景公說；「說得好！」

（參見《左傳，昭公二十年》、程俊英《詩經譯注》）

## 百葉窗

### 晏子論禮

齊景公有一次喝了很多酒，異常興奮，就把帽子脫了，上身的衣服也除掉了，拿起一個瓦盆敲了起來，邊唱邊跳，並對身邊的人說道：「一個仁義的國君也有忘我的快樂時候吧？」

大夫梁丘據討好的說：「一個仁義的國君也是人，當然可以追求自已的快樂」。

齊景公正在興頭上，覺得一個人還不過癮，就說道：「趕快派車，叫晏子來一塊兒來快樂快樂！」晏子接到通知之後，莊重地穿好上朝服裝，來到齊景公身邊。齊景公對晏子說：「今天我很高興，可以免除一切禮節，大家一起唱唱歌，跳跳舞，快樂快樂。」

晏子回答說：「主公，您今天的話可不能那麼講。齊國一個五尺長高少年，他的力氣比我和主公都強得多，他們爲什麼不敢胡作非爲呢？就是因爲有了做爲行爲規範的禮的存在。再說，如果一個國君不講求禮節，怎麼領導下屬？下面的人如果不遵紀守禮，怎麼能很好的爲國君服務呢？麋鹿因爲沒有禮，所以做爲父親和兒子的公鹿可以共用一個母鹿。人類之所以有別於禽獸，不就是人類有了禮嗎？《詩經．相鼠》不是說，『人而無禮，胡不遄死』，意思是說，人如果沒有禮，這樣的人不如早點死好，所以我們說，作爲人的行爲規範的禮，是不能隨便取消的。」

齊景公聽了以後，覺得很受啓發的說：「今後我們齊國全國上下都要講禮節，從我先帶頭做起。」

（參見劉向《新序．雜事》）

尚賢篇

# 4·1 武丁托夢用傅說

〈商頌．玄鳥〉中說：「後裔武丁是賢王，成湯大業他承當」說明商朝第十三位國王武丁在商朝歷史上的重要地位和貢獻，讓我們來說武丁的故事：

武丁名叫昭，後世稱他爲「高宗」，他的父親是商王小乙。小乙雖然沒有像他哥哥盤庚那樣，爲復興商王朝作出卓有成效的貢獻，但他清楚的認識到要保住先王們留下的江山，必須重視下一代的培養。所以，當小乙即位以後，就叫已是二十歲左右的武丁離開殷都，到黃河岸邊生活下來，這期間，武丁接觸了不少平民和從事生產的奴隸，有時還參加農業勞動，由此，他知道種莊稼的辛苦和老百姓的苦楚。武丁還利用這個機會，拜師訪友，有一天，他到了虞（今山西平陸一帶），聽說這裡有一個叫甘盤的人很有學問，便去拜訪。當甘盤瞭解武丁的身世之後，跟他講了商朝三百多年興衰的歷史，武丁聽了很受啓發，便拜甘盤爲師。

又有一天，武丁來到虞山（在今山西平陸與河南三門峽市之間），看到這裡山清水秀，景色宜人，他走到一個山岩之下，看見許多人在這裡用模板支撐住夯築牆堤，他們身上都穿著罪衣，脖子上用繩子拴著，五個或十個人連接在一起。一看就知道是一幫刑徒。武丁向看管刑徒的人打聽，知道他們正在修築土堤，把水隔開，以保護道路的暢通。武丁便找幾個人談話，從中看到有一個叫傳說的人，身材魁梧，目光有神，便找他個別交談，武丁帶有歉意地說：「當今罪犯多，朝廷有做得不夠的地方，老百姓生活不安定，就很難遵守法紀。」傳說看見武丁能夠說出朝廷的弊端，便大膽的說出治理國家的要點，和興利除弊的計畫。武丁聽了以後，非常驚服，想不到在罪犯之間還有如此的奇才，他就暗暗的下決心，自己一旦繼承商朝的王位，一定想方設法把他請到朝中，幫助治理國家。

武丁的父親小乙在位二十一年之後死去，武丁繼位當了商王，他將甘盤請到朝中任命為輔佐大臣。而邀請傳說到朝中輔助他治國的心願還沒有落實，他想：傳說有罪在身，如果直接請他到朝中爲相，貴戚們和大臣們一定不會同意，甚至要製造混亂，考慮再三，想到親貴大臣們迷信鬼神，相信天命，可以利用天神托夢的方式達成獲得傳說的目的。

又有一天，武丁在告祭天地和祖宗之後，來到朝廷接受百官的朝賀，武丁等到大家頌揚之後說道：「我昨天晚上作了一個夢，夢見上帝賞賜給我一個聖人，上帝對我說，得到這個聖人，我們國家將會興旺發達起來。」隨後就把傳說的相貌講了講，並說，你們當中有沒有人像我夢中那樣的人嗎？在百官中找不出一個跟夢中的人一樣時，武丁就下令到民間去找，在武丁的暗示下，終於在虞山的工地上找到了傳說，百官們看到傳說跟武丁所說的一樣，都同聲慶賀。

武丁在傅說、甘盤等人的協助下，發憤圖強，在位五十九年，商朝在政治、經濟、文化等方面都獲得巨大的發展，商朝進入了它歷史上的頂峰，這一時期也因此被稱爲「武丁中興」。

武丁有六十多個妻子，其中有一個叫做婦好的，她是中國最早的女政治家和軍事家，她曾經率領商兵征伐羌方，取得很大的勝利，她的墳墓一九七六年在河南安陽小屯西北被發現，墓中出土許多珍貴的文物。

（參考自孟世凱《夏商史話》、《史記・殷本紀》）

**百葉窗**

〈商頌・玄鳥〉開頭一句：「天命玄鳥，降而生商」，有什麼故事呢？故事說，在黃河流域，有一個叫有娀氏的部落，部落裡有一個女子叫簡狄，有一天，她和她的兩個妹妹在河裡洗澡，有一隻燕子叼著蛋飛過，蛋掉下來落在地上，她們爭相去搶，簡狄撿到蛋，便含在嘴裡，不小心吞咽下去，後來就生下契。他就是商朝的始祖。由於契幫助大禹治水有功，舜就封他在商（今河南安陽），從此商族才開始發展起來。

# 4·2 陪嫁奴隸做宰相

〈商頌．長發〉最後四句是：

湯爲天子誠又信，
卿士賢明自天降。
賢明卿士是阿衡，
是他輔佐商湯王。

詩中給予極高評價的阿衡是誰呢？就是輔佐成湯建立商朝的伊尹。那麼，伊尹輔佐成湯的過程中有什麼動人的故事呢？請讓我慢慢道來。

伊尹，名伊，尹是官名，他是成湯的重要謀臣。

相傳伊尹出生在伊水流域（今河南伊川），來自一個貧苦的家庭，很小就被賣到有莘國（今山東菏澤市曹縣）當奴隸。有莘國是大禹的後代建立的諸侯國，伊尹到了之後，在郊外開荒種地，養活自己，他雖然身處壟畝，但他是一個有理想有抱負的人，希望有一天能夠參與政治，為老百姓做一點事情。

有一天，他利用有莘國國君外出的機會，跪拜求見國君，國君問他有什麼本領，他說他善於炒菜做飯。可巧，國君正缺少一個善於做飯的人，就叫他到國君身邊當一名廚子。由於他烹調出色，很受莘國國君的喜歡，就讓他專門擔任招待各地賓客食宿的工作，他經常利用招待賓客的機會，打聽各國的情況，瞭解政治形勢的變化，以求讓他這個埋在土裡的金子有一個閃閃發光的機會。

經過幾年，伊尹瞭解到成湯是一個有德行、有作為的人，想去投奔他，可總是找不到合適的機會。眞是天從人願，機會來了，當時成湯要娶有莘氏的姑娘作為自己的王妃。和有莘氏結成聯盟，以擴大自己的實力。伊尹就向有莘國君請求，願意以奴隸的身分陪嫁到商朝，也得到有莘國君的同意。於是伊尹跟隨有莘女來到成湯的身邊，仍然是擔任給成湯燒飯做菜的工作，因為他聰明能幹，做的飯菜又合乎成湯的口味，時隔不久，就取得成湯的喜歡與信任。成湯也在有空閒的時候跟伊尹閒聊交談。於是他就利用每天給成湯送飯的機會，談談自己對治國平天下的看法：他知道成湯有雄心壯志，要推翻夏桀取而代之，但苦於不知道怎麼去做才好。伊尹就告訴成湯，首先要發展生產，飼養牲畜，寬以待民，老百姓生活好了，自然會擁護你支持你，其他諸侯國也會前來歸順你。另外，我是一個廚子，知道治理國家就像燒魚一樣，火太小燒不熟，火太大卻把魚燒焦了，做事情不要操之過急，一步一步的來，按計劃操作就行。

成湯聽了之後，覺得伊尹的話講到了他的心坎裡，隨即解除了伊尹奴隸的身分，並想讓他一下子就擔任右相的重任，又擔心大臣們反對，於是他就把大臣們召集起來，讓伊尹談談當今天下的形勢和治理國家的想法。只見伊尹坦然的拜了一拜，目光掃視一下臺下的諸位大臣，從容不迫的說道：

我是一個奴隸，對國家大事知道的很少，既然商王今天叫我來講一講，我就談一談我粗淺的看法。當今夏桀荒淫無道，使得天下雞犬不寧，怨聲載道，老百姓早就想把他推翻。我們的商王是一個明君，寬厚仁愛，他要解救天下苦難的老百姓，一定會得到上天和民眾的支持。我們的商王這樣厚待我，交給我重任，我一定忠於職守，一定不會讓大家失望……。

伊尹的一席話說得大臣們連連點頭稱是，並支持他出任右相的職務。伊尹就這樣從一

個奴隸一躍成爲商國的宰相。

伊尹認爲要推翻夏桀的統治，必須知己知彼，對夏桀那邊的情況有所瞭解，由此，他在成湯的支持下，帶著貴重的禮物來到夏朝的國都，一住就是三年。回國後，成湯問道：「夏桀那邊情況怎樣？」伊尹回答說：「夏桀殘暴無道，老百姓活不下了，甚至發出咒語說，殘暴的夏桀不得好死，我們願意與你同歸於盡！但夏桀在諸侯中還有一定的威望，只有等待時機成熟才能進行討伐。」誰知夏桀探知到成湯積蓄力量有所作爲的意圖，便派人把成湯囚禁在夏臺（今河南禹縣）的夏王朝監獄裡，多虧伊尹等人給夏桀送去許多珍寶，成湯才得以被釋放回到商朝。成湯在伊尹的幫助下，勢力更加強大，最終滅掉了搖搖欲墜的夏王朝，建立了商朝。伊尹也成爲商朝的開國功臣之一。

成湯做了十三年商王之後死去，伊尹在鞏固商王朝方面也產生了很大的作用，他做爲元老大臣，先後扶持成湯的二兒子外丙和成湯的弟弟仲仁爲先後的商王，可惜他們兩個都因病過早去世，伊尹只好擁立太丁的兒子太甲爲商王。起先太甲只知道歌舞玩樂，不問朝政，甚至隨便殺人，經過伊尹的苦心教誨，也不起作用，伊尹只好根據祖訓，把太甲囚禁在王都郊外的桐宮（今河南偃師附近），太甲在桐宮三年，反省自責，決心悔過自新。伊尹就把太甲接回王都。太甲重新再回到商王朝以後，以德治民，老百姓安居樂業。伊尹作了〈太甲訓〉三篇，記述太甲悔過自新，使商王朝得以鞏固與發展的過程。並尊崇太甲爲中宗。後來伊尹因病去世，商王朝用天子之禮舉行祭祀，讓他千古流芳。當今山東莘縣還有伊尹的廟。人們用祭祀來紀念這位歷史上著名的好宰相。

**百葉窗**

1.「商人」一詞的來歷

在中國歷史上，把做生意的人叫做商人，這是怎麼回事呢？它來源於商代王亥服牛負販的故事。相傳王亥繼承商朝的王位之後，一心經營畜牧業，他用先祖相土馴養的馬駕車和運輸，使用起來比較方便。他又把馴養的牛用來運輸，一比較，他覺得牛雖然不如馬跑得快，但牛的繁殖與馴養比馬容易，於是王亥就把大批牛用來運輸，運載著大量的土特產在諸侯間做貿易，由於他做的貿易最多，範圍最廣，人們都知道王亥是商朝的人，由此商人就成爲做生意的代名詞。

2.鄭玄奴婢用《詩經》對話

鄭玄是東漢時期著名的經學家，他家裡的奴婢都讀書，有一天，其中有一個奴婢鬧情緒，不好好聽使喚，鄭玄要體罰她，她還狡辯幾句，這下子更讓鄭玄生氣了，便叫人把她拽在庭院有泥水的地方罰站。這個時候，另外一個奴婢走過來，問她：「胡爲乎泥中？」（《詩經．式微》中的詩句，意思是，是什麼原因讓您在泥水之中？）回答說：「薄言往愬，逢彼之怒」（《詩經．柏舟》中的詩句。意思是，我聲辯幾句，主人就發怒了。）

（見之《世說新語．文學》）

# 4·3 文王渭濱遇姜尚

周文王，姓姬名昌。殷紂王時居住在岐山之下。稱「西伯」（西方諸侯之長）後來遷都於豐（陝西長安附近）他的兒子周武王消滅殷商之後，追尊他爲文王。周文王德高望重，是周代著名的聖君。〈周頌．賚〉、〈大雅．文王〉和〈大雅．文王有聲〉都從不同的角度，歌頌了文王的豐功偉績。其中以周文王崇尚賢才（〈大雅．文王〉有「濟濟多士，文王以寧」的詩句），特別是崇尚重用姜尙（俗稱姜太公、字子牙，也稱姜子牙），使周朝的事業得到大發展，他的故事更爲有趣和動人。

周族在岐山建立國家以後，力量還很小，經常受到戎狄等外部民族的欺侮，國君古公爲了使周族強大起來，一方面努力改革各種弊政和陋習，以便讓老百姓安居樂業；另一方面，禮賢下士，廣求人才。古公經常告誡兒孫們說：「只有把天下所有賢才請到周國來，我們的事業才能興旺發達，國家才能強大起來。」

古公去世後，傳位於品德高尙，賢明能幹的二兒子季歷，季歷即位以後，發展生產，加強與周邊諸侯國的友好，擴大了周國的實力和影響力，由此引起商王文丁的懷疑和害怕，便編造了一個藉口，把季歷殺害了，自此商周兩大民族結下世仇。

季歷去世之後，繼位的是他的兒子姬昌，他就是中國歷史上赫赫有名的周文王。起初文王報仇心切，不顧國力，倉促出兵攻打商朝，結果大敗而歸，文王接受這次失敗的教訓，改變鬥爭策略，表面上臣服商王朝，暗中加緊作滅商的準備。他慈愛老人，敬重晚輩，大力發展農業生產；他廣求人才，爲了接待賢人，他經常耽誤中午的飯食。由此，當時許多名士和賢人紛紛投奔到他這裡來，其中有孤竹國的伯夷和叔齊、還有太顛、閎夭、散宜生、鬻子和辛甲大夫等都成爲文王的座上賓，他們都在滅商的過程中，產生很大的作用。

殷紂王的親信崇候虎對紂王說：「西伯做了許多好事，很得民心，好多賢才都到他那裡去，翅膀硬了，是一個危險人物，大王可要小心啊！」。於是紂王就把文王關進羑里（今河南湯陰北）的監獄裡，文王在監獄裡，靠演繹八卦打發時光。閎天等人很著急，連忙籌備了一個美女，三十六匹駿馬和許多珍寶奇物，透過紂王的寵臣費中獻給紂王，紂王一見唇紅皮白的美女，眼睛都亮了，心花怒放了，高興地說道：「有一個美女，就可以放人了，何況還有那麼多的奇珍異寶呢？」這個時候，文王才得以釋放，臨走時，紂王還賜給文王弓箭斧鉞，讓他有征伐其他諸侯的權力，更可笑的是，紂王還在文王的耳邊輕輕地說道：「說你壞話的是崇候虎。」

文王回到岐山之後，爲了報仇雪恨，四處尋訪，希望找到一個能夠輔佐他完成心願的人。有一天，文王要去打獵，行前算了一卦，卦的意思是這回出去打獵，所獲得的不是龍，也不是螭（古代傳説中一種沒有角的龍），不是虎，也不是熊，而是一個能夠幫你完成霸業的重要助手。文王有了卦象的啓示，這回打獵格外留心，當他來到渭水南岸時，看見一個白髮蒼蒼的老人正在釣魚，他兩眼炯炯有神，神采飄逸，有神仙氣度，就主動前去搭話。誰知兩個人愈談愈投機，都有相見恨晚的感覺。文王說：「先君太公說過，一定會有聖人來到我們周邦，我們周邦一定會興旺發達起來。先生就是這個聖人吧？我們太公盼望先生已經很久了。」從此，這個釣魚的姜尙美名爲「太公望」就傳開了。之後，文王請姜尙上了自己的車，一同返回了京城，並立即封他爲太師，負責管理軍隊的工作。

這個叫做「太公望」的人，就是歷史上鼎鼎有名的姜太公，他姓呂名尙。字子牙，俗稱姜子牙。先傳，他的祖父曾經幫助大禹治水立過功，被封在呂這個地方（古時常以地名為姓），而姜則是他的族姓。姜尙的祖父雖然是個貴族，但到了他這一代已經沒落了，他爲了維持生計，年輕時曾在繁華的朝歌（今河南淇縣）城裡宰牛賣肉，也在孟津開過酒店。雖然姜尙滿腹經綸，才華出衆，但始終找不到施展抱負的機會，後來聽說周文王求賢若渴，才到渭水邊釣魚，等待文王的來臨。渭水邊文王幸得遇姜尙，姜尙八十遇文王，猶如後代劉備得到諸葛亮，相得益彰，君臣遇合，千古流芳。姜尙是一個軍事家，相傳我國最早一部兵書《六韜》就是他所著。文王有了姜尙的輔助，猶如老虎添了翅膀，事業得到大發展。在姜尙的建議下，周邦與虞、芮等諸侯國建立了聯盟，增加了滅商的同盟軍；同時出兵征討犬戎、密須，以消除後顧之憂。並在豐（今陝西長安縣西北）建都，使周邦的政治、經濟、軍事的力量大爲增強。然而老天不從人願，在文王滅商的計畫接近完成時，文王就因病去世了。姜尙又繼續輔助周武王完成了文王滅商的未竟事業。特別是在周武王伐商的牧野之戰中，姜尙建立了卓越的功勳。〈大雅．大明〉是這樣歌頌的：

廣闊牧野做戰場，
檀木兵車亮堂堂。
駟馬威武有雄壯。
三軍統帥是姜尚，
好像雄鷹在飛揚。
協助武王帶軍隊，
指揮三軍擊殷商，
一朝開創新氣象。

這首詩描繪和展現了姜尙在牧野大會戰中的英雄形象，他在貌似強大的敵軍面前毫無懼色，他身先士卒，勇插敵陣，猶如搏擊長空的雄鷹，打得敵軍倒戈而散，取得完全的勝利。從詩中可以看出作爲指揮官的姜尙，在這次戰爭中發揮了重大的作用。由於姜尙在輔佐周文王、周武王在滅商的過程中，建立了卓越的功勳，被周武王賜封於齊（今山東中南部），成爲歷史上著名的齊國始祖——齊太公。至今陝西省寶雞境內尙保留著姜子牙釣魚臺，是人們瞻仰姜尙的著名景點。

## 百葉窗

1.何謂「賦比興」？

《詩經》作品中所採用的三種表現手法，「賦」指不用比喻，直接鋪陳敘述；「比」指採用比喻或比擬的方法寫人寫物以表達感情；「興」即「起情」，詩人把觸動其感情的景物形象加以描繪，借其寓意以抒發自己的感情。興句，常用於詩篇的開頭，除了引起下文的發端的作用外，還有比喻、象徵事理和烘托氣氛等作用。《詩經》的賦、比、興手法，尤其是比興手法（即形象思維的方法），得到了後代許多作家的重視，爲他們所繼承與發展，對後代文學創作的發展，產生了深遠的影響。

2.文王演易臺

《史記．周本紀》說，由於崇侯虎在商紂王面前說了周文王的壞話，商紂王就把文王囚禁在羑里（在今河南湯陰縣北），羑里的高臺南北長一百零六米，東西寬一百零三米，其時文王就在裡面「演六十四卦，著九六之爻，謂之《周易》」。

如今這個高臺的正南面，現存一座古樸、莊嚴的青石牌坊，在中間門額上刻有「演易坊」三個醒目的大字。西邊的石碑是明人建立的，上題「周文王羑里城」六個大字。牌坊後面建有文王廟，殿內供奉著文王塑像。殿基的西邊建有一個三層樓，樓的房門上題有「演易臺」三字。院內還有不少參天古柏和明清以來歷代君主、文人學士所立的石碑，給這裡增添了不少古色古香的氣氛。

# 4·4 麥丘老者的祝願

齊桓公上山打獵，爲了追逐白鹿，一直追到麥丘。看見一個很有精神的老人，問道：「老先生，您怎麼稱呼？」他回答道：「我是麥丘這個地方的一個小官員。」桓公看見這位老人面色紅潤，有飽滿的精氣神，又問道：「老先生您身體這麼好，有多大年紀了？」老人回答說：「小臣今年八十五歲了。」桓公讚嘆道；「多麼美好啊，您這樣高壽！」

於是齊桓公拿出美酒來，與老者一塊暢飲。桓公又說：「老先生能不能爲我祝祝壽？」老人回答說；「我是一個粗野的人，不知道怎樣君王祝壽？」桓公說：「用您這樣的高齡爲我祝壽就行。」

老人拿起酒杯，拜了拜天地之後禱告說：「祝願我國君長命百歲，而且看輕金玉這種貴重的東西，而把人民當成寶貝那樣對待。」桓公聽了很高興，誇獎地說道：「多麼美好的祝壽啊！我聽說，有最高道德的人不會孤立，美好的善言一定有第二次，老先生能不能再來一次祝願？」老者又拿起酒杯，又拜了拜天地之後禱告說：「讓我的君王愛好學習，不恥下問。身邊圍繞的人都是賢能之士，喜歡採納勸諫的話語。」桓公覺得老者的祝願很好，又鼓勵他說：「您的祝願太好了，我聽說，有最高道德的人不會孤立，好話最好是說三遍，您老人家能不能來個第三次祝願？」老者再一次拿起酒杯，又再一次拜了拜天地之後，便禱告說：「祝願群臣和老百姓不得罪於我國國君，我國國君也不得罪於群臣和老百姓。」

齊桓公聽了以後，這下子可不高興了，反駁說：「您這個祝願可不行，而且跟前兩個祝願不一樣，您的祝願一定得改一改。」老人拜了拜之後，回答說：「希望君王仔細的想一想，最後這個祝願雖然跟以前的兩個祝願不一樣，但最後的祝願卻比前兩個祝願更好更重要。大家知道，假如兒子得罪了父親，可以透過自己的姐

姐、姑媽和叔父來解圍，最後能夠得到父親的諒解；假如臣子得罪了國君，可以透過身邊的大臣來解圍，最後能夠得到國君的諒解。但是當年的夏桀是夏朝的國君，他得罪了作爲臣子成湯和他統治下的老百姓；殷紂王得罪了周武王和他統治下的老百姓，最後他們都身敗名裂，是沒有人能夠替他們解圍。」

齊桓公聽了以後，轉怒爲喜地說道：「講得多好啊！我依賴祖宗的福氣，神靈的保佑，讓我碰到您這樣有智慧有眼光的人。」於是，齊桓公親自扶老者上車，還親自駕車一同回到臨淄，並讓麥丘老者參與國家大事的謀劃。

《韓詩外傳》對這個故事做了這樣的評論：《詩經．文王》說得好，「濟濟多士，文王以寧」。齊桓公之所以能夠成爲春秋的霸主，九合諸侯，一匡天下，不是全靠武力，也不全是管仲的功勞，而是聚合了許多像麥丘老者那樣的賢人。

（《韓詩外傳》卷十，第一章、劉向《新序．雜事》）

# 4·5 楚王啓用公子晳

衛國大夫蘧伯玉是春秋時代著名的名士，楚國的公子晳聽說蘧伯玉要到楚國出使的消息，就手捧鮮花到濮水（屬陳國，今安徽黃河上游）的上游去迎接。

倆人一見面，公子晳就問蘧伯玉有何請教？蘧伯玉沒有直接回答，只是在車上對公子晳敬個禮。公子晳說：「我聽說，上等的好人可以把美女放心託付給他，中等的好人有重要的話放心託付給他去辦，下等的好人可以把財物放心託付給他保管。而您是一個既可以放心託付美女、又可以託付重要的話語和財物的好人，現在把希望楚王重用我的要求託付給您，行嗎？」

公子晳還是不放心，面對車上的那個蘧伯玉朗誦了〈鄶風·匪風〉的最後一章：

誰會燒那新鮮魚？
替他把鍋洗乾淨。
誰要回到西方去，
請他捎來眞佳音。

蘧伯玉聽後珍重的回答說：「放心吧，請您等待您的好消息。」他對著公子晢揮了揮手，道再見！

蘧伯玉辦完出使的事情之後，和楚王閒談起來，當他們談到賢才的問題時，楚王就問蘧伯玉：「當今哪一個國家賢才最多？」蘧伯玉回答說：「楚國的賢才最多，」楚王聽了很高興，也很自豪。蘧伯玉說：「楚國賢才雖然最多，但楚國國君一個也不重用，那有什麼用處呢？」楚王聽了以後，臉色馬上變得很難看了，質問道：「哪裡的話，你不是在胡扯嗎？」蘧伯玉說：「楚王，您別生氣，我是有根據的，伍子胥不是楚國人嗎？他被迫出逃到吳國，吳王重用他爲相國，他爲了報仇，發兵攻打楚國，還毀壞了楚平王的墳墓。這不說明楚國不重用本國的賢才，卻被吳國重用了嗎？另外，楚國有一個土生土長的人，叫釁鼢黃生，他被迫跑到晉國去，當了晉國的大官，他治理了晉國七十二個縣，效果眞好，可謂路不拾遺，夜不閉戶，國無盜賊。他本是楚國人，卻被晉國所用。我這次來到貴國，在濮水上碰到您們國家的公子晢，他是一個可以託付美女，話語和錢財的賢人，不知道楚王能夠重用他嗎？機不可失，失不再來，是不是？」

楚王聽了以後，很受啓發，意識到賢才是國家的棟樑，再不能「楚才晉用」了。於是他趕緊派使者用最快的速度到濮水之上，把公子晢請回來，並委以重任。

## 百葉窗

何謂〈鄶風〉？

鄶國是一個歷史悠久的諸侯國，但國土很小。地處今河南鄭州市的南邊，密縣以東，溱水和洧水之間。西元前七七三年，被鄭桓公所滅。

〈鄶風〉只有四首詩歌，也有它獨特的地方。〈匪風〉這一首詩，假託一個駕車東行的鄶國人的口吻，訴說他的憂慮和悲苦，並希望到西方去的人，能夠給他帶來好的音訊。這首詩與唐代岑參〈逢入京使〉：「馬上相逢無紙筆，憑君傳語報平安」，寫法有相近的地方。但〈逢入京使〉的詩意是請人傳達自己的平安，而〈匪風〉則是希望傳來好佳音，命意正好相反。

〈羔裘〉是一首諷刺詩，詩寫鄶國國君只知道享樂，而國家危機四伏，國君卻麻木不仁，令人憂傷。〈隰有萇楚〉一詩訴說人生的苦難，但卻從羨慕楊桃樹沒有知覺、沒有家室入手，反襯自己的痛苦，看法獨特。人們知道，做爲「人類是所謂的萬物之靈」的人，竟然羨慕起無情無知覺的草木來，其人生痛苦可想而知。鮑溶〈秋思〉：「我憂長於生，安得及草木？」說的就是這個意思。〈蜉蝣〉一詩悲嘆曹國貴族不顧國家的危亡，民眾的苦難，卻過著醉生夢死的生活。從生物學的角度看，這首詩是我國關於朝生暮死的「蜉蝣」最早的文獻記載。

# 4·6 衛靈夫人的智慧

衛靈公有一個賢德而又頭腦聰明的夫人，人們都稱她衛靈夫人。有一天夜裡，衛靈公與衛靈夫人在宮裡閒談，這個時候，聽見一陣轔轔的車聲從宮闕的門前傳來，停了一會兒，車聲又從門前消失了。靈公想考考夫人，就問道：「夫人，您能夠猜出剛才坐著車從門前走過，一會兒又走了，那個人是誰嗎？」衛靈夫人爽快地回答說：「我雖然沒有看見他本人，但可以肯定就是蘧伯玉大夫。」靈公好奇的問道：「您既然沒有看見本人，怎麼知道就是蘧伯玉呢？難道您是神仙？」

衛靈夫人回答說：「那還不好說，按照禮儀的規定，凡是官員走到國君宮室的門前都要下車，看見國君使用的馬都要敬禮。這樣做，是為了增強尊敬的感情。凡是忠臣和孝子，都不會因為天色明亮的時候堅持禮儀，而碰到天色昏暗就懈怠。《詩經》中的〈小雅．何人斯〉不是說：

我聞其聲，
不見其身。

不愧於人，
不畏於天。

蘧伯玉是衛國的賢大夫，仁義而有智慧，侍奉國君十分謹愼，這樣的人一定不會因爲夜裡天色昏暗而拋棄禮儀，這種『不愧於人，不畏於天』的賢人，我當然『聞其聲，不見其身』就能確定他就是蘧伯玉。」衛靈公派人去瞭解，果然就是蘧伯玉。

衛靈公爲了跟夫人開個玩笑，沒有告訴衛靈夫人實情。而是謊稱：「不是蘧伯玉。」衛靈夫人聽後，便斟上了酒，兩次下拜祝賀。衛靈公問道：「您爲什麼要向我祝賀？」夫人回答說：「起初我以爲我們衛國只有一個蘧伯玉，現在看來，我們衛國還有同蘧伯玉相同的賢人，這樣君王不就有兩個賢臣了嗎！國家多賢臣，眞是天大的好事和福分，所以我要表示祝賀。」

衛靈公聽後，讚嘆夫人的賢德和智慧，並向夫人說明了實情。

# 4·7 老者談三利三患

孫叔敖當了楚國的令尹以後，全國的所有官員和百姓都來祝賀，唯獨一個老者穿著粗布衣服，戴著白帽子前來弔問（指對發生壞事的人的慰問）。孫叔敖整理自己的衣服和帽子，很莊重的出來接見他。

孫叔敖很客氣的對老者說：「我這個人沒有才能，卻得到楚王的信任，讓我擔任掌管國家大事的大官。責任重大，人們都來祝賀，而您卻單獨一個人前來弔問，您老人家能不能說說您的理由？」老者回答道：「我聽說，有三利必有三害，您聽說過嗎？」

孫叔敖聽後馬上嚴肅起來，問道：「我很笨，哪能知道？請您講一講，什麼是三利，什麼是三害？」老者說：「一個有錢財有地位的富貴之人，卻很驕傲，早晚被人拋棄的；一個官位很高而又專權的大官，會受到國君嫉妒，早晚要倒楣的；一個俸祿很多而不知足的人，還貪得無厭，他終究要受到查處而傾家蕩產。這就是所謂的三利三害。」

孫叔敖說：「感謝先生的教導，《詩經．小宛》不是說：

為人溫柔又善良，

好像爬在高樹上。
惴惴不安往下看，
如臨山谷深萬丈。
戰戰兢兢怕失手，
好像踩在薄冰上。

今後我爵位愈高，我要更謙卑；我官位愈大，我更要『戰戰兢兢，如履薄冰』，小心謹慎，做好我的工作；我的俸祿愈豐厚，我更要做更多慈善的事情，這樣我就可以減少禍害了吧？」老者說：「您算懂了，但更重要的是去做。」

（參考自《韓詩外傳》卷七，第十二章、劉向《說苑・敬慎》、程俊英《詩經譯注》）

**百葉窗**

1. 孔子見賢人程子

有一天，孔子帶著學生在往郯（今山東省郯城）的路上，碰到賢人程子，倆人談得很投機，以至於到太陽快要下山的時候，還在交談。這之間，孔子要子路拿出一塊絲織品給程子，子路不予理睬。孔子又催了一次，子路不耐煩的說道：「我聽說，一個有知識的人，不理睬在中途碰見的人，一個有節操的女人沒有媒人就是不出嫁，有賢德的君子當然不能送東西給中途碰見的人。」

孔子對著子路朗讀了《詩經・野有蔓草》中的詩句：

野草蔓生綠成片，
露珠落上亮又圓。
有位美人獨徘徊，
眉清目秀眞鮮艷。
偶於路上巧相遇，
情意相投合我願。

孔子對子路說：「程子是天下的賢人，現在不贈送，以後再也沒有機會了。」

（參見劉向《說苑・尊賢》、程俊英「詩經譯注」）

2.關於晉平公收藏寶貝的故事

晉平公時，他的收藏許多寶貝的樓臺失火了，大夫們都搶著去救火。只有公子晏一個人拿著一匹貴重的絲前去祝賀，說道：「這把火燒得太好了！」晉平公聽了以後，非常生氣地說道：「樓臺裡所藏的珠玉，都是國家重要的寶貝，卻給大火吞沒了，大夫們都搶著去救火，而你卻前來祝賀，這是爲什麼？你說得有道理，就有生的希望：如果說得沒有道理，我就馬上殺了你。」

公子晏回答說；「我聽說，實行王道的帝王，他是以天下爲藏寶的地方，諸侯是以老百姓做爲藏寶的地方，而農夫把糧食藏在倉庫裡，商人則把商品藏在櫃子裡。現在老百姓沒吃沒穿，而加在他們身上的賦稅沒完沒了。您收藏的都是民脂民膏，所以老天生氣了，放一把火把它燒了。當年夏桀殘害百姓，賦稅無度，老百姓苦不堪言，結果被商湯殺死，還被天下人所恥笑。現在老天爺放一把火把藏寶的樓臺燒掉，這是對我們的警示，這不是好事嗎？如果我們還不覺悟，將來是要被別人所恥笑的。」

晉平公聽了以後覺得公子晏的話很有道理，並表示今後要藏寶於老百姓，讓百姓豐衣足食，過太平日子。並用《詩經．桑柔》「重視春種和秋收，百姓吃飽就是好」的詩句，以堅定自己的決心。

（參考自《韓詩外傳》卷十，第二十三章）

# 4·8 閭丘邛人小志氣大

齊國有一個叫閭丘邛的人，他長到十八歲的時候，很想爲國家出力。有一天，齊宣王出巡，他擋著道路，不讓齊宣王走，要求齊宣王接見他。宣王問道：「你這個少年，長得英俊，討人喜歡，你到底有什麼事情呢？」閭丘邛回答說：「我家裡很窮，雙親年紀大了，不能從事勞動。我想當一個小官行不行？」

齊宣王聽了笑了笑說：「你認爲當官那麼容易啊，你年紀太小，不能勝任，等以後再說吧！」閭丘邛申辯說：「大王，您說的不是這樣。我有許多例子可以說明；自古英雄出少年，被稱爲三皇的顓頊只有十二歲，就把天下治理得很好。秦國的項橐只有七歲，就成爲聖人的老師。由此可見，我能力雖然不強，但比起他們兩位，我的年紀不算小了。」

齊宣王一聽，覺得這個少年還有一定的歷史知識，不簡單。但是缺乏歷練，怎麼能夠當官呢？就對閭邱邛說：「我打個比方，你就明白了，世界上哪有小小的馬駒能夠運載重物到很遠的地方去呢？說明一個有知識的人還要歲數大，才能夠擔當重任。」

閭丘邛還是不服氣，繼續辯解說：「常言道，『尺有所短，寸有所長』，驊騮是天下的駿馬，如果讓它和老鼠在灶臺之間比賽，其速度肯定比不上老鼠。白鶴一飛千里，如果把它放在屋簷底下和燕子比賽飛翔，那白鶴的速度肯定不如燕子。干將莫邪是天下的利劍，用它敲擊石頭都不會殘缺，如果用它來挖人的眼睛，它的效果就不如管狀的木頭。由此可見，年紀大的和我相比，也沒有多大的差別。」

齊宣王聽了以後，覺得閻丘邛的長篇大論，很有氣勢，又對閻丘邛說：「看來你很能幹，很會說話，可以考慮讓你當一個小官。然而你爲什麼到今天才來見我？」

閻丘邛回答說：「那不簡單嗎？公雞豬狗亂叫喚的時候，他們的聲音能夠掩蓋了鐘鼓的聲音；天地間的雲霧會掩蓋了日月之光。因爲大王的旁邊有善於說壞話的人，所以我來晚了，《詩經．雨無正》不是說：『聽言則對，譖言則退』，意思是說，君王愛聽順耳

話，誰進忠言就排斥。在大王的身邊，有那麼多拍馬逢迎的人，像我們這樣的人，怎麼能夠見到您呢？」

齊宣王在車上對閭丘邛行了個禮，說道：「您講得好，我也有錯誤，希望您以後多提醒。」並讓閭丘邛坐上車，帶他回國都，還準備啓用他。

（參見劉向《新序・雜事》）

情愛篇

# 5·1 一個失戀青年的思念

——〈周南．關雎〉

睢鳩鳥兒歡快唱，
在那黃河小島上。
苗條美麗好姑娘，
是我求愛的對象。

參差不齊的荇菜，
順著水裡左右採。
苗條美麗好姑娘，
白天夜裡都在想。

追求她來成空想，

睜眼閉眼常思念。
相思情深難成眠，
翻來覆去到天亮。

參差不齊的荇菜，
左邊採來右邊採。
苗條美麗好姑娘，
彈琴奏瑟迎過來。

參差不齊的荇菜，
左邊採來右邊採。
苗條美麗好姑娘，
敲鼓打鑼娶過來。

**百葉窗**

孔子評；「〈關雎〉樂而不淫，哀而不傷」（論語・八佾）的心理美學：

孔子認爲《詩經》的第一篇〈關雎〉具有心理美學的價值，〈關雎〉寫快樂而不放蕩，表現悲哀而不痛苦。大家知道，人們在天氣炎熱的時候，到有空調的地方感到很舒服，如果空調溫度很低的話，便感到受不了，用不求人搔癢，用力太輕，不管用，用力太重，會把皮膚刮破，這就是一個「度」的問題，藝術心理學稱之爲「快適度」，「〈關雎〉的藝術表現符合「快適度」的要求，寫相思之苦，用「優哉遊哉，輾轉反側」來形容；寫夢中的快樂，用「琴瑟友之，鐘鼓樂之」來描繪，不慍不火恰到好處。在戲曲舞臺上，高明的演員表演痛苦時，只用水袖掩臉做抽泣的樣子，而蹩腳的演員則捶胸頓足，嚎啕大哭。這就違反了「快適度」的原則。

〈關雎〉是《詩經》的第一篇詩歌，它的故事很簡單，說的是一個年輕男子在黃河邊上，碰到了一位在河邊採荇菜的姑娘，年輕男子受到了河中雌雄和鳴的王鳩的啓發，主動追求那位美麗而又善良的姑娘，想和她結成連理。誰知天不從人願，追求不能成功。這位年輕男子白天黑夜都想她，晚上躺在床上，翻來覆去就是睡不著。心理學家認爲，一個幸福的人，絕不會幻想，幻想的動力是沒有得到滿足的願望。有一次，追求不到心愛姑娘的他做了一個美夢，他把美麗的姑娘娶過來了，爲了讓姑娘幸福、快樂，他彈奏琴瑟讓姑娘高興；他敲打鐘鼓讓姑娘快樂……。

〈關雎〉一詩爲什麼能夠排在《詩經》的首位呢？古人認爲婚姻是人倫的基石，家和萬事興，國家才能安定。而且婚姻是關係到民族生存繁衍生息的重要問題，因此特別重視。當今有的人追求不到，就讓女方毀容，甚至結束女子的生命，而詩中的年輕男子追求不到，是那麼寬厚的對待，還幻想有一天能成親，讓女方快樂幸福，這是一個多好多善良的青年！

〈關雎〉中的「窈窕淑女，君子好逑」、「優哉遊哉，輾轉反側」是人們經常用的名句。

# 5·2 一把花椒情意長

——〈陳風・東門之枌〉的愛情故事

東門白榆長路邊，
宛丘柞樹連成片。
子仲家裡好姑娘，
大樹底下舞蹁躚。

大好時光把妳選，
去到南郊的平原。
姑娘懷春不織麻，
飄飄起舞鬧市間。

大好晨光把妳找，
三番五次來回跑。
看妳美勝紅葵花，
贈我一把香花椒。

陳國是一個可以自由戀愛的國度，每逢仲春時節，青年男女都會到東門外的宛丘（山丘名，在今河南淮陽縣境內）歡會歌舞，談情說愛，這裡白榆樹成林，柞樹成蔭，風和日麗，景色宜人，更能增添和諧歡樂的氣氛。

在一次歡樂的歌舞場上，有一位身材高挑，體型勻稱，大大的眼睛像是熟透的黑葡萄那樣飽滿有神，跳起舞來就像一隻天鵝那樣高貴、純潔的姑娘，她就是子仲家的美麗女兒。當她暫時放棄家裡織麻的活兒，而投身到歡樂的歌舞場上跳起舞來的時候，吸引了許多青年男子爭相觀看的目光。

子仲家的姑娘在跳舞以後，又參加了歌舞場上的對歌活動，詩中的男青年正是用他那高亢有力的歌聲打動了她的心。對歌以後，這對你有情我有意的情人，走在芳草地上傾述衷腸，之後，這兩個人的心更貼近了。經過幾次交往，男青年看子仲家的姑娘愈看愈喜歡，覺得子仲家的姑娘比紅色的錦葵花還漂亮，而子仲家的姑娘更覺得眼前的男青年，不光長得帥氣，而且是那樣忠厚誠實，是一個可以寄託終身的伴侶，就把一把香氣濃郁的花椒作爲定情物，交到男青年的手裡。希望他們結婚以後，相敬如賓，白頭偕老，而且子孫滿堂。（花椒多子，漢代皇后的住處，就叫椒房，取其多子吉祥的意思）

# 5·3 鄭交甫漢水邊的奇遇

話說漢水邊上有兩個漂亮的神女，有一天，她們倆正在長江和漢水之間遊玩，一個叫鄭交甫的書生路過，正和神女碰個照面。鄭交甫看見兩位神女那麼漂亮，（不知道她們是神女），產生了愛慕之心，就對他的僕人說：「我要下車，請求這兩女子把身上佩戴的玉佩作爲定情物送給我。」他的僕人對他說：「我聽說這裡的人都善於辭令，跟她們說話可要得體，不然會被她們恥笑的。」

鄭交甫心想自己讀了多年的書，肯定沒有問題，就下車了。他走到兩位女子跟前，向兩位女子作揖說：「兩位辛苦了！」兩位女子回答說：「您才辛苦呢，這裡景色很美，我們玩得很開心，談不上辛苦。」鄭交甫說：「我用捕魚的竹籠，裝上了這裡盛產的橘子和柚子，讓它沿著漢水往下游流去，我也跟著到下游去採摘靈芝而吃掉它。（言外之意是，用小的成本得到最好的效果，即得到兩位女子的愛情）我這樣說，不會是不禮貌吧？請答應我，把您們的玉佩送給我吧！」

兩位神女看鄭交甫很誠懇，回答說：「我們用圓形的竹筐盛著橘子和柚子，讓它沿著漢水順流而下，我們也跟著到下游去採靈芝，然後吃了它。（言外之意是我們也將收獲愛情）於是就把身上的玉佩送給了鄭交甫。鄭交甫非常高興，並把玉佩小心翼翼地藏在懷裡靠近心臟的地方。

誰知鄭交甫走了幾十步，用手摸了摸懷裡的玉佩，玉佩不見了，回頭看了看二位女子，早已不見蹤影，鄭交甫心裡空盪盪的，這個時候才知道，那兩位女子不是人間美麗的女子，而是漢水的女神，於是唱起〈周南．漢廣〉這首歌：

南方有樹高又長，
不能休息沒陰涼。
漢水有了好神女，
可是追求沒希望。
好比漢水長又寬，
難以游過那對岸。
好比漢水長又寬，
划著筏子也枉然。

（參考自王先謙《詩三家義集疏》關於〈漢廣〉魯詩的題解、程俊英《詩經譯注》、《韓詩外傳》等）

## 百葉窗

### 《毛詩》何句最佳？

有一天，東晉鎮西將軍謝安召集謝家子弟開讀書會，謝安說：「你們談一談《毛詩》裡頭哪一句最好？」，謝安的侄子謝玄回答說：「〈小雅・採薇〉中的『昔我往矣，楊柳依依；今我來兮，雨雪霏霏』最好。」謝安說：「〈大雅・抑〉中的『吁謨定命，遠猶辰告』才好呢！」謝安認爲這句詩的意思是，「建國大計定方針，長遠國策告群臣」意義重大，有深刻的內涵。

# 5·4 可望而不可及的「伊人」

## ——《秦風·蒹葭》

蒹葭蒼蒼，　蘆花一片白蒼蒼，
白露爲霜，　清晨露水變成霜。
所謂伊人，　心愛人兒在哪裡？
在水一方，　就在水的那一方。
溯洄從之，　逆著曲水去找她，
道阻且長，　道路危險又很長。
溯遊從之，　順著水流去找她，
宛在水中央，　彷彿在那水中央。

隨著電視劇《在水一方》的播放，年輕男女都曾哼起《在水一方》這首抒情歌曲，陶醉在那令人神往的境界之中，與此同時，他們也爲〈蒹葭〉詩中那凄美的愛情故事所感動。那是在一個深秋的早晨，大地鋪著薄薄的霜花，一個男青年透過一片茂密的蘆葦叢，久久地凝視著河的對岸，盼望著心愛的姑娘早一點出現，可是姑娘始終沒有回到他的身邊。這個男青年失望透了，於是他勾起了往日甜蜜的回憶：他是在一次對歌中認識對方的，姑娘的歌聲是那麼甜美，眼睛水汪汪，喜歡穿著綠色花裙子。他記得有一次與心愛的姑娘在河邊的柳樹下，依偎在一起，說了許多山盟海誓的話。到了分別的時候，男青年還對姑娘說，記得您穿的綠色花裙子，我連綠色的青草都喜歡，永不相忘。他還清楚記得，姑娘臨別時說，她的家就住河中的小島上，可是他曾經幾次順著河水到下游去找她，也曾幾次逆著河水到上游去找她，都沒能如願。時間不早了，眼看著太陽要下山，這個男青年只好一走一回頭地往家裡走去，他想明天還會到河邊來等待，希望有一天，心愛姑娘會再次來到他的身旁。

# 5·5 一個棄婦的自述

我是〈衛風·氓〉的作者，這篇詩歌是我血淚的自述，我想藉此給衛國的姐妹們說說我的遭遇，希望姐妹們不要再重複我的悲苦。

我原先是一個美麗活潑的姑娘，有一雙水汪汪的大眼睛，苗條的身段，人見人愛，我在衛國國都朝歌（今河南浚縣）開了一個店面，做賣絲織品的生意，許多年輕男子到我店裡來，往往不是眞的來做買賣，而是藉故來欣賞我美麗的面容。

有一天，一個叫氓的青年來到我的店裡，說是要用布（古代的一種錢幣）來買我的絲綢。說了半天，才知道他不是來買絲綢的，而是藉故來向我求婚。我看氓長得英俊，又很老實的樣子，他還當場向我發誓，天上的太陽可以作證，永遠愛我，永不分離。我心裡想，我終於有了一個可以託付終生的人了。我對他說：「當今時代，沒有媒人是不能出嫁的，希望您回去，找一個媒人前來辦完訂婚手續，結婚的日子最好是今年的秋天。」他一口答應了下來。離別的時候，我送他，還一直送到淇水南面的頓丘。

相傳斑鳩鳥吃了桑葚就醉了，自從見了氓以後，我的心也像醉了一樣。眞是「一日不見，如三秋兮」，爲了盼望氓的到來，我不顧危險，爬上將要倒塌的城牆去瞭望，看見氓來了，高興得又唱又跳；看不見氓的身影，急得眼淚嘩嘩直流。有人說，處於熱戀之中的人，有點像瘋子，那個時候的我，不就是一個癡心的愛情瘋子嗎？

我的遭遇讓我深深認識到這樣的道理：

年輕的姐妹們啊！
別與男子迷戀深。
男子要是迷戀深，
還可一甩脫開身，
女人要是迷戀深，
到時可就難脫身。

親愛的姐妹們，您們以後戀愛可要慎重啊！

在沒有出嫁以前，我還到祖廟裡進行了一次占卜，得到的卻是一個吉祥卦。正是這個吉祥卦，讓我帶著一個美好的夢，和自己的嫁妝來到氓的家。剛開始幾年，夫妻感情還和睦，我一心一意，起早睡晚地勞作，也兼紡紗織布，織的布匹讓氓拿到城裡去賣。我們的家慢慢富裕起來。然而，好景不長，我們家應了那句話「貴易友，富易妻」，男人有錢就變壞。氓把我看成黃臉婆，加上在城裡有了新歡，就開始討厭我了，我無論做什麼事情，都不順他的心，有時還拳打腳踢，怒罵不休。開始的時候，我儘量忍著，後來我開始反抗了，不光跟他講理，也不再沒有白天黑夜的幹活。最後，氓看我礙事，乾脆把我趕出了家門。可憐的我又一次渡過淇水回到淒苦孤寂的家。回到家以後，想到哥哥家訴訴苦，也得不到哥哥的同情，還笑話我是被遺棄才回了家。

親愛的姐妹們，人們常說做人難，我的看法是，做女人更難。如果說，淇水再寬也有岸，我的苦海則無邊。我想過用自殺來了結這一生，但仔細想一想，自殺解決不了問題，我已經想好了，決心跟氓一刀兩斷，重新振作起來，開始新的人生。

# 5·6 息夫人的絕命詞

西元前六八四年，蔡哀侯從陳國娶了一個夫人，息國的國君息侯也從陳國娶了一個夫人。息夫人要從陳國出嫁到息國，路過蔡國，（陳國的國都在宛丘，今河南淮陽縣，息國的國都在河南的息縣，要從陳國到息國，必須經過蔡國的國都，今河南上蔡縣西南），蔡哀侯說：「我的阿姨路過我的地方，哪能不見一面？」於是派人把息夫人接到宮中，加以熱情款待。在宴會上，蔡哀侯看見息夫人年輕漂亮，說了一些下流調戲的話，息夫人很生氣，但沒有表現出來，很快就離開了蔡國。

息侯知道了蔡哀侯對自己妻子的無禮，氣得發火的，就想找個機會報復，便派一個使者出使楚國，暗中告訴楚文王說：「楚國假裝去攻打我們息國，我們再向蔡國懇求救助，那時楚國就可以借機攻打蔡國了，這就叫出師有名。」楚文王聽後，覺得是一個很好的機會，便立即派兵攻打息國，蔡哀侯應息國的要求，果然前來支援，在莘野這個地方，被楚兵打敗，他本人還成了楚兵的俘虜。

楚文王本來是要囚禁蔡哀侯的，後來聽從了大臣鬻拳的建議，釋放了蔡哀侯，蔡哀侯臨走的時候，楚文王還設酒宴爲他餞行。酒席過程中，楚文王三杯下肚，有點醉了，就歪著頭，笑眯眯地對蔡哀侯說：「今天我放了您，可不能白白走啊，您得給我物色一個漂亮的女子讓我欣賞欣賞！」蔡哀侯認爲報復息侯的時機已到，便對楚文王說：「我到過許多地方，見過許許多多的美女，但都比不上息夫人美。」楚文王問：「息夫人美在什麼地方？」蔡哀侯回答說：「息夫人的眼睛像秋水那樣明亮，面部像桃花那樣豔麗，身材不短不長，體型不胖不瘦，那是仙女下凡啊！」

楚文王爲了得到息夫人，派兵消滅了息國，俘虜了息侯，讓息侯在楚宮裡看大門。把息夫人留在楚王的宮裡，作爲自己的夫人。息夫人在楚宮裡，非常痛苦，揮淚寫下了那首〈王風·大車〉這首絕命詞。

有一天，楚文王外出遊玩，息夫人偷偷地來到楚宮門外見到了息侯，並對息侯說：「人的一生最終一死而已。何必忍受分離的痛苦。我雖然被迫作爲楚王的夫人，但無時無刻不在想念您。我們與其在這個世界上分離不能相見，還不如死後在陰間團圓呢！」息夫人說完以後，拿出她寫的〈大車〉詩給息侯看，並朗讀了〈大車〉詩的最後四句，以表一死的決心：

活著各住各的房，
死後要埋一個壙。
誰說我話不算數，
天有皎潔的太陽。

息侯一聽，知道息夫人要以死殉情，趕忙開導她，息夫人決心已定，當場用劍自殺，息侯也隨即自殺身亡。

楚王知道後，被息侯夫婦忠貞的愛情所感動，認爲息夫人有仁有義，便用諸侯的禮儀，把她和息侯合葬在一起。

（參考自《左傳・莊公十年》、《東周列國志》，〈大車〉是息夫人的絕命詞的說法見陳子展《詩經直解》）

**百葉窗**

何謂《毛傳》？

即《毛詩故訓傳》，一作《毛詩詁訓傳》的簡稱，《漢書・藝文志》著錄《毛詩故訓傳》三十卷。《毛傳》是現存最早的《詩經》完整注釋本，全書由三部分組成，序、故訓和傳。它保存了不少先秦、秦漢間儒生對《詩經》的解釋，在文字訓詁方面，保留了許多先秦古義，有助於人們按文字的原意理解作品。對後代《詩經》學研究者有較大的影響。是一部研究《詩經》的重要參考書。《毛傳》的作者，鄭玄《詩譜》認爲是魯人大毛公，陸璣《毛詩草木蟲魚疏》認爲是毛亨，《隋書・經籍志》認爲是毛萇。當代學者大多主張應該是毛亨，因爲鄭玄是後漢人，陸璣是三國吳人，他們都是「傳授《毛詩》淵源有自，所言必不誣也。」（《四庫全書總目・毛詩正義》語）

# 5·7 趙簡子收穫愛情

有一年，晉國執政大臣趙簡子要帶兵往南攻打楚國，與負責趙河渡口的官員約定了渡河時間。然而，當趙簡子帶兵到來的時候，渡口的官員喝酒喝得爛醉，渡河的事情只好暫時擱淺。趙簡子很生氣，要殺死渡口官員。

渡口官員有一個名叫娟的女兒，看見父親要被殺掉，驚恐萬分，就拿起船槳往外跑。趙簡子喊了一聲：「喂！又不傷害妳，妳跑什麼？」娟回答說：「我是渡口官員的女兒，我父親聽說主君您要渡河，因爲不瞭解水情，擔心出現大風大浪，驚動水神，就舉行祭祀九江三淮神靈的儀式，供上祭品，禱告神靈保佑您們渡河平安。由於我父親喝了祭祀剩下的酒，以致於醉成這個樣。如果您要殺他，還不如殺我好了。我願意用我的身體換回我父親的生命。」

趙簡子說：「又不是您的罪過，怎麼可以替代呢？」娟說：「我父親是爲了您們的安全，才耽誤了您們的渡河，我父親只是有過錯，不是罪犯，怎麼可以隨便殺人呢？」趙簡子說：「說得有理，那就放了您父親！」

趙簡子準備乘船渡河，但船上少一個划槳的人。娟捲起袖子，操起船槳，向趙簡子要求說：「我願意代替父親和大家一起划船」趙簡子猶疑了一下，說道：「我聽說，渡河的時候，和婦女在一起不吉利，恐怕不行吧？」娟說：「我也聽說，從前商湯攻打夏朝的時候，駕車的馬，左邊是雌黑馬，右邊是雄的麋鹿。雌雄配合，最後戰爭取得了勝利，驅逐了夏桀；周武王討伐商朝的時候，駕車的馬，左邊是雌青黑馬，右邊是雄黃白馬，也是雌雄配合，最後戰勝了紂王，勢力發展到華山以南。主君您不想過河嗎？讓我和您們在一起，這回攻打楚國，也會取得勝利的。」趙簡子一聽，很高興，就和娟一塊上了渡船。

娟在渡船上，偷偷的看了趙簡子一眼，心跳加快了。她對趙簡子寬恕了自己的父親，心存感激，面對這個氣宇軒昂而帥氣的將軍，生了愛慕之情。然而，身分的差距，娟只好把它藏在心裡。船在河的中間，娟心潮澎湃，唱起了當地流行的〈越人歌〉：

今晚是多麼讓人心動的時刻啊！
我撐船在河的中流。
今天是多麼讓人心動的時刻啊！
我有幸和王子在同一條船上。
我深深愛上他，又覺得有點害羞，
別人恥笑也不在乎。
我深深愛上王子

讓我的心深受煎熬。

山上有樹，樹上有樹枝，
我愛上王子，可王子並不知道。

美妙而又哀怨的歌聲隨風飄向遠方，也飄向趙簡子的心裡。他被眼前這位活潑、健康而又美麗的女子深深吸引住了，他想：「我以前夢見娶了妻子，難道就是這個漂亮的女子嗎？」於是情不自禁的唱起了〈鄭風．野有蔓草〉這首《詩經》的情歌：

田野無邊芳草綠茵茵，
掛滿了露珠亮晶晶。
眼前人兒好漂亮，

彎彎的眉毛大眼睛。
沒有相約巧相逢，
願望達到眞高興。
……。

於是，在渡過河以後，趙簡子準備讓人向神靈祈禱，求福除災，立娟爲夫人。娟知道以後，兩次下拜，推辭說：「按照婦女的禮儀規範，沒有媒人是不能出嫁的，再說，父母都在家裡，我還不能一個人答應您的要求。」娟說完以後，就告辭了。

趙簡子帶領軍隊勝利歸來以後，就向娟的父母送了聘禮，立娟爲夫人。

（參考劉向《列女傳・趙津女娟》）

# 5·8 春遊節裡愛情的火花

〈鄭風·溱洧〉是《詩經》一首著名的愛情詩，全詩兩章，現譯一章如下：

溱水長，洧水長，
三月融冰水流淌。
男男女女來遊春，
人山人海鬧嚷嚷。
妹說「去看熱鬧怎麼樣？」
哥說：「可我已經去一趟」
妹說；「陪我再去也無妨」
洧水邊，河岸旁，
地方好玩又寬敞，
男男女女來遊春，
你說我笑心花放，
送你芍藥表衷腸。
……。

鄭國三月上旬巳日（即三月初六）是鄭國的春遊節，也是鄭國年輕男女談情說愛的好機會。這一天，風和日麗，郊外河畔，芍藥鮮豔，蘭花飄香，遊人如織。姑娘們穿的花紅柳綠，像是一朵朵芬芳吐豔的牡丹，小夥子服飾整齊得體，意氣風發。他們各自佩戴著蘭草，準備送給心上人。

春遊的人們來自四面八方，互不認識，但可以透過對歌選擇心愛的人。就在花團錦簇的人群中，有一個年輕貌美的姑娘看上了一個英俊帥氣的青年，他那晶瑩有神的雙眼像是啓明星一樣，撥動了她的心扉。

這位姑娘鼓足了勇氣走到青年的跟前，對他說：「我們一起到河邊看看吧！」，青年很有禮貌的回答說：「我已經去過了。」姑娘說「淇水那邊青草碧綠，地處寬廣，能夠聽到優美的歌聲，我們還可以一起跳跳舞，還是一塊兒去吧！」青年看著眼前這位美麗的姑娘，像一朵將要開放而還沒有開放的百合花，透著一股清新而又純潔的氣質，心生好感，爽快的答應了姑娘的要求，手牽手的來到淇水邊的廣場上。

廣場上熱鬧非凡，在優美歌聲的伴奏下，姑娘和青年跳起了舞蹈，舞蹈讓他們兩人的心更近了，隨後，青年深情地注視姑娘，解下身上佩戴的蘭草，作爲定情物，輕輕地放在姑娘的手上，姑娘也把自己的手鐲放在青年溫熱的手掌之中。此時此刻，廣場上人聲喧鬧著，而他們兩個人的內心世界是那麼平靜，天公作美，讓他們在這美好的時刻，找到美好的愛情。臨到中午，人潮漸漸散去，他們倆手牽手，說著笑話，走向更遠的地方。

# 5·9 〈陳風·東門之楊〉中癡心的姑娘

東門東門有白楊，
白楊葉兒沙沙響。
約郎約在黃昏後，
啓明星兒亮堂堂。
……。

這首陳國流行的詩歌，只有兩章，重章疊唱。它的故事說的是，一個年輕漂亮的姑娘，站在陳國國都東門的白楊樹下，等待著前來約會的情郎，已經到了黃昏的時候，情郎卻遲遲沒有來到。他焦急地等待著。那個

晚上，夜色是那麼美好，白楊樹葉兒沙沙作響，微風輕輕地吹拂著她的臉龐。然而，當她抬頭看見東方的啓明星在閃亮（說明已經等了一個晚上）。她的心情已由激動緊張變成失望，因爲不知什麼原因，情郎失約了。故事的結尾，詩中沒有交待。只能由讀者想像了。這首詩有著「月上柳梢頭，人約黃昏後」的意境，令人回味無窮。

這首詩歌讓我們聯想起尾生的故事，春秋時代有一個叫尾生的青年男子，他和心上人相約在橋樑下見面，可是等了大半天，心上人並沒有到來，這個時候大水沖過來了，尾生爲了信守諾言，緊緊抱住橋樑的柱子，最後終於被大水給淹死了。尾生和那個柱子成爲守信的標誌。

# 5·10 〈靜女〉的故事

文靜的姑娘惹人愛，
約我城角樓上來。
藏在暗地找不著，
讓我抓耳又撓腮。

文靜的姑娘長得好，
送我一支紅管草。
愛你紅草顏色鮮，
喜歡紅草顏色俏。

贈我白茅嫩又鮮，
茅草美麗不平凡。
不是茅草不平凡，
美人贈送心更甜。

〈邶風・靜女〉是一首東周時期產生於邶地（今河南湯陰縣境）的民歌。詩的故事是這樣的：

一個英俊的男青年與一個文靜而又漂亮的姑娘相約到城門的一個角落裡約會，男子早早地來到約會的地點，相約的時間到了，男青年等啊等，怎麼就不見心愛姑娘的到來。急得他轉來轉去，不如所措，甚至抓耳撓腮起來。原來，這位天眞、活潑而又調皮的姑娘看見男青年早已到來，故意找個地方把自己隱藏起來，想讓對方一個驚喜。

「嘿！」調皮的姑娘跑到男青年的背後喊了一聲，男青年一轉身，看見了心愛姑娘的出現，高興的跳了起來，隨後兩個人緊緊地依偎在一起。

姑娘原來是一個牧羊女，她爲男青年帶來了從山上採的一支紅色的小草，作爲見面的禮物，有著物輕意重的意思。男青年用手拿著小草，在鼻子上聞了聞。說道：「這支小草還有香味呢，而且光彩美麗極了，我很喜歡。」姑娘笑了笑說：「什麼呀，這種美麗的小草，我放羊的山上有的是，明後天，我給您採多一些。」男青年回答說：「好啊！這種小草很美，因爲是您送的，所以更珍貴更美。」這幾句話，說的姑娘心裡樂滋滋的。她覺得對方是一個善解人意的男人，是一個能夠體貼自己的人，是一個可以依靠終身的人。她拉著男青年的手愉快地向更高的山上走去。

百葉窗

## 徐吾犯妹妹選擇丈夫

鄭國有一個大夫叫徐吾犯，他有一個妹妹很聰明，長得又很漂亮。大夫公孫楚已經給徐家送了定親的禮金。而大夫公孫黑隨後也要徐家留下他的禮金。這下子讓徐吾犯十分爲難，就找鄭國國相子產商量，子產說：「婚姻是一個人的大事，您妹妹願意嫁給誰就嫁給誰。」

於是徐吾犯就找公孫楚和公孫黑商量，要求他們倆的婚姻由他妹妹決定，並得到他們倆的同意。

有一天，公孫黑把自已打扮得十分華麗，一進徐家，把彩禮放下，就走人。而公孫楚穿著軍服進到徐家，左右開弓，之後，一個跳躍，登上馬車就離開了。徐吾犯的妹妹在房間裡觀察他們兩個人之後說：「公孫黑確實很漂亮，不過公孫楚是一個眞正的男子漢，丈夫要有丈夫的樣子，妻子要有妻子的樣子，只有這樣，才叫順當和諧。」於是，徐吾犯的妹妹終於嫁給了公孫楚。

## 6·1 吳季札評論《詩經》

西元前五六一年，吳王壽夢，他有四個兒子，分別是諸樊，余祭、餘昧和季札。其中季札的學問最好，人品也端正。所以壽夢想讓季札作爲自己的接班人。但是季札對王位不感興趣，而在壽夢死後，讓諸樊當上吳王。季札成爲管理延陵（今江蘇省武進市）的官員，世人都尊稱他爲「延陵季子」。

後來，吳王餘昧繼位以後，就讓季札當吳國的國相。季札於是就利用吳國國相的身分，於西元前五四四年，開始了對中原各國進行了一系列友好訪問。成爲春秋時代唯一的一個文化使者。

季札友好訪問的第一站是魯國，在魯國國都曲阜，他見到魯國執政大臣叔孫穆子，兩個人交談甚歡。季札提醒穆子說：「您這個人太善良，卻不會用人，早晚要吃虧的。」六年以後，穆子被自己寵信的家臣豎牛幽禁，活活餓死在自己的家中。季札的預言得到應驗。

季札在交談之後，隨後提出想見識一下聞名已久的周朝周樂（包括音樂和舞蹈）。所謂「周樂」，就是周公旦所製作的禮樂，包括唐、虞、商、周等朝代的樂舞，由於魯國是周公所創建，所以魯國當時還能夠保留著只有周天子才能使用的禮樂。

季札首先欣賞了由樂工歌唱的是《詩經》的頭兩篇〈周南〉和〈召南〉，他評論道：「美哉！周朝的王業已經奠定了基礎，但還沒有完成，百姓也沒有怨言。」

接著，爲他演唱了〈邶〉、〈鄘〉、〈衛〉。這三個國家後來都合併到衛國，其實就是〈衛風〉，所以季札評論道：「美哉！憂愁而不困苦，我聽說衛康叔、武公的德行就像這樣，這恐怕就是〈衛風〉吧！」衛康叔是開創衛國基業的人，衛武公是幫助周平王趕走犬戎的有功之臣，他們都是衛國著名的君主。

接著。爲他歌唱〈王風〉，季札說：「美哉！思慮而不害怕，這恐怕是周室東遷以後的音樂吧？」

魯國人接著又爲季札演唱〈鄭風〉，季札皺著眉頭感嘆道：「美哉！但是它太瑣碎了，老百姓是不能忍受的，這大概就是鄭國要首先滅亡的緣故吧？」

魯國人在誇獎季札的評論之後，又爲他歌唱〈齊風〉，季札大聲的叫好道：「美哉！宏大啊！這是大國的音樂啊！作爲東海表率的，恐怕是太公的國家吧！前途不可限量。」

接著，魯國人又爲他演唱了〈豳風〉、〈秦風〉、〈魏風〉、〈唐風〉和〈陳風〉，季札都一一加以評論，而〈鄶風〉和〈曹風〉，季札就沒有再批評了。

之後，爲他歌唱了〈小雅〉，季札說「美哉！憂愁而沒有三心二意，恐怕是周朝德行衰微時的樂章吧！」爲他歌唱〈大雅〉，季札評論道：「寬廣啊！和美啊！抑揚曲折而又剛健勁直，恐怕是周文王的德行吧？」最後，爲他歌唱〈頌〉，季札高聲讚嘆道：「到達頂點了！正直而不驕傲，親近而不冒犯，哀傷而不憂愁，歡樂而不荒淫，五聲協調，八風和諧，節拍都有尺度，這都是很高德行所共同具有的。」

季札的《詩經》評論，是孔子、孟子之前具體的文藝（包括文學和音樂）評論，表現了先秦人透過音樂瞭解政治的特點，有比較重要的意義。

面對如此豐富的中原古典文化遺產，難得的學習機會，季札怎麼肯放過呢？於是，他提出要看看古典的樂舞表演。

魯國人就爲他演出表現周武王伐紂的舞蹈——〈大武〉。季札讚嘆道：「美哉！周朝興盛的時候，大概就是這樣吧！」隨後，季札又觀看了表現周文王德行的舞蹈——〈象箾〉和歌頌大禹的舞蹈〈大夏〉。最後觀看的是歌頌虞舜的樂舞——〈韶箾〉，季札熱烈鼓掌道「偉大啊！聖德到達頂點，觀止矣！」（成語「嘆為觀止」出自於此）。

季札這次出訪，當然不是只賞析中原歌舞的，因此他隨後訪問了齊國，鄭國、衛國、晉國，結交了子產、晏子、叔向等春秋時代的名相。他在出使列國的途中，曾經路過徐國（江蘇省北部徐州一帶），徐國國君十分喜歡季札佩戴的寶劍，一直把玩，想要又說不出口。季札看在眼裡記在心，但在當時，出使不佩劍有失禮節，所以他只能在心中暗許。可是「天有不測之風雲，人有旦夕之禍福」，當季札從晉國回來的時候，徐國國君已經離開人世了，季札很傷感，他來到徐國國君的墓地，恭恭敬敬地解下身上的佩劍掛在墓前的樹上。他的隨從說：「徐君已經過世了，掛劍有什麼用？」季札回答說：「不是這樣的，當時徐君在的時候，我已經在心裡答應把劍送給他了，哪能因為他過世了，就違背我的心願呢？」

季札掛劍的故事，被後人傳為重友誼、守信用的佳話。

（參見《左傳・襄公二十九年》，《史記、吳太伯世家》。杭州大學《古書典故詞典》）

**百葉窗**

何謂《毛詩傳箋通釋》？

清代馬瑞辰著。該書共三十一卷，書前有〈詩入樂說〉、〈魯詩無傳辯〉、〈十五國風次序論〉、〈鄭箋多本韓詩考〉和〈毛詩古文多假借考〉等十九篇短論。分別就正統詩學觀點，毛鄭與「三家詩」之間的關係，以及歷來有爭議的問題，闡釋了自己的見解。

他一方面吸收了古文學家實事求是，嚴謹自守的樸學學風；今文學家的無所尊崇，立論新穎中開闊了眼界。該書標榜漢學，又不專主一家之學。他說詩以〈序〉為主，但也不絕對相從。它廣泛的吸收了乾嘉學派的考據研究成果，借鑒了清代有關《詩經》的大量著述。在訓詁方面，他不是孤立的訓釋字義，而是密切結合作品，闡發作品的內容。該書立說嚴謹著稱，但也有不少地方穿鑿附會，增添不少失誤，這是我們在學習過程中要特別注意的。

# 6·2 一次演唱《詩經》的外交宴會

西元前五五九年，衛獻公約請大臣孫文子和甯惠子一起吃飯。國君的邀請，給予他們兩人很大面子，他們倆都穿上整齊的上朝的時候才穿的服裝，很早就來到朝廷等候，然而等到太陽快要下山的時候，衛獻公也沒有派人前來傳喚。他們一打聽，原來衛獻公失約，跑到國家園林射鴻雁去了。

他們倆來到國家園林見到衛獻公，按照當時的禮儀，國君見到穿著朝服的大臣，應該把戴在頭上只爲射雁時才戴的皮帽摘下，而衛獻公不但沒有因爲失約而向他們道歉，也不把頭上的皮帽摘下。孫文子和甯惠子當然很生氣。孫文子爲此還跑到自己的采邑戚地（古代官員的封地，在今河南濮陽縣北），準備找機會發難。

不久，孫文子的兒子孫蒯到衛獻公那裡匯報工作，衛獻公還設宴招待了他。宴會上，獻公故意讓太師（最高音樂長官）演唱〈小雅·巧言〉第一章：

他是什麼樣的人？
居住在河的岸邊。

勇氣力氣全沒有，
卻是禍亂總根源。

太師知道獻公想借用〈巧言〉的「禍亂總根源」來旁敲側擊孫文子的事，只好藉故推辭了。

就在這個時候，太師手下的師曹主動要求演唱。為什麼掌管不敢演唱，手下的人反而敢演唱呢？這裡也有一個故事，當初，師曹曾經輔導過獻公喜愛的小妾，那個愛妾不好好彈奏，受過師曹的體罰。為此師曹被獻公鞭打三百下，讓師曹記恨在心。他演唱的目的很明確，就是激怒孫文子，用孫文子的手報復衛獻公。孫文子知道後，說：「獻公忌恨我了，如果不早動手，早晚是要被獻公殺死。」

時隔不久，孫文子糾集他的家人殺了幾個擁護獻公的大臣，獻公只好逃亡到齊國。同年，孫文子擁立公孫剽為國君。孫文子和甯殖為輔佐大臣。

有一天，晉悼公和師曠（晉國音樂長官）閒談，晉悼公說：「衛國人把衛獻公趕跑了，這不太過分了嗎？」師曠回答說：「也許是衛獻公太過分吧？好的國君應該獎賞善良，懲辦邪惡。對待百姓要像對待自己兒女一樣。只有這樣，百姓尊奉他們的國君，就會像熱愛自己的父母一樣，敬重他就像敬重神靈一樣。這樣的國君，還會讓人趕跑嗎？」

西元前五四七年，衛國大臣衛甯喜按照衛獻公的旨意，刺殺了衛侯剽，為衛獻公復國開拓了道路。同年的六月，晉悼公聽信了孫文子的話，把到晉國訪問的衛獻公扣留了。七月，齊莊公和鄭簡公到晉國爲衛獻公求情。晉悼公設宴招待他們，宴會上，晉悼公叫樂工演唱〈小雅‧嘉樂〉的首章：

令人喜愛的君子，
品德高尚心光明。
能用賢臣能安民，
接受福祿無止境。

晉悼公借用〈嘉樂〉讚美齊國和鄭國兩位國君，表示對兩位國君來臨的歡迎。

接著鄭國執政大臣子展代表鄭簡公演唱〈鄭風‧緇衣〉第二章：

黑色官服很美好啊！
破了，我再爲您來改造。
到您的公館辦公事啊！
回來，我給您的是美餐。

子展演唱的用意是，希望晉悼公送個「美餐」，能夠答應齊國、鄭國兩國國君的要求，送衛獻公回衛國。

晉悼公聽後，似乎不為所動，於是國景子代表齊國國君演唱〈轡之柔矣〉（該詩已經遺失，大意是希望晉悼公能原諒衛獻公，柔性處理這個問題）。於是，子展又演唱〈鄭風．將仲子〉第三章：

哪敢吝惜檀樹枝啊！
怕的是人多嘴又雜，
仲子、仲子想你啊，
人多嘴雜太可怕啊！

子展的意思是，人言可畏，希望晉悼公放了衛獻公，免得別人有不好的議論。

宴會以後，晉悼公就答應齊國、鄭國國君的要求，讓衛獻公回到衛國重新執政。一場國際爭端就在演唱《詩經》的過程中，得到圓滿解決。

（參考自《左傳．襄公二十二年、二十六年》）

# 6.3 鄭垂隴的唱詩會

西元前五四八年，趙文子（趙武）當了晉國的執政大臣，在這之前，晉國、楚國、秦國和齊國這四大強國，爲了爭奪霸主地位，先後發生近百次的戰爭，使得一百多年來各國百姓不得安生，要求和平的聲音一浪高過一浪。趙文子想順應這個大勢，爲各國之間的和平做貢獻，於是，他與宋國大夫向戍和楚國令尹木子一起發動一場「弭兵大會」，即停止戰爭的大會。並得到各國家的熱烈回應。

西元前五四六年，晉國、魯國、楚國、宋國、鄭國和蔡、衛、陳、許、曹和邾等小國一起在宋國的夢門之外締結和平盟約。之後，趙文子從宋國回到晉國的路上，路過鄭國。鄭簡公在垂隴（近鄭州市西北）設宴招待趙文子。鄭國大夫子展、伯有、子西、子產、子大叔、印段和公孫段作陪。

宴會上，趙文子在鄭簡公致歡迎詞後，很有禮貌地說：「感謝七位大夫陪同國君出席這個盛會，這是對我的恩愛。敬請諸位都用演唱《詩經》來表達鄭國國君對我的恩賞。我也想透過您們的演唱，瞭解各位的志向。」於是子展帶頭演唱了〈召南・草蟲〉第一章：

蟈蟈在咬咬地叫，
螞蚱在蹦蹦地跳。
沒見我的賢君子，
心裡憂愁又煩惱。
已經見到賢君子，
心裡憂愁沒有了。

子展演唱《詩經》的用意是，把趙文子比做有賢德的君子，以表達見到趙文子的喜悅心情。趙文子謙虛地說：「好啊，能見到賢德君子的渴望，這是一個做爲百姓主人的好心態。可是我很慚愧，我承受不起賢德君子的好名聲。」接著伯有演唱了〈鄘風・鶉之奔奔〉：

喜鵲對對配，
鵪鶉雙雙飛，
這人沒德行，
反居國君位。

〈鶉之奔奔〉是一首諷刺衛宣公淫亂的詩歌，伯有演唱該詩的目的很明確，含有怨恨鄭簡公的意思。趙文子給予含蓄的糾正，他說：「國君私裡的事情，是不能傳到門外的，當然更不能傳到野外去，所以，這不是我這個使者應該聽到的。」子西演唱了〈小雅・黍苗〉第四章：

快速修建謝邑城，
召伯苦心來經營。
出工群眾眞踴躍，
召伯用心組織成。

子西演唱的用意是，藉〈黍苗〉讚頌召伯以讚頌趙文子，趙文子聽出來了，於是他做了修正，他謙虛地說：「晉國的功業都是我們國君創下的，我哪有什麼功勞？」接著，子產演唱〈小雅・隰桑〉：

窪地桑樹令人愛！
葉兒滋潤多繁茂。
見了賢德的君子，
我的心兒樂陶陶。
……
我的心裡眞愛他，
何不向他說出呀？
心裡深深藏著愛，
怎麼能夠忘記了？

子產的用意很清楚，開頭一章表示對趙文子到來的歡迎，最後一章希望做爲大國執政大臣的趙文子，能夠對他多多關照。趙文子說：「我願意接受〈隰桑〉的最後一章，請您也多多幫助我。」子太叔演唱〈鄭風・野有蔓草〉的首章：

田野芳草綠茵茵，
掛滿露珠亮晶晶。
有個女人好漂亮，
彎彎眉毛大眼睛。

沒有約定巧相逢，
符合願望眞高興。

子太叔演唱的用意也是，表示對趙文子到來的歡迎（因為子太叔與趙文子是初次相會，所以說「沒有約定巧相逢」。）趙文子心領神會，回答說：「我們能夠在宴會上見面，這是對我最好的回報。」印段演唱〈唐風．蟋蟀〉的首章：

蟋蟀進房天氣寒，
歲月匆匆近年關。
不能及時找快樂，
時光一去不回還。
過度安樂也不行，
自己工作好好幹。
不廢事業是正道，
賢人話語記心間。

子太叔演唱的用意是，對趙文子進了讚美，誇獎他能夠謹愼小心，有君子的人格和品行。趙文子回應說：「您能夠用謹愼而又努力工作的精神來勉勵我，讓我當好我們國家的管理工作，我就有希望了。」最後，公孫段演唱〈小雅‧桑扈〉最後一章：

牛角杯兒彎又彎，
酒兒香來又甘甜。
不求僥倖不傲慢，
萬福來臨美心間。

公孫段的用意是祝福趙文子能夠幸福圓滿。趙文子回答說：「我如果能夠不僥倖、不傲慢，還愁沒有享受不盡的福祿嗎？」

鄭國君臣歡迎晉國執政大臣的唱詩宴會，就在和諧歡樂的氣氛中結束。

以上的故事，說明了《詩經》在春秋時代的普及，以及在外交場合具有重要的作用，同時也說明當時政治家文化水準很高。演唱《詩經》的人不把用意說破，而聽演唱《詩經》的人卻能夠深刻領會，這種默契，是一種修養，一種高度的文化修養。

（參見《左傳‧襄公二十七年》）

百葉窗

何謂《詩經原始》？

清代方玉潤著，十八卷（另有卷首上、下）。該書前有自序，卷首上包括〈凡例〉以及〈十五國風輿地圖〉等六圖和〈諸國世次圖〉等三表，卷首下爲〈詩旨〉，摘錄自先秦至清代各家關於《詩經》基本問題的論述，並附方玉潤的按語。一至十八卷爲正文部分。方玉潤解釋《詩經》大膽而新穎，不少見解富有創新精神，能成一家之言。

他在解釋詩歌的方法上也有創造性，其突出的特點是：從詩歌藝術形象出發，將思想内容與藝術形式結合起來，進行綜合的具體分析，從而打破了單純偏限於詩旨，藝術上偏限於賦、比、興的傳統說詩方式，將說詩方式推到一個新水準。他主張從整體把握，從具體入手，從詩歌的形象特徵、文勢脈絡、感情變化和詩以發展統一起來，從而大大的加深了對《詩經》的體認。現代學者所寫的《詩經》鑒賞文章，大多受到《詩經原始》的啓發。

# 7.1 孔子在陳蔡絕糧

楚昭王聽說孔子是賢德之人，就像聘用他到楚國任職。孔子很高興，就希望利用在楚國任職的機會，實現以仁愛治國和平天下的理想。當他帶著他的學生走到陳國和蔡國（兩國相距很近，都在今河南的中部）的時候，引起陳國和蔡國大夫的高度緊張，他們私下議論道：「孔子是當今的聖賢，他所批判的的地方，都是切中各國諸侯要害的地方。如果將來被楚國所用，我們兩國都有危險。」於是他們就派幾個士兵擋著孔子的去路，不讓孔子往南走。

孔子要到楚國的路走不通，這還不要緊，更嚴重的是沒有糧食吃，已經七天了，連野菜也吃不到，他隨從的學生也都生病了。在這種困難的情況之下，孔子每天仍然慷慨激昂的講解、誦讀《詩經》、《尚書》和《周禮》，唱著用《詩經》譜寫的歌曲。

孔子深深知道，在這困難的時候，學生們一定感到疲憊不已。對於目前的遭遇，一定要跟學生說幾句話，於是，他就把子路叫來，提問子路說：「《詩經・何草不黃》說：

『匪兕匪虎，率彼曠野』（意思是，不是野牛不是虎，為啥曠野常出入），然而我們不是野獸，爲什麼也像野獸一樣，奔波在荒郊野外？難道我們人生信念是錯誤的嗎？爲什麼落到這個地步？」

子路回答道：「老師，對您的問題，我也弄不明白。我也有問題正想請教您呢。常言道：『做善事的人，老天也會用幸福給予回報；作壞事的人，老天爺會用災禍給予報應』，這就是所謂的『善有善報，惡有惡報』。然而現在老師做了許多仁德的善事，而且時間很長了，爲什麼到現在還到處碰壁，見不到光明？」

孔子聽了以後，覺得開導子路的時候到了，就對子路說：「對於這個問題，我們應該怎麼看呢？那就是可以用事實來說話。你以爲仁者一定有好報嗎？伯夷、叔齊是大名鼎鼎的仁人，結果不是餓死在首陽山上嗎？您以爲智者一定有施展才能的機會嗎？如果這樣，王子比干爲什麼被殷紂王挖出心臟了呢？您以爲忠誠的人一定有好報嗎？如果這樣，關龍逄爲什麼還遭受了酷刑呢？您以爲敢於大膽勸諫的人一定得會到國君的接受嗎？如果這樣，伍子胥就不會被吳王夫差殺死了。一個人賢能與否，那是才能的問題，能不能發揮才能，那是機遇的問題；世界上有博學多才的君子而不能施展他們的抱負，多著呢！難道只有我一個人嗎？芝蘭生長於深山老林之中，不因爲沒有人的存在而不芳香。所以，賢能的君子修道立德，不能因爲窮困而改變自己的志向，子路，您說是不是？」

子路連連點頭，說道：「老師，對不起，先前我錯怪老師餓著肚子還弦歌不絕。聽您這麼一講，我現在才知道，有志向的君子，順利的時候，很快樂；碰到挫折的時候也快樂；沒有修養的小人，則不是這樣，他們患得患失，所以一輩子憂愁，而沒有一天是快樂的。」

（參見《孔子家語・在厄》、《韓詩外傳》卷七，第六章）

**百葉窗**

《論語・泰伯》：「子曰：興於《詩》，立於禮，成於樂。」

這是孔子論修身所要學習的三門課程，及人生修養的三個階段。它的順序是，首先要學習《詩經》，因爲學習《詩經》可以感發意志，使人感情純正，意志堅強；其次要學習禮，因爲，要在社會上站住腳，必須按照禮儀做爲自己行爲的規範，違反了禮，就要受到懲罰。最後要學習樂，透過音樂的修養，涵養性情，成爲一個盡善盡美的人。

# 7·2 孔子談苛政猛於虎

有一天，孔子帶著學生到山戎氏的鄉間考察，看見一個婦道人家在路邊哭泣，而且哭得很悲傷。孔子就問她說：「您爲什麼哭泣？還哭得那麼傷心？」

那位婦女回答說：「往年我的丈夫被山上的老虎吃了，今年我的兒子又被老虎吃了，家裡兩個精壯勞力都沒有了，今後怎麼過啊？所以我才這樣難過而痛哭。」

孔子又問道：「既然這

樣，爲什麼不離開這老虎吃人的地方呢？」

那位婦女回答道：「因爲這裡的政府公平正義，官員們對我們老百姓很和氣，也沒有苛捐雜稅，所以我們一家不願意離開這裡。」

孔子轉頭對學生子貢說：「學生們要記住，政府不能公平正義，而官員對老百姓嚴苛暴戾，是比虎狼更可怕的。《詩經・雨無正》不是說嗎？

浩浩昊天，
不駿其德。
降喪飢饉，
斬伐四國。

詩的意思是，老天爺不但不施行恩德，反而降下飢荒和死亡，讓天下的人都遭殃。被老虎吃掉的僅僅只是兩個人，而政府不能公平正義，傷害的卻是天下所有的人。這個婦女一家不願離開大山，不是有她的道理嗎？

（參見劉向《新序・雜事》）

**百葉窗**

1. 孔子觀敧器有感

有一天，孔子帶著學生到魯桓公的廟裡參觀，廟裡存放著一個敧器。孔子問守廟的人：「這是什麼東西？」回答說：「這是一個放在座位旁邊，可以提供勸誡的器具。」孔子說：「我聽說，這個敧器灌上水，滿了就倒了，沒有水，就歪斜了，而水在中間，那器具就端端正正的站立著，有這樣的事嗎？」，回答說：「是的。」

孔子讓子路取水試了試，果然滿了就倒了，而水在中間，就端端正正的站立著，沒有水就歪斜了。孔子感慨的說：「嗚呼！哪有自滿而不傾覆的？」

子路問道：「敢問老師，有辦法戒掉自滿嗎？」孔子回答說：「有很好德行的人，要保持恭敬；有廣大土地的人，要保持簡樸勤儉；有很高地位的人，要保持謙卑；人多兵強的人，要保持畏懼之心；聰明智慧的人，要保持愚笨的心情；知識淵博的人，要保持淺薄的態度。《詩經・長發》不是說：「湯降不遲，聖敬日躋」嗎？它的意思是說，商湯來到人間之後，他聰明有智慧而又謙虛謹慎，所以他能夠天天向上，永遠進步。」

（參考自《孔子家語・三恕》、《韓詩外傳》卷三，第二十九章）

2. 孔子論節操

孔子說：「富貴如果可以用正常管道得到，就是給人家當差使，爲人家服務，我也願意；如果富貴不能從正常的管道得到，我絕對不取。我願意從事我喜歡的事業，這就是聖人所堅持的節操。我欣賞〈邶風・柏舟〉：「我心匪石，不可轉也；我心匪席，不可卷也。」這句話，它的意思是我的心不是石頭，可以讓人隨便轉動；我的心不是草席，可以讓人隨便翻捲。詩裡講的是不能去掉個人的人格，只有不丟掉個人的人格，才能夠度過各種難關，這就是一個有道德的知識分子能夠超越常人的地方。」。

（參見劉向《說苑・立節》）

# 7·3 孔子談論人生

有一天，孔子沒事在家裡閒著，他的學生子貢整理一下自己的衣服，走到孔子的跟前鄭重地問道：「孔老師，我跟隨您學習已經多年了，才能和智力都用得差不多了，學問方面也不可能有所長進，還產生了厭倦情緒，我想休止行嗎？」

孔子問道：「您想休止哪一方面的事情？」子貢回答說：「我希望不再為我們的國君作事情。」孔子說道：「《詩經·烝民》不是說：『夙夜匪懈，以事一人』，意思是說：『早晚工作不懈怠，侍奉君王表忠心』嗎？為國君做事情多麼不容易啊，怎麼可以休止不做呢？」

子貢又問說：「我年紀大一些了，不再侍奉父親和母親，行嗎？」孔子回答說：「《詩經·既醉》不是說『孝子不匱，永錫爾類』嗎？意思是：『孝子孝心永不竭，上天賜您好前程』，孝敬父母很辛苦，但又是多麼好的事情，怎麼可以休止呢？」

子貢又問：「我今後不再關照兄弟的事情，行嗎？」孔子回答說：「《詩經·棠棣》不是說：

妻子好合，
如鼓琴瑟。
兄弟既翕，
和樂且耽，

意思是說：

魚水和諧夫妻情，
如同那鼓瑟彈琴。
兄弟和睦情誼深，
一家安樂喜盈盈。

要使得全家和樂融融並不容易，你怎麼可以放棄呢？
子貢又問：「那麼，我不再耕田行不行？」孔子回答說：「《詩經・七月》不是說：

晝爾於茅，
宵而索綯。
亟其乘屋，

其始播百穀。

它的意思是：

白天割茅草，

晚上把繩絞，

快快修補自己的屋，

又要開始播百穀。

從事農業生產很重要，誰都得吃飯，也很辛苦，怎麼可以停止呢？」

子貢最後問道：「君子也有休止的時候嗎？」孔子回答道：「有啊！您看那山上的墳墓，既高出地面，周圍又填得結結實實，那就是所有人最後休止的地方。《詩經．敬之》不是說：『日就月將，學有緝熙於光明』，意思是說，您學問積累多了，就能放出光芒，所以，我跟您說了半天，只是應了一俗語『學而不已，闔棺乃止』，人的一生，是學習的一生，只有到那死亡的一天，一切才能休止。」子貢感嘆道：「生和死都是人的大事啊！」

（參考自《孔子家語．困誓》、《韓詩外傳》卷八，第二十四章）

**百葉窗**

1.孔子叫兒子學習《詩經》

有一天，孔子的學生陳亢問孔子的兒子伯魚：「您在老師那裡，有沒有得到特別的指導呢？」

伯魚回答說：「有一天，我爸爸一個人站在庭院中間，我恭敬的走過去，他問我：『您學習《詩經》了沒有？』我回答說：『我說還沒有。』我爸爸說：『不學習《詩經》，就不會說話』，我退回以後，便學習《詩經》。」

（參見《論語‧季氏》）

2.孔子談讀書

孔子的學生子夏讀完書，正在休息。孔子問他：「你爲什麼要讀書？能不能談談你的看法。」子夏回答說：「學生以爲讀書的用處可大了，它好像天上的太陽和月亮永放光芒，又像天上明亮的星星永遠存在。書裡面有堯舜和三王的道義，可以做爲行爲的準則。先生您平時對我的教誨，我始終記在心裡而不敢忘掉。我雖然居住在簡陋的房子裡，但可以在自己的家裡歌頌先生的風采，有人的時候也很快樂，沒有人的時候也很快樂，已經達到發憤忘食的境界。

先生平時不是教導我們要讀《詩經》嗎？《詩經》中的《陳風‧橫門》中說：

橫門地方很寬敞，
我住雖差也無妨。
泌水清清又浩蕩，
可以用來充饑腸。

連河水都可以充饑，何況書中的智慧取之不盡，用之不竭的呢？

孔子聽了以後嚴肅的說：「嘻！你大概可以談談讀書的體會了吧。但你還是只知讀書的表面，並沒有瞭解到讀書內裡的東西。」子夏問道：「表面已經看見了。內裡又在哪裡呢？」孔子說：「看見了大門，不進入門裡頭去，怎麼知道門裡頭的奧秘呢？我透過自己的努力，已經到達裡頭了。前面有高高的海岸，後面有深深的山谷，在這種情況下，我仍然可以巍然屹立在大地上。」（孔子的意思是，讀書只懂得書的要義，只是到達書的表層，只有把書的要義化為自己的行動，成為一個頂天立地的人，才算是讀書的完成）

（參考自《韓詩外傳》卷二，第二十九章）

# 7·4 孔子引用《詩經》談寬嚴結合

公元前五二二年，鄭國執政大臣子產病危，對子太叔做了最後的政治交代，他說：「我死了以後，執政的事情一定是您的，只有有德的人才能夠用寬大的政策來治理國家。另外，還是要用嚴厲的政策相輔相成，因為火猛烈，就很少有人死於火；水懦弱，死的人就很多。」不久，子產就離開人世了。

太叔掌權以後，實行寬大的政策，結果鄭國盜賊很多，他們聚集在蘆葦塘裡作亂。太叔很後悔，沒有聽子產的話。後來用兵攻殺蘆葦塘裡的盜賊，才得以平息盜賊之亂。

孔子評論道：太叔做得好啊！政事太寬大，人們就怠慢，怠慢就要用嚴厲來糾正。用嚴厲來調劑寬大，用寬大來調劑嚴厲，相互配合，政事才能夠得到調和。《詩經・民勞》不是說嗎：

百姓已經很辛苦，
可以稍微得安康。
恩賜給中原各國，
可以用來安四方。

這裡講的是要施行寬大的政策。〈民勞〉又說：

別聽狡詐欺騙話，
兩面三刀要警惕。
制止暴虐和掠奪，
不讓壞人把人欺。

這裡講的是用嚴厲來糾正寬大。此外，古語還說「安撫邊遠，柔服近地，來安定我王」，講的是寬柔。〈商頌．長發〉還說：

不相爭也不急躁，
不剛強也不柔弱，
實行政策很寬和，
百樣福祿集如山。

孔子認爲這是政治寬柔結合的和諧，是治理國家的最高境界。

（參見《左傳‧昭公二十年》）

# 7.5 冉有談學習

有一天，魯哀公跟孔子的學生冉有閒談起來，魯哀公問冉有：「作爲一個人，最重要的是人的基本素質，而人的基本素質是天生就有的，爲什麼人需要透過學習才能成爲品質高尚而又賢能的君子呢？」冉有回答說：「小臣聽說，雖有美玉，不透過雕刻，不能成爲好的藝術品；一個人的本質雖然是好的，但是不透過學習，一定成不了高尚的君子。」

魯哀公又問道：「這是爲什麼呢？您有實例說明嗎？」，冉有回答說：「有的，例如子路，他原是卞地的一個農夫。子貢，他原是衛國一個商人，他們倆都到孔子那裡學習，學成以後都成爲著名的文化名人，都得到各國諸侯的尊敬、各國官員們的愛戴，這就是學習的成效啊！」

冉有繼續說：「國君，我再舉例說明，當年吳國、楚國、燕國和代國，他們一起商量要聯合行動攻打秦國，而秦國有一個守衛城門的兒子，叫姚賈的人，他代表秦國出使吳楚等國，結果破壞了吳楚等國的聯盟，而讓秦國躲過多個國家聯合進攻的一劫。他回國以後，秦王很高興，就立他爲上卿。有一個叫百里奚的人，他原是齊國人，起先很落魄，還要過飯，在齊國待不住了，爲了有進見秦穆公的禮物，他賣了五張羊皮，買了一輛馬車。

秦穆公見了他以後，知道他很有學問，很有才幹，就讓他當了秦國的國相，秦穆公後來成爲春秋霸主，有著百里奚輔助的功勞。」

魯哀公說：「說得好！說到我心裡去了。」冉有說：「還有呢，當年姜太公年輕的時候因爲家裡窮，給人家當過養老女婿，後來，年紀大了，被人家趕出家門，只好到朝歌以宰牛爲生，在棘津這個地方幫人家打工，八十多歲了，在磻溪這個地方釣魚的時候，碰到周文王，周文王看他知識淵博，有智慧，就用他做爲自己的重要助手，姜太公後來成爲齊國的始祖。管仲曾經用箭射過齊桓公，差一點要了齊桓公的命，齊桓公不記私仇，任用管仲爲齊國的國相。管仲協助齊桓公治理齊國，功勳卓著，齊桓公成爲春秋時代第一個霸主，也有管仲的辛勞。他們四個人都經過艱苦的磨難，並在苦難中學習，才有了名垂青史的業績。他們的崇高業績，不都是根源於學習嗎？所以我們說，一個人必須透過學習才能夠成爲君子。《詩經・敬之》：有『日就月將，學有緝熙於光明』的詩句，他告訴人們，學習的時間長了，學問積累多了，就會放出光芒。」

魯哀公聽了以後，欣慰的笑了笑說道：「您的談話對我很有啓發，我雖然不聰敏，但願意根據先生的教誨去實行。」

（參見《韓詩外傳》卷二十五，第二十四章）

百葉窗

師曠論學

有一天，晉平公和盲人樂師師曠閒談，晉平公問師曠道：「我已經是一個七十歲的老人了，又要再學習恐怕太晚了。」師曠說：「爲什麼不能拿起燭臺來呢？」

晉平公說：「哪有人臣敢於戲弄他的國君的？」

師曠回答說：「我哪敢戲弄國君您呢？我聽說，少年時期愛好學習，就像初升的太陽，陽光燦爛；壯年時期愛好學習，就像中午的陽光，光芒萬丈；老年時期愛好學習，就像蠟燭的光芒，在路上，有了蠟燭光芒的照耀，總比一片漆黑強吧！」

晉平公讚嘆道：「您說得好！」

（參見《說苑・建本》）

# 7·6 原憲雖貧重人格

孔子的學生原憲生活在魯國，生活的條件非常差，居住的面積，只有小小一間草屋。屋頂是用蒿草蓋的，門戶是用蓬草編織而成，窗戶簡陋到只是用破甕擋了擋。門戶的轉軸是用不結實的桑木作成，他家裡下雨天就屋漏，地上也潮濕得很。但就算是這樣的生活條件，原憲卻自得其樂，弦歌不絕。

有一天，子貢聽到原憲生活很貧窮，就前來探望，然而，子貢來的時候，卻坐著很高級的馬車，穿著高級的皮襖。由於原憲所住的地方，巷子很狹小，以至於子貢乘坐的馬車進不去，只好徒步到了原憲的家。

原憲聽說老同學子貢要來，趕快出門迎接，他戴著一頂破草帽，手裡拄著黎木拐杖，穿著破鞋子，鞋子前頭露出腳趾頭，衣服破舊得捉襟見肘，與子貢的穿戴形成鮮明對比。

子貢見了原憲，驚訝的問道：「先生您得了什麼病了？」原憲抬起頭讓子貢看了看，氣色很好，哪有什麼病？然後回答說：「我聽前人這樣說，沒有錢的叫貧窮；學習以後不去實踐，才叫做有病。我是貧窮不是病。如果一個人，他的行爲對社會毫無用處，結交朋友只是爲了拉幫結派，學習只是爲了向別人炫耀，招收學生只是爲了錢財，而把仁義道德丟在一邊。雖然有高級的馬車坐，有華麗昂貴的衣服穿，我是不做的。《詩經・柏舟》不是說：『我心匪石，不可轉也；我心匪席，不可卷也。』我雖然很窮，但一輩子只做好事的志向，是不會改變的。」

子貢聽了以後，覺得很不自在，也覺得很慚愧，只好不辭而別了。原憲看見子貢走，於是拄著拐杖慢慢的往家走去，口中唱著〈商頌．長發〉中的：

不相爭也不急躁，
不強硬也不柔軟。
優哉遊哉心寬和，
百樣福祿多如山。

他那猶如金玉的歌聲，響在天地之間，久久不絕。

（參考自《韓詩外傳》卷一，第十九章，劉向《新序．節士》）

百葉窗

1.子貢談孔門的「雜」

有一天，東郭子惠問孔子的學生子貢說：「孔先生所招收的學生怎麼那麼『雜？』」子貢回答說：「隱括（一種矯正彎曲竹子或木頭，使之平直或者成型的器具）旁邊有許多不成形的木頭，醫生的門診有許多病人，磨刀石的旁邊有許多等待磨礪的鈍刀，孔老師的門庭有著許許多多來學習、來修道的人，所以才那麼雜，這不是可想而知的事情嗎？《詩經・小弁》裡是這樣說的：

茂盛的柳樹上，
蟬兒鳴聲不絕。
深深的水潭邊，
蘆葦長得茂盛。

這是說：有容乃大，孔門的『雜』不正是由於他道得大嗎？」

（參見劉向《說苑・雜言》）

2.《論語・為政》：子曰：（詩）三百，一言以蔽之，曰：思無邪

孔子認為《詩經》這部書，用一句話來概括，就是思想平正，沒有邪惡的觀念，是孔子對《詩經》最高評價，也是孔子將文藝和倫理教化密切相連的功利主義文學觀念的表現。

# 慈母篇

## 8·1 魏國後母的故事

魏國有一個著名的慈母，她是魏國大臣芒卯的續弦（也叫後妻），是魏國孟陽氏的女兒，一個出自名門的大家閨秀。她和芒卯結婚以後，生下三個兒子。而芒卯的前妻還撇下五個兒子，他們一家十口生活在一起。慈母做爲後母跟一般後母不一樣，對芒卯前妻所生的兒子，在生活上給予特殊照顧，無論吃穿，還是花錢，都比自己所生的兒子更優厚。儘管這樣，這五個芒卯前妻所生的兒子對待後母，還是不尊敬，不親近。慈母擔心自己所生的兒子心裡不平衡，一再教導自己所生的兒子不要跟他們比較，希望全家平平安安，和和美美地過日子。

人們常說「天有不測之風雲，人有旦夕之禍福」。事情眞是如此，有一天，魏國的法官到她家，把芒卯前妻的老三抓走了，說他違反了魏國的法律，還要判重刑。慈母一聽，如五雷轟頂，覺得天要塌下來似的。幾天來，慈母因爲悲痛吃不下飯，睡不著覺，還瘦了好幾斤。

慈母爲了挽救老三，從早到晚奔波忙碌，千方百計找人拉關係，詳細瞭解逮捕老三的緣由，並決心查個水落石出不可。

有一個鄰居的大嫂看慈母那麼勞累，頗爲心疼，就好言相勸：「這幾天您瘦了不少，可要多保重啊！再說，又不是您親生的兒子，老三平時又不孝敬你，爲什麼還要那麼操心費力呢？」

慈母回答道：「大嫂，可不能那麼講。我從小讀《詩經》，其中有一篇叫〈曹風・鳲鳩（布穀鳥）〉的，我唸給您聽聽：

布穀築巢桑樹間，
餵養七鳥心不偏。
世上有了好君子，
平等對待不空談。
平等對待不空談，
一心一意保平安……

連布穀鳥都能用同樣的情感餵養七隻小布穀，我做爲一個母親，還能連小鳥都不如嗎？假如是我的親生兒子，他雖然不愛我，我仍然要爲他去除禍害，對丈夫前妻的兒子更不能不這樣做了。因爲他沒有了母親，這是我做爲繼母的責任。再說，做母親的人，不愛自己的兒子，還能算是慈愛嗎？能夠親近自己的兒子，而疏遠丈夫前妻的兒子，這能夠算是正義嗎？一個不慈不義的人，還有什麼臉活在世界上？」大嫂聽了笑著說：「好，好！沒想到您還能講出這樣好道理來，我也是一個繼母，回去要好好對待丈夫前妻留下的孩子。」

魏安僖王聽到慈母打官司的事情後，要求官府重新複查慈母三兒的案件。官府複查後，發現原來是錯案，是誣告造成的，終於還三兒的清白。魏安僖王對慈母大加讚賞，還免除了慈母一家的賦稅。從此以後，前妻的五個兒子都非常孝敬慈母，八個兒子相處和諧安樂。

（參考自《列女傳・賢明篇》）

**百葉窗**

孟子談「知人論世」

孟子說：「頌其詩，讀其書，不知其人可乎？是以論其世也。是尚友也。」（《孟子・萬章》）

孟子認爲，要正確理解詩和書，必須瞭解作者，而要瞭解作者，又必須研究作者的身世。孟子「知人論世」學說，把詩文創作與研究和時代聯繫起來；和作者的身世、人格聯繫起來，標誌著文學觀念的發展，並對後代文學評論有較大的影響。

# 8·2 教子有方季敬姜

魯國有一個慈祥而又知書達理的母親，她叫季敬姜。是魯國大夫公父穆伯的妻子，公父文伯的母親。丈夫穆伯早死，她一直守寡，撫養兒子。

有一天，兒子文伯外出遊學回家，敬姜看見文伯的朋友跟隨他進了堂屋，又從後面的臺階倒退著走下來，手裡拿著劍，筆直地站立著，就像是侍奉父親和長兄一樣。文伯還以爲朋友這樣對待他，是自己已經長大成人了，朋友對他正當的尊敬。

敬姜認爲文伯與友人的關係是朋友關係，友人那樣對待他，不符合禮節，也容易把文伯慣壞了。就把文伯叫過來，耐心地對他說：「當年周武王罷朝的時候，腳上繫襪子的帶子斷了，看看旁邊的人，見沒有可以指使的人，便自己俯下身來，將帶子重新繫上。這種事情雖小，但反映周武王平等待人的品質和自律的精神，他能夠完成周朝的偉業，不是很自然的事情嗎。再跟你說兩個例子，齊桓公有三個能夠和自己爭辯的朋友，五個能夠向自己進諫的大臣，還有三十個每天都敢於揭露自己錯誤的人，齊桓公有這樣寬闊胸懷，和勇於納諫的品質，因此能夠建立霸業。我們敬愛的周公，爲了接待賢人來訪，他吃飯的時候，三次暫停吃飯；洗頭的時候，三次暫時停止洗頭，他還帶著禮物到偏僻的農村慰問貧苦的農民。可見他是多麼尊重別人，多麼求賢若渴。正是這樣，周公才能夠爲維護周王朝的安定與發展，做出了重要的貢獻，〈大雅・文王〉：『衆多人才在周朝，文王安寧國富強』說的就是這個道理。以上兩個聖人一個賢人，他們都是有霸主的才能，又有崇高的地位，但他們都是那麼謙卑，交往的人也都是比自己強的人，所以他們能夠在不知不覺中強盛起來。現在你年紀小，職位低，所交的朋友都是一些卑微，只知道討好你的人，這樣下去，你是不會有發展前途的。」

文伯聽了母親的話以後，覺得很受啓發。從那以後，他交往的都是德高望重的人，還拜了賢能的人爲師，在人生的道路上，長進了不少。敬姜欣慰地說：「文伯有了進步，已經長大成人了。」

後來，文伯當了魯國的國相，有一天，退朝回家拜見母親敬姜，看見敬姜正在編織麻布。文伯對母親說：「像我們這樣高貴的家庭，主母還在做編織麻布的粗活，我擔心旁人會說我的壞話，說我沒有好好孝敬自己的母親。」

敬姜聽了以後，嘆了一口氣，說：「你坐下，好好聽我說。以前聖明的君王，會選擇貧瘠的土地給民衆耕種，讓他們辛苦勞作，民衆勞苦的時候就會思考，思考則會產生善良之心；而安逸則會浮躁淫樂，浮躁淫樂則不會產生善良之心。做爲國家的領導人，白天要考慮國家的政務，傍晚要考慮治理國家的法度，夜裡要告誡官員們，不能散漫浮躁淫樂，然後才能安心休息。而老百姓也要天明起床，並努力工作一天，到了晚上才能睡覺，以免產生怠惰之心，就是國君的夫人也要親手製作祭祀的衣服，《詩經・瞻卬》裡說：『婦女不用心工作，養蠶紡織就沒人做了』，說明從上到下，不論職位高低，都要從早到晚忙著做事。我希望你從早到晚都要提醒我，千萬不要廢棄先人的教誨，你今天卻要我停止工作，以高官家族卻努力工作為恥。你有這種思想，怎麼能做好你的職守？我眞擔心你父親穆伯會斷絕祭祀呢。」

文伯不幸過早離開人世，敬姜對兒媳說：「妳為文伯辦喪事，千萬不要過分悲傷，弄壞身體，不用痛哭流涕，也不捶胸頓足。做喪服一定要比禮服簡單省錢。《詩經・有駜》不是說：『君子福祿之善，後代永相傳』嗎？我們按禮制辦事，多做善事，後代子孫才能把好的家風，長久的留傳下去。」

（參考自劉向《列女傳・魯季敬姜》）

# 8·3 田稷母親的思想境界

齊國有一個人叫做田稷子，他在齊宣王時代擔任國相的時候，曾經接受了下級官員的賄賂金子百鎰（古代重量單位，一鎰為二十兩，一說一鎰為二十四兩）之多。田稷子把那些金子拿去孝敬自己的母親。他的母親就問他：「你當了齊國的國相已經有三年多了，你的薪金從來沒有像今天這麼多。這麼多的錢財是不是從你的下級官員哪裡來的？你要把這些錢財的來路講清楚。」當他母親知道錢的來路

以後說：「我聽說過，一個有知識的士人，應當嚴格要求自己，行爲要高潔，不苟且不貪求，說話辦事不虛僞欺詐。心裡不想不義的事情，家中不收來路不明的錢財。你現在擔任國君授給你的官位，得到的薪俸也不少，應該用實際行動來報答國家。要像兒子對待父親那樣對待國君。盡心竭力，發揮才能，忠誠職守，不搞欺詐。執行命令，不惜生命。爲政廉潔，辦事公正。只有這樣才能一生通達，沒有禍害。現在你收受別人的金錢，就是對國家不忠，就是對父母的不孝。不義之財不是我應該有的，你這樣做就不是我的兒子，你起來走吧！」

田稷子聽了母親的教導以後，感到很愧疚，走出家門以後，就把金子還給了下級官員，並主動到齊宣王那裡承認錯誤，要求給自己相應的懲罰。齊宣王聽了以後，十分贊揚田稷子母親高尚的品格和教子有方，免除了田稷子的罪過，恢復了他的職位，並爲田稷子的母親頒發了獎金，以資鼓勵。

後代的君子稱讚田稷子的母親爲人清正廉潔，能夠感化別人，《詩經》裡不是說：「那些大人君子們，不是白白吃閒飯的啊！」（〈魏風・伐檀〉）的詩句，說的是正直賢明的君子絕對不做無功受祿的事情，更何況是接受被人賄賂的金子呢？

（參考自《列女傳・齊田稷母》、《韓詩外傳》卷九，第二章）

**百葉窗**

子罕以不貪爲寶

宋國有一個人得到一塊寶玉，想送給掌管鄭國國都的長官子罕，被子罕拒絕了。贈送寶玉的人聲辯說：「我這塊寶玉是經過玉器專家鑑定過的，因爲是一塊眞正的寶玉，才敢送給您。」子罕回答說：「我做爲一個官員，是以不貪爲寶，而您是以玉爲寶。如果您把玉送給我，那不是都丟掉了各自的寶嗎？不如你和我都保留自己的寶。」

從前有一個人，帶著鯉魚要送給鄭國的相國，那位相國拒絕接受。有人對相國說：「您喜歡吃魚，爲什麼不接受呢？」相國回答說：「我因爲喜歡吃魚，所以才不接受。接受了人家送的魚，一旦被查辦，既丟了官位，又沒有了俸祿。自然沒有魚吃，今天我不接受人家送的魚，保住了俸祿，一輩子就都有魚吃了。」

（參考自劉向《新序・雜事》）

# 8·4 江乙母親救子的故事

在春秋楚恭王（西元前五九〇——西元前五六〇年在位）時代，有一個叫江乙的人，當了楚國國都——郢都的最高長官。後來楚國王宮裡被盜，丟失許多貴重物品。楚令尹（楚國行政最高長官）以江乙管理不善爲由，報請楚恭王罷了江乙的官。

江乙只好在家賦閒，他的母親知道以後，覺得對兒子的處理太不合理，想辦法爲兒子伸冤。有一天，江乙的母親被人家偷了六十四尺布，她就以此爲由，到了楚恭王那裡告狀，江乙的母親說：「我夜裡丟失了六十四尺布，請大王給查一查。」楚恭王問道：「誰偷的？您有證據嗎？」母親答：「是令尹偷的。」

當時楚恭王正在小曲臺上觀看歌舞，令尹作陪。楚恭王覺得事情重大，就叫演出暫停，很嚴肅的對江乙的母親說：「如果令尹眞的偷了，我絕不會因爲他的地位高就不按法律懲處；如果令尹沒有偷，那就是妳的誣告，也是要按楚國相關法律辦理的，請老人家三思。」

江乙的母親說：「令尹確實沒有親自去偷，而是讓別人去偷。」楚恭王疑惑地問道：「令尹怎麼讓人去偷的？」

江乙的母親回答道：「從前孫叔敖當令尹的時候，東西丟在路上也沒有人去拾，家門也不用上鎖，可謂『路不拾遺，夜不閉戶』，盜賊都消失了。而現在的令尹管理我們的國家，耳不聰，目不明，管理不嚴，盜賊活動十分猖狂，以至於使他們偷走了我的布，這與讓人偷盜有什麼兩樣？」

楚恭王反駁說：「令尹在朝廷之上，而盜賊卻藏在民間，令尹怎麼知道盜賊的活動，怎能治令尹的罪？」

江乙的母親回答道：「唉！大王的話値得商榷。過去我的兒子在當郢都的最高長官的時候，王宮的東西被偷走了，連累了我兒子受到處罰，被罷了官，他哪能知道處於民間盜賊的活動？如果按照處置我兒子的例子，王宮的東西被偷走了，令尹不是也應該受到治罪嗎？但是這樣處置，顯然是不妥當的。《詩經．板》有這樣兩句話：『猶之未遠，是用大諫』。意思是說，國家的政策不夠完善，所以需要勸諫。今天我這個老太太趁著這個機會，在大王面前講講我這個小民的看法。當年周武王說過這樣一句話：『老百姓有了過錯，責任在我』這就是說，民衆的事情沒有辦好，輔佐國君旳令尹有責任。常言道，『所謂國家沒有人，不是眞的沒有人，而是沒有能夠把國家治理好的人』，所以選用賢才，才是治理國家的根本，希望大王明察。」

楚恭王聽了以後說：「老太太您講得好，今天您講的話，不光是批評了令尹，也是批評了我。」楚王於是命令有關的官員撤銷江乙的處分，並補償江乙母親丟失的布匹，還賞賜給她黃金千鎰（二十兩為一鎰）。江乙母親婉言謝絕楚王的賞賜，說道：「我難道是爲了貪圖財物才來冒犯大王的嗎？只是希望我們國家的政治能夠更清明罷了。」

（參見劉向《列女傳・楚江乙母》）

# 8·5 子發母親教子篇

子發是楚國一位著名的將領，有一次他帶領楚國的軍隊攻打秦國，由於路途遙遠，糧食跟不上，軍隊有斷糧的危險。於是子發就派一個使者回到郢都，向楚王請求增援糧食。使者完成任務之後，順便到子發的家裡探望子發的母親。子發母親問道：「跟秦國打仗，一定很辛苦，不知道戰士們吃得怎麼樣？」使者回答說：「由於糧食短缺，戰士們只能分豆粒吃。」子發母親又問：「我的兒子身爲將軍，那他吃什麼？」使者回答說：「老太太，不用牽掛，您的兒子身爲將軍，早上和晚上都有肉和細糧吃。」

子發打敗了秦國，凱旋回到楚國，受到了楚王的嘉獎，封官進爵，子發可高興了。他回到自己的家裡，要向母親報喜。子發原來以爲母親會大喜過望，並會誇獎他一番，哪知道母親不但不高興，反而嚴厲的批評他一通。

子發的母親說：「《詩經．小宛》有這樣兩句話：『教誨爾子，式穀似之』它的意思是，教育好您的兒子，讓他把美好的品德傳承下去。做爲你的母親，我有好好開導你的責任。你沒有聽說過越王勾踐出兵攻打吳國時候的事情嗎？有一天，有一人給越王勾踐送上一口袋乾糧，越王勾踐，把糧食分給戰士們吃，戰士們吃得飽飽的士氣旺盛，戰鬥力增加了五倍；另有一天，有一個人給越王勾踐送上一罈美酒，越王勾踐把美酒分給戰士們喝，戰士們更加鬥志昂揚，戰鬥力增加了十倍。」子發說：「母親，您講的故事我也聽說過，人家沒有送給我美酒，我怎麼讓戰士們喝上美酒？」

子發母親說：「你再聽我說，《詩經．蟋蟀》裡也有這樣兩句詩：『好樂無荒，良士休休。』意思是說，享受一定走正道，好人心裡才舒暢。你身為楚國的將軍，自己只知道享受，從早到晚吃肉吃細糧，而讓戰士們分豆粒吃。這次戰鬥還算幸運取得勝利，但是今後打仗，戰士們還能跟你一條心嗎？」

子發聽了母親的話以後，連連點頭，很誠懇的說道：「母親您今天的話，讓我頭腦清醒不少，下一次帶兵打仗，一定按母親的交代去做。」

（參見劉向《列女傳．楚子發母》）

## 百葉窗

### 塗山身教兒子啓

夏啓的母親叫塗山，她是塗山氏部族（在今安徽省蚌埠西淮河東岸）首領的大女兒。夏禹和他結婚一年之後，就生下兒子啓。夏禹爲了治水，在啓剛生下四天之後，就離開了家，並全心的投入到整治水土的工程之中，公而忘私，三過家門而不入。

塗山不但全力支持夏禹的工作，還獨自一個人擔負起撫養和教育兒子的重擔。她認爲言教不如身教，要以身爲範，她注重孝敬老人、對人友善，鄰居有困難，她總是出手幫忙。啓成長的過程中，塗山不打不罵，孩子的事情讓孩子自己去做，養成獨立解決問題的能力。啓長大以後，由於深受母親德行的影響，成爲一個德行兼備且人見人愛的賢人。

後來，夏禹成爲夏朝的立國之君。賢能的啓得到民眾的擁戴，成爲夏禹的繼承人。後代的君子對塗山教育孩子的方法很讚賞，並用《詩經・既醉》；「僖爾女士，從以孫子」的意思是，天賜才女做新娘，生的子孫萬代長，加以歌頌。

（參考自劉向《列女傳・啓母塗山》）

# 9·1 定姜賦詩表別情

衛國有一位著名的皇后叫做定姜，她是春秋時衛國國君衛定公（西元前五八八年——前五七七年）的夫人，她聰明有智慧，還是一個心地善良的女人。她爲衛定公生下一個男孩，男孩長大後，爲他娶了媳婦，她對待媳婦像自己的女兒一樣疼愛，婆媳關係和諧融洽。不幸的是兒子結婚不久就因病而離開人世。媳婦爲丈夫守喪三年之後，定姜看兒媳那麼年輕，不應該讓她一輩子獨守空房，就規勸兒媳改嫁，兒媳臨走時，定姜親自送到郊外。當她看到兒媳坐上車子，並逐漸消失在山的那一邊的時候，定姜抬頭看到遼闊的天空，有一雙雙燕子飛來飛去，觸動了她難捨難分的情懷，不禁吟誦了自己創作的〈燕燕〉這首詩：

燕燕雙雙飛天上，
身影不離在翱翔。

兒媳今天要遠走，
送到郊外這地方。
遠看身影消失了，
淚水流淌雨一樣……。

這首〈燕燕〉詩後來被收到《詩經》的〈邶風〉裡，詩中感情眞摯自然，被後代學者稱讚爲「送別詩之祖」，李白〈黃鶴樓送孟浩然之廣陵〉：「孤帆遠影碧空盡，唯見長江天際流」，蘇軾〈與子由詩〉：「登高回首坡壟隔，唯見烏帽出覆沒」等，都有受到〈燕燕〉一詩意境的啓發。

當定姜唸完〈燕燕〉詩以後，還在郊外山頭上待了一會兒，直到兒媳人影消失在山那邊，她才慢慢地回到衛國的王宮裡。

人們常說；婆媳是天敵。我們看到在定姜身上，把這個說法加以顚覆。讓兒媳改嫁也比自宋以來貞節觀念強得多。它不但對兒媳好，對大臣也很寬容。衛國有一個大臣叫做孫林父，衛定公不知爲什麼，特別討厭他，西元前五八四年，孫林父在衛國待不住了，就逃亡到晉國去。

西元前五七七年，衛定公有事到了晉國，晉厲公出面規勸衛定公把孫林父接回去，君臣和好，衛定公就是不點頭。當年夏天，晉厲公在衛定公回國以後，派大臣郤犫去衛國懇求衛定公允許孫林父回國，衛定公還是不同意，定姜知道以後勸衛定公說：「我們不能如此絕情，孫林父不是一般人，是先君宗卿的後代，晉國是一個大國，爲他出面請求，就是給我們足夠的面子了，如果不答應，我們還有被滅掉的危險。雖然孫林父讓人討厭，但總比被滅掉好吧？君王還是要忍耐一下，安定百姓，寬容宗卿，不是一件很好的事情嗎？」

衛定公覺得定姜說的有理，就答應了晉國的要求，並且恢復了孫林父的職位和采邑。定姜這種寬容而有遠見的做法，受到了衛國民衆的讚揚。

西元前五七七年冬天，衛定公去世，衛定公的小妾敬姒生的兒子名叫衎的繼位，他就是衛獻公。衛獻公有三件事情讓定姜很失望：首先是在爲衛定公治喪期間，獻公無動於衷，一點悲哀也沒有，氣得定姜一口水也沒有喝，飯也吃不下，第二是有一次獻公請樂師師曹教一個愛妾彈琴，愛妾仗著獻公的寵愛，不好好彈琴，遭到師曹的體罰。衛獻公爲此鞭打師曹三百下；而更甚者，有一次，衛獻公約請孫林父和甯惠子吃飯，他們倆人都穿上朝服在朝廷上等候，而衛獻公卻單獨到園林射鴻雁去了。林、甯倆人到園林去找他，衛獻公用不脫帽這種失禮的行爲跟他倆談話，引起林、甯倆位大臣的不滿。定姜知道後說：「這個人（指衛獻公）一定會讓衛國敗落，而早晚要傷害到老百姓的，這是上天降給衛國的災禍啊！」

後來，由於衛獻公的暴虐引起衆怒，執政大臣孫林父和其他大臣一起攻擊衛獻公，衛獻公只好逃亡到齊國去，臨走時，他交代管理祭祀的官員——宗伯，在向宗廟的祖先報告時，要說衛獻公逃亡是無辜的。定姜對著宗伯說：「怎麼說無罪呢？他重用小人，排斥賢人；而且輕視曾經輔佐先君的正卿；而我是長期用手巾、梳子伺候先君衛定公的人，而獻公對待我卻像對待婢妾一樣無禮。你們去向祖先報告時，只報告獻公的逃亡，不能報告他無罪過。」

西元前五六三年，鄭國的皇耳領兵攻打衛國，執政大臣孫林父為了追逐鄭國的軍隊，而進行了一次占卜，並把占卜的繇辭告訴了定姜，繇辭的內容是：「卜兆如同山陵，有人出國征伐，喪失他們的英雄。」定姜想了想說：「遠征喪失英雄，當然指的是鄭國，這是對我們有利的徵兆，您們好好謀劃一下吧！」

衛國人得到定姜的解釋，增強了戰勝鄭國的決心和勇氣。在隨後的戰爭中，把鄭國的軍隊趕出國門，大將孫蒯在犬兵（經河南永城縣西北三十里）俘虜了鄭國主帥皇耳，取得了這場保家衛國的勝利。

（參考自《列女傳・衛姑定姜》、《左傳・成公十四年》、《左傳・襄公十年、十四年》）

**百葉窗**

何謂邶風、鄘風、衛風？

邶、鄘、衛都是衛國的地方，春秋時人已經把〈邶風〉、〈鄘風〉和〈衛風〉看成是一組詩。衛地原來是商朝的地方，周武王滅掉商朝，占領商朝國都朝歌（今河南淇縣）一帶的地方，並把它分成三個部分。朝歌的北邊是邶，東邊是鄘，南邊是衛。

〈邶風〉十九篇，〈鄘風〉十篇，〈衛風〉十篇。衛詩的特點是：1.衛國有過多昏君，由此民眾抒發對政治不滿，及大膽揭露、反抗統治者的詩比較多，如〈北風〉、〈相鼠〉、〈新臺〉等；2.衛都（今河南禹縣）是一個商業發達的城市，因而有較多戀愛、婚姻的詩，如〈柏舟〉、〈氓〉、〈谷風〉等，表現了當時婦女的命運與追求；3.衛詩中也記載了中國第一位女詩人，她的代表作是〈載馳〉等。

# 9·2 重耳和他的三個女人

西元前六七二年，晉獻公出兵討伐驪戎（今山東析城），帶回驪戎國君的女兒驪姬做小妾。驪姬是一個年輕漂亮而又心狠手辣如蛇一樣的女人，她的到來，猶如從潘朵拉魔盒出來的魔鬼，使得晉國昏天黑地，雞犬不寧。不久，驪姬爲晉獻公生了一個叫奚齊的兒子，奚齊長大後，驪姬想讓奚齊繼位，就和跟她私通的藝人優施串通一起陷害太子申生，誣陷太子申生對驪姬無禮，甚至還要殺害晉獻公。昏庸的晉獻公聽信讒言，逼死了太子申生，公子重耳和夷吾只好出走，免得遭受驪姬的迫害。當時晉國的民眾就創作了〈唐風·採苓（甘草）〉這首歌曲，對晉獻公聽信驪姬的讒言，進行了辛辣的諷刺。

採甘草呀採甘草，
到那首陽山上找。
有人喜歡造謠言，
千萬別信那一套。
鄙棄它！鄙棄它！

謠言全都不可靠。
有人專愛造謠言，
到頭只是肥皂泡。……。

事情果然不出民謠所料，西元前六五一年，晉獻公一死，不久大夫里克殺死驪姬和奚齊（即晉懷公）。驪姬的黃粱美夢宣告破滅。逃亡到梁國的公子夷吾，被里克扶上晉國國君的寶座，他就是晉惠公。

重耳帶著十幾個隨從（其中有趙衰、重耳的舅舅狐偃，又名舅犯等）來到流亡的第一站——翟國。翟國是重耳母親的祖國，翟國的國君爽快地收留了重耳一行人，不但管吃管用，還把國中的季隗嫁給重耳，季隗和她的姐姐叔隗都長得很美，當時就有一個口頭禪；「前叔隗，後季隗，如珠似玉生光輝。」翟國國君也把她的姐姐叔隗嫁給了趙衰。當初里克殺死驪姬和晉懷公以後，曾經派人到翟國，準備擁立重耳爲晉國的國君，由於晉國局勢未定，又害怕成爲兇殘里克的刀下鬼，就婉言謝絕了。

常言道，樹欲靜而風不止，晉惠公是一個狼心狗肺的傢伙，他一上臺，就把擁立他的里克殺死了，還殺死了幾個大臣。他還準備派刺客潛入翟國，殺死重耳，以除後患。但是沒有不透風的牆，晉惠公的暗殺計畫被老臣，又是重耳的外公狐突探聽到了，他便派人到翟國向重耳報告，希望重耳趕快離開。剛過幾年安定日子的重耳，不由想起〈小雅・正月〉的詩句：

人們說天很高遠，
可我不敢不彎腰；
人們說地很厚重，
可我只能輕步走。

世界之大，怎麼沒有我安身立命的地方？然而，天無絕人之路，爲了活命，還得找個地方躲過一劫再說。經過和舅犯等人商量之後，決定投奔齊國的齊桓公，因爲齊桓公稱霸以後，齊國已經成爲東方第一大國，既富強又強大，齊桓公又是一個樂善好施，喜歡賢才，到了齊國一定會受到熱情接待和保護。然而怎麼安排季隗和兩個孩子呢？成爲重耳必須解決的難題。

有一天，重耳含著眼淚對季隗說：「我們要到齊國去了，又不能帶您們三人（重耳和季隗生了兩個兒子）一起上路，我眞捨不得離開您們，可是有什麼辦法呢？那麼這樣吧，請您等我二十五年，如果我不能回到您的身邊，您就可以改嫁。」面對著重耳哭喪的臉，季隗反而笑了起來，回答說：「再等二十五年，我墳墓上的柏樹早已長得老高了，不過，您儘管放心地走吧！我等您。」

季隗雖然是一個弱女子，卻是一個深明大義、識大體的人。眼看著跟自己生活多年的丈夫，就要離開自己，從此天涯相望，不知何年何月才能團圓？在這難捨難分的時刻，季隗卻把心中的痛苦深深地埋藏在心底，爲了丈夫的事業，她微笑的面對即將走向遠方的丈夫，這是一個多麼堅強、心地多麼善良、純潔的女性。

重耳一行路過衛國，吃了閉門羹，只好饑一頓飽一頓，翻山越嶺地前行，有一天，到山村農家借糧食，一個老農拿出的是一個土塊，開始的時候，重耳很生氣，後來才明白，土地是國家的象徵，老農希望他能夠回到自己的祖國，重整晉國的河山。重耳瞭解到老農的心意以後，向老農磕頭拜謝！重耳這一拜，說明重耳得到又一次的歷練。

重耳一行經歷千辛萬苦，終於來到了齊國國都——臨淄（今山東淄博市）。齊桓公對於重耳一行的到來非常歡迎，表現出一個泱泱大國的風範和氣度。齊桓公不僅設宴招待他們，還把同宗的女子齊姜配給重耳做妻子。從此以後，夫妻兩個相敬如賓，讓重耳安心地在臨淄定居下來。大家知道，一個人如果長期生活在一個衣食無憂的安逸環境之中，往往會失去艱苦奮鬥的動力。那個時候，重耳覺得復國希望遙遙無期，不如在齊姜的溫柔擁抱中度過餘生。

然而，形勢比人強，西元前六四四年，齊桓公病逝，他的五個兒子爲了爭奪大位而進行你死我活的鬥爭，整個臨淄陷入一片混亂之中。這就引起了舅犯等人的思考，認爲重耳這樣沉淪下去，不但復國沒有希望，他們一行還可能客死他鄉。怎麼辦？只能找深明大義的齊姜商量。齊姜認爲，人生最大的悲哀，就是喪失理想和抱負。重耳應該以復國大業爲重，他希望等到重耳的宏願完成以後再團圓，那種生活會更加幸福美好。於是齊姜和舅犯共同商量一個計畫，即把重耳灌醉以後，一起出走。當車子走出齊國城門一里多路的時候，重耳醒了，他氣得抄起一支戈追趕舅犯，邊走邊罵道：「復國大業如果能夠成功，我就饒了你；如果不能成功，我就吃了你的肉！」舅犯一邊走一邊笑著說：「復國大業如果不能成功，我的肉早就被荒郊野外的豺狼吃了；如果能夠成功，您美酒佳餚享用不盡，怎麼願意吃我的肉？」

生於深宮之中，長於婦人之手的齊姜，有著柔弱的外表，卻有著堅強的心靈。爲了支援自己丈夫的事業，做出了一般婦道人家難以做到的舉動，用我們今天的話來說，就是捨小家顧大家，劉向特地在《列女傳・賢明篇》中加以表揚。西元前六三六年，晉文公重耳登上大位以後，把季隗、齊姜和懷嬴接到晉國，並對齊姜說：「若不是當年夫人使用計謀將我誑出臨淄，寡人怎麼會有今天呢？夫人您是寡人的大恩人啊！」

重耳一行離開了齊國，又開始艱難的流亡生活。他們到了曹國，發生了曹共公偷看重耳駢肋（指肋骨長成一塊）這一很不禮貌的事情。到了宋國，宋襄公給他講泓水之戰失敗的經驗教訓，讓重耳受益匪淺。到了鄭國又吃了閉門羹。大家知道，艱難挫折是成功之路最好的老師。一連串事情，讓重耳逐漸成熟起來，他開始意識到，放棄復國理想，對不起處於水深火熱的晉國老百姓，也對不起十幾年來跟隨自己奔波奮鬥的兄弟們。

重耳一行來到了流亡生涯的最後一站——秦國，受到了秦穆公的熱情接待，還把自己的女兒懷嬴給重耳做妻子。有一天，懷嬴拿著勺子舀水給重耳洗手，按照當時的禮節，重耳應該等懷嬴拿毛巾給自己擦，才算完成。重耳只是甩甩手，把手上的水甩乾而已。重耳這種違反當時的「沃盥之禮」，多少有不尊重對方的意思，讓懷嬴很生氣，立即指責重耳說：「晉國和秦國是對等的國家，爲什麼這樣輕視我？」重耳知道自己做錯了，立即向懷嬴道歉，並把自己囚禁起來，表示謝罪。

在舊社會，像懷嬴這樣勇於維護自己尊嚴的女子並不多見，她在歷史上煥發出的人生光彩，值得後人爲之動容和欽仰。重耳勇於認錯，也說明他在人生道路上又往前走了一大步。

西元前六三六年，三十六歲的重耳在秦穆公的幫助下，結束了流亡生涯，回到晉國，登上大位，是爲晉文公。十九年的流亡生涯，使晉文公更加瞭解民間疾苦，政治上更加成熟。他大力整頓政治，安撫人心，發展生產，省刑薄賦，晉國很快便強盛起來，並成爲春秋第二個霸主。

（參考自《左傳・僖公二十二年》、《左傳・僖公二十四年》、《國語・晉語》、《列女傳》、《毛詩序》等）

**百葉窗**

1. 寒食節的由來

西元前六三六年，晉文公登上大位以後，開始大賞功臣，爭取做到皆大歡喜，接著晉文公又頒佈了很多惠民政策，於是舉國歡慶。百姓安居樂業。可能國事繁忙，卻把在流亡途程中，用自己大腿肉解決重耳饑餓的介之推給忘了賞賜。本來介之推早已把功名富貴看得如浮雲，晉文公沒有給他官做，正符合他的心願。於是他和母親就到了自己的老家定陽

（今山西晉中地區介休市）的綿山裡的深山老林隱居起來。

晉文公聽說以後，感到十分愧疚，便派人到綿山去尋找介之推，找了半天，還是沒有找到，有大臣建議，用火燒山，就會把介之推給逼出來。晉文公想見恩人心切，只好用此下策。結果找到的介之推，同他的母親一樣，都是各自抱著一顆柳樹，成爲被燒焦的屍體。晉文公很後悔，爲了彌補自己的缺失，他下令把綿山周圍的一大片土地封爲介推田，賜給介家的後代耕種，把綿山改爲介山。在山腳下的柏樹林裡建立「介廟」，供頂禮膜拜。焚燒綿山的時間正值二十四節氣中的清明的前三天，他規定晉國每年從那一天起的一個月內，不能舉火炊煙，只能吃冷飯，叫做「禁火」，也叫做「寒食」，這就是「寒食節」的由來。

第二年的清明這一天，晉文公帶領群臣到綿山掃墓野祭，寄託思念之情，這就是「清明節」的由來。

2.何謂〈唐風〉？

周成王封他的弟弟叔虞於唐，疆土在今山西南部，都城在山西翼城縣南。後來，因爲那個地方有晉水，因此改國號爲晉。〈唐風〉就是〈晉風〉。

〈唐風〉共有十二篇詩歌，它的特點是，題材比較多樣，〈蟋蟀〉、〈山有樞〉是諷刺吝嗇鬼；〈採苓〉是諷刺聽信謠言的；〈揚之水〉是情詩；〈椒聊〉是讚美多子的；〈綢繆〉是寫新婚的；〈葛生〉是寫悼亡的；〈杕杜〉是寫流浪者的等等。

# 9.3 女詩人許穆夫人

西元前七〇〇年，衛宣公去世，衛惠公繼位不久，公子昭伯與衛宣姜私通，先後生下了五個兒女，分別是齊子、戴公、文公、宋桓夫人、許穆夫人。宋桓夫人嫁給宋桓公以後，許穆夫人則還在深閨之中，等待找個好主。由於許穆夫人長得漂亮，又知書達禮，齊國和許國都派人前來求婚。關於婚姻問題，許穆夫人自有自己的意願，她認為，從慣例來說，古代的諸侯如果生了女兒，希望借助跨國婚姻，謀求大國作為自己國家的靠山。國家一旦有事的時候，好得到大國的援助。而許國比起齊國來小得多，距離又比齊國遠。如果我們衛國一旦受到敵人的侵犯，我在齊國不是可以為國家出力嗎？然而天不從人願，因為舊時代，婦女的命運不掌握在自己的手裡，在當時，只能由性格乖張而又掌握衛國大權的衛懿公任意擺佈了，衛懿公對許穆夫人的要求置之不理，卻把她許配給許穆公，那個時候她才叫做許穆夫人。

許穆夫人到許國以後，作為國君夫人，不愁吃不愁穿，但日月思念著自己的祖國——衛國，牽掛者衛國的命運。許穆夫人不光有遠見有智慧（後來狄人入侵，衛國被滅，出手支援的不就是齊國和與衛國有親戚關係的宋國嗎？），而且有文采，她把寫詩作為自己思念的寄託。其中《邶風・泉水》一詩最後一章是這樣寫的：

我懷念肥泉親愛的衛地，
爲此而常常低聲地哭泣。
我又想念那朝歌和漕邑，
更增添我綿綿的思緒。
暫且隨車到野外遨遊，
排遣心中無限的煩憂。

常言道：「抽刀斷水水更流，舉杯消愁愁更愁」，許穆夫人出嫁在外，不能隨意回到衛國探親，精神上的痛苦可想而知，只能用外出郊遊來減輕心中的思緒，她在《衛風‧竹竿》一詩中，也寫她回憶當年在衛國淇水遊玩的情形，以排遣心中的憂愁，這種排遣法更能說明許穆夫人對故國的思念之深。

西元前六六〇年，狄人侵犯衛國，衛懿公被殺，國都被占，在宋桓公（戴公的姐夫）的幫助下，衛國的大夫們和衛國的遺民們渡過黃河，寄居在漕邑，並擁立戴公爲衛國的國君。按照古代禮制的規定，出嫁到外國的婦女，只有在爲父母奔喪和爲兒子討媳婦的情況下，才能回到自己的國家。當許穆夫人聽到衛國有難，要回到衛國探望的時候，確實遭到許國大夫的反對，但她毅然決然的來到了衛國的漕邑，見到了衛戴公，向衛戴公提出聯齊抗狄的主張，並得到齊桓公的回應。於是齊桓公於西元前六五九年，派遣公子無虧（他的母親是衛國人）率兵車三百乘，甲士三千，保衛了漕邑。並送給衛戴公駕車的馬匹和祭祀的衣服五套，牛、羊、豬、狗各三百頭，還有作門戶的材料等。另外，贈送給許穆夫人用魚皮裝飾的上等車子，還有高品質的錦三十匹。事實再一次證明，許穆夫人聯齊抗狄主張的正確。

西元前六五九年春夏之間，即在許穆夫人到達漕邑的時候，她寫出了〈鄘風・載馳〉這首著名的詩章：

馬兒馬兒快快走，
回家慰問我衛侯。
馬兒走了長長路，
到了衛國漕邑頭，
許國大夫尾隨我，
讓我回許心憂愁，
許人雖然不支持，
可我不能往回走。
你們沒有好辦法，
我的思路好接受。
許人就是不贊成，
絕不渡河再回頭。

比起你們沒好法，
我的主張沒破漏。
登上衛國高山崗，
採來貝母療憂傷。
女人就是多懷想，
自有道理和主張。
許國大夫反對我，
即是幼稚又虛妄。
走在衛國田野上，
蓬蓬勃勃麥如浪。
趕快計畫求大國，
依靠大國來救亡！
許國大夫好人們，
不要反對我主張。
你們縱有百條計，
不如我來這一趟。

這首〈鄘風．載馳〉是許穆夫人在自己的祖國爲難的時刻，衝破阻力，回到衛國，並對許國大夫表明救衛主張的政治抒情詩。詩中主要篇幅抒寫了詩人衝破各種阻力的艱難，以及自己主張的正義性。表現了詩人眞摯熱烈，沉鬱悲壯的情懷。許穆夫人的事蹟和〈鄘風．載馳〉的寫作都見於《左傳．閔公二年》，有據可查，它是中國第一位女詩人，她比被柏拉圖稱之爲「第十位女神」的古希臘女詩人薩孚要早一二三十年。

（參考自《左傳．閔公二年》、《列女傳．仁智許穆夫人》）

**百葉窗**

何謂「四家詩」？

漢代傳授《詩經》的學派有四家，分別是魯詩，代表人物是魯國人申培公；齊詩，代表人物是齊國人轅固生；韓詩的代表人物是燕人韓嬰，毛詩的代表人物是毛公（毛亨、毛萇）四家。他們所傳的《詩經》，合稱「四家詩」。《魯詩》、《齊詩》、《韓詩》他們所傳的本子是用漢代通行的隸書（今文）寫成，所以叫做今文學派，西漢時期它們被立於學宮。魏、晉以後先後亡佚。《毛詩》因爲它的傳授本子是用戰國時代所用的大篆書寫，所以叫做古文學派。它較爲晚出，經過東漢經學大師鄭玄作《箋》以後，一直流傳到今天。四家詩都想透過《詩經》的解釋，宣揚儒家思想，但對詩歌的詩旨和文字的闡釋上，有所不同。

# 9·4 楚莊王的賢內助

楚莊王有一個漂亮而又賢慧的妻子，她叫樊姬。楚莊王即位不久，不問政事，整天到山上打獵以消磨時光，樊姬曾經規勸過他，楚莊王就是不聽，後來，樊姬乾脆以不吃鳥獸肉的行動進行消極規勸，聰明的楚莊王終於醒悟了，而且開始專心於政務的處理。

有一天，楚莊王上朝回來晚了，樊姬就前去迎接，問道：「大王，今天為什麼回來晚了？勞累、饑餓了吧？」莊王回答說：「今天跟一位賢者談心，談得很投機，不知道饑餓，也沒有覺得勞累。」樊姬問道：「大王您所謂的賢者是哪一個人呢？是諸侯的客人，還是我們楚國的人？」莊王說：「是我們楚國的沈令尹。」

樊姬聽了以後，用手捂著嘴，輕聲地笑了笑，莊王問道：「愛妻，您笑什麼？」

樊姬回答說：「我侍候大王已經十一個年頭了，經常派人到鄭國、衛國選美女進獻給大王，現在她們中間比我賢能的人有兩個，和我差不多的有七個。難道我不想獨得大王的專寵嗎？然而，我之所以這樣做，是因為我不能只想到自己，而讓許多漂亮而又賢能的人離大王遠遠的，主要目的還是希望大王能夠見多識廣、知人善任。然而當今的沈令尹作為楚國的相國（相當於現在的總理大臣）已經十多年了，他所推薦的人，不是自己的子弟，就是同族的兄弟。從來沒有推薦過賢才，也沒有把不好好工作的人免除掉。這種人哪能算是一個忠於我們楚國的賢人呢？」樊姬又補充說：「許穆夫人不是在〈鄘風・載馳〉中說：

大夫君子，
無我有尤。
百而所思，
不如我所之。

尊敬的楚王，請不要說我驕傲，沈令尹的做法，還不如我一個婦道人家呢？

楚莊王聽了以後很高興，沒想到一個婦道人家還有這般高明的見解。第二天上朝的時候，就把樊姬的話告訴了沈令尹，沈令尹連忙離開座位，羞愧得不知道怎麼回答才好，於是，沈令尹就把自己的職位騰出來，並派人邀請楚國大名鼎鼎的孫叔敖，把他推薦給楚莊王，莊王正式任用孫叔敖爲令尹，他不負重望，把楚國治理得很好，三年以後，楚莊王也成爲春秋時代的五個霸主之一。

由此，楚國的史官在史冊上寫著：「楚國稱霸，有樊姬的助力呀！」

（參考自《韓詩外傳》卷二，第四章、劉向《列女傳・賢明傳》）

# 9·5 漆室女的國家觀

爲了鼓勵生育，古代禮法規定，男子三十歲之前，必須結婚成家，女子二十歲之前，必須出嫁，否則要受處罰。戰國時代，魯國有個漆室（魯國的一個邑名，在今山東鄒縣西）的女子快到二十歲了，經常在自己家門口的石柱邊長長嘆息。有一天，她的一個要好的鄰居大嫂，看她在自己的家門口悶悶不樂，以爲男大當婚，女大當嫁，漆室女想要出嫁還沒有找到好主，才這樣嘆息的。這位大嫂就對漆室女說：「這幾天，看您好像有心事，是不是想找個婆家？如果是的話，我可以托人幫這個忙。」

漆室女搖了搖頭說：「唉！《詩經》裡不是說，『知我者謂我心憂，不知我者謂我何求？（〈王風．黍離〉）』，看來大嫂您還不瞭解我啊，我並不是因爲暫時找不到婆家而愁苦，而是擔心我們國家的國君魯穆公（在位三十四年，西元前四〇六——三七三年在位）年紀老了，而太子年紀又太小，歷來國家在接班的時候，大多要出亂子的，因爲這個時候，正是搶奪國家最高權力的最好時機，我擔心的正是這個事情。」

大嫂聽了以後，覺得很可笑，她說：「您這不是杞人憂天嗎？那是當官考慮的事情，跟我們婦道人家有什麼關係呢？」

漆室女拉著大嫂的手，很誠懇地對她說：「看來我還得講講生活中的例子給您聽，您才能明白。從前，晉國有一個客人來到我家住宿，把馬兒拴在我家的菜園裡，後來，馬兒掙脫韁繩跑了，把我家種植的冬菜（古代主要蔬菜的一種）給踩得一塌糊塗，那一年，我家大半年沒有蔬菜吃了。我再給您講一講另外一個例子，那一年，鄰居家的女兒跟別人私奔了，她的父母懇求我大哥幫忙尋找。沒料到我大哥在尋找的途中，路過一個橋樑，正好老天下了一場大雨，衝垮了橋樑，我大哥被大水沖走了，至今找不到他的屍體。沒有了大哥，我們家就像天塌下來似的。當今我們魯國的國君年老又糊塗，太子年幼又無知，朝廷裡爭權奪利、互相欺詐的事情不斷發生。我雖然是一個小民，也是和國家的命運連在一塊的。」

鄰居的大嫂聽了以後，覺得漆室女的話很有道理，便對漆室女說：「您想得很周全，講得也很有道理，我們魯國亂了，我們老百姓怎麼安生？」三年以後，魯國果然出現動亂，齊國和楚國相繼攻打魯國，男子都上了戰場，留下婦女和老弱病殘，生產沒有人料理，百姓的生活非常艱難，那時眞是叫天天不應，入地地無門。這就叫做大河有水小河不乾。國家興旺，老百姓才能過上好日子。

後人評論說，漢代霍去病有一句名言：「天下興亡，匹夫有責」，早在兩千年以前，魯國一個平凡的漆室女就有這樣的愛國思想，眞是了不起，令人欽佩！

（參見劉向《列女傳・魯漆室女》）

**百葉窗**

何謂〈毛詩序〉？

即〈毛詩〉各篇篇前的序言，也叫做〈詩序〉，它有〈大序〉和〈小序〉的分別。大體上以介紹詩篇的時代背景，和詩篇的主題思想爲主，有時也介紹詩篇的適用範圍及用途。〈毛詩序〉的闡釋，對我們理解《詩經》的用意有所幫助，但也存在著一些曲解詩意和牽強附會的地方。

所謂〈大序〉是指〈周南．關雎〉的〈小序〉後面，有一大段概論《詩經》全書的文字，討論了《詩經》的藝術特徵，詩歌的教化功能，以及詩歌的藝術表現手法和詩歌的分類等。其中關於「六藝」、「比興」等論述，對後代文藝理論和藝術創作，都有比較深遠的影響。

所謂〈小序〉，是指《毛詩》各篇之前的短文，闡釋詩篇的主題思想，介紹時代背景等。

# 9·6 陳國女子的尊嚴

陽春三月，天氣暖和了，黃鶯在樹上不停的鳴唱著，陳國有一個女子，長得很漂亮，她眼波流轉、顧盼生輝、人見人愛，由於古代史書上的老百姓的女人往往沒有名字，我們姑且就叫她陳女吧。那天天氣很好，陳女和女伴們手拿著深竹筐，來到山上採桑，好給自家的蠶兒當食糧。陳女不但長得漂亮，而且喜歡唱歌。當她和女伴們的歌聲在山間迴蕩的時候，引起一個路過的陌生中年男子的注意，他循著歌聲來到陳女的面前。

這個中年男子不是一般的人，而是晉國一個大官，叫做解居甫。他要到宋國出差路過陳國，他看見陳女那麼漂亮，又有著特有的氣質，就起了淫心。於是笑嘻嘻的走到陳女的跟前說：「您唱歌很好聽，有清純的味道，這是我在晉國宮廷裡聽不到的。妳跟我到晉國的家吧，我讓您在宮廷裡唱歌，吃香喝辣的，快快樂樂的過一輩子。那比在陳國的窮鄉僻壤過一輩子要好多了！」

陳女聽後心想：「我已經訂婚了，對象是一個老實健壯的小夥子。如果做你這個老頭的小老婆，豈不是像豬一樣，沒有自由，吃香喝辣的有什麼用？可是怎麼拒絕他呢？他不是喜歡聽清新小調嗎？我就用陳國當地的〈陳風．墓門〉給予回答。」於是她提高嗓子唱道：

墓門有棵酸棗樹，
拿起斧頭砍掉它。
那人不是好東西，
大家都很知道他。
惡行暴露他不改，
向來生個壞腦瓜。

由於陳女是用當地方言唱的，解居甫聽不出來，只覺得好聽，就說：「唱得好，再來一首。」陳女又唱道：

墓門有棵梅花樹，
貓頭鷹啊牠安家。
那人不是好東西，

唱個歌兒諷刺他。
諷刺告誡他不聽，
早晚災難臨頭了。

解居甫看陳女不可能跟他走，就故意問陳女說：「有了梅花樹，那麼貓頭鷹在哪裡？」梅諧音媒人的媒。言外之意是，您既然有了媒人，那麼您的歸宿在哪裡？陳女認爲諷刺不速之客的歌已經唱完，無須再跟他囉嗦，於是故意把話岔開，她說：「陳國是一個小國，夾在大國之間。大國趁我們國家發生饑荒的時候，想控制我們國家；利用軍隊來攻打我們國家。眼下陳國的人們跑的跑，逃荒的逃荒，連貓頭鷹也飛走了。」

解居甫覺得陳女答非所問，但一個平凡的鄉下女人，能夠想到自己的國家，想到處於災難中的其他人，就不簡單，値得敬重。說了一聲再見，就走了。

《列女傳》的作者在引用〈小雅・菁菁者莪〉：「有幸見到賢君子，心裡快樂有楷模」之後評論道：陳女是一個値得稱讚的女子，她正派而又善於言辭，柔順而又堅持操守。

另外，一個鄉下的女人能夠活學活用《詩經》，說明《詩經》在當時的普及程度，也說明《詩經》在中國文化建構上的重要作用。

（參考自劉向《列女傳・陳辯女》、程俊英《詩經譯注》）

百葉窗

1.何謂〈陳風〉？

陳國地處在今河南淮陽、柘城，及安徽亳縣一帶。土地廣平，沒有名山大川，巫風盛行。

《陳風》共十篇，它的特色是有哀豔的情歌和神秘浪漫的巫舞。第一首〈宛丘〉，描寫了巫女們在宛丘之上婆娑起舞的情形。〈東門之枌〉抒寫希望多生孩子。〈東門之楊〉抒寫青年男女幽會的情景，有「月上柳梢頭，人約黃昏後」的意境。〈澤陂〉則是一首描寫失意的情歌。

而〈月出〉是一篇抒寫男青年對心上人的思念之情的詩歌。最大特色是把心上人放在月光之下加以抒寫。詩的開頭「月亮出來多光耀，月下美人更嬌好。」這就讓心上人具有神秘感，更加漂亮。浙江民謠：「月光下看老婆，愈看愈漂亮，露水地裡看莊稼，愈看愈喜歡」說的就是這個道理，宋代晏幾道〈臨江仙〉：「當時明月夜，曾照彩雲歸」也是這種藝術手法的運用。而〈株林〉一詩則是諷刺陳靈公君臣淫亂的詩篇。

2.秋胡的故事

魯國有一個叫秋胡的人，剛結婚五天，就到陳國做官去了。五年後在回家的途中，看見一個很漂亮的女人在山上採桑，秋胡喜歡了她，便下車用話挑逗她說「你頂著太陽採桑，怪辛苦的，我走路累了，想在桑樹底下吃飯，卸下行裝休息休息。」採桑女不搭理他，秋胡又說：「努力種田不如碰到好年景，拼命采桑比不上碰到當國卿的，我這裡有好多金子想送給你行嗎？」採桑女嚴詞拒絕，說：「我不要你的金子，希望你也不要有別的想法。」秋胡只好一走了之。

秋胡回到家中，把金子恭敬的送給母親，母親把媳婦叫來，一看之下，竟然是在山上遇到的採桑女，秋胡感到十分愧疚。秋胡妻子說：「你一去就是五年，好容易回來，就該快馬加鞭趕回家中，不料遇見路旁們女人，便拿出金子引誘，這是忘掉母親，忘掉母親不孝，好色卑鄙，日後怎麼做官爲人？」說得秋胡一再陪不是，表示以此爲鑑，好好當官爲民。

家圖書館出版品預行編目資料

詩經故事／林祥征著. ——初版. ——臺北
市：五南圖書出版股份有限公司, 2015.01
面； 公分. --（悅讀中文 ; 55）
ISBN 978-957-11-7886-8（平裝）

1.詩經 2.通俗作品

831.1 103021205

1X2L

# 詩經故事

作　　者— 林祥征（115.6）
發 行 人— 楊榮川
總 經 理— 楊士清
總 編 輯— 楊秀麗
副總編輯— 蘇美嬌
責任編輯— 邱紫綾
封面設計— 簡愷立
插　　畫— 陳俐諺
出 版 者— 五南圖書出版股份有限公司
地　　址：106台北市大安區和平東路二段339號4樓
電　　話：(02)2705-5066　　傳　　真：(02)2706-6100
網　　址：https://www.wunan.com.tw
電子郵件：wunan@wunan.com.tw
劃撥帳號：01068953
戶　　名：五南圖書出版股份有限公司

法律顧問　林勝安律師事務所　林勝安律師

出版日期　2015年1月初版一刷
　　　　　2022年2月初版二刷

定　　價　新臺幣350元

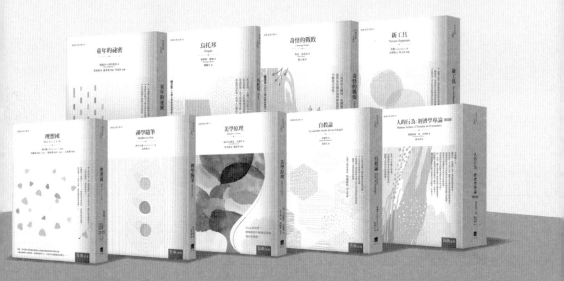